www.tredition.de

AF202962

Für Christine, meine wunderbare
Gefährtin und Seelenverwandte.

Tom Ice

Tödliches Erbe

Sarah Winkler und das Vermächtnis von Linz

www.tredition.de

Tom Ice, „Tödliches Erbe – Sarah Winkler und das Vermächtnis von Linz"
© 2018: Verlag und Druck: tredition GmbH, Hamburg

© 2018: Thomas Hoffmann
Umschlag/Foto: Thomas Hoffmann
Porträtfoto: Dieter Kämerow, Foto Bauer, Wissen
Lektorat, Korrektorat: Rainer Daus, Bad Berleburg

ISBN
Paperback: 978-3-7469-7306-7
Hardcover: 978-3-7469-7307-4
e-Book: 978-3-7469-7308-1

„Es hat in unsrer Mitte Zauberer
und Zauberinnen, aber niemand weiß sie."

Hugo von Hofmannsthal, österreichischer Schriftsteller und
Dramatiker (1874-1929)

Prolog

Einen Monat vor der Gegenwart

Peter Sinner zitterte am ganzen Körper. Er las den Brief, den er in der linken Hand hielt, bereits zum vierten Male. Aber obwohl seine Augen immer wieder die Worte registrierten und obwohl sein Verstand versuchte, das zu begreifen, was er da schwarz auf weiß, oder besser blau auf weiß, vor sich sah, schien eine Sperre in seinem Kopf zu verhindern, dass er den gesamten Sinn von dem erfasste, was seine Mutter ihm als letzten Gruß hinterlassen hatte.

Er ließ die Hand sinken und dachte an seine Mutter, die vor einer Woche gestorben war. Er sah sie, die Heldin seiner Kindheit und auch Jugend, er sah sie, wie sie ihm Lesen und Schreiben beibrachte (da war er gerade mal fünf gewesen), er sah sie, wie sie mit ihm gemeinsam am Rhein saß und ihm Geschichten von der Loreley und den Nibelungen und deren Rheingold erzählte und er sah sie, wie sie ihn als Dreijährigen im Garten ihres kleinen Hauses in Remagen herumschwenkte; er sah ihre herrlichen blonden Haare fliegen und ihr schönes Gesicht lachte ihm zu. „Peter, mein Peter, was für ein Glück, dass ich dich habe!", rief sie und sie lachte erneut. Sie hatte ihn geliebt und auch er hatte sie geliebt und er hatte gemeinsam mit ihr gegen die heimtückische Krankheit gekämpft, ein Kampf, den sie und damit auch er, am Mittwoch letzter Woche verloren hatte.

Als sie spürte, dass kein Arzt und keine Medizin mehr helfen würde, hatte sie darauf bestanden, aus dem Krankenhaus entlassen zu werden und war nach Hause gekommen; nach dem Zuhause, wo sie einen Großteil ihres Lebens verbracht hatte und in dem sie die meiste Zeit glücklich gewesen war, glücklich mit dem einzigen Menschen, der ihr etwas bedeutete, mit ihrem Sohn. Sie hatte ihn ein letztes Mal mit ihrem berühmten Mutterlächeln angesehen *(ich bin für dich da, mein Junge, dir kann nichts passieren)*, das nur ihm allein gehörte und das er so an ihr liebte, und sie hatte gesagt: „Peter, in meinem Bankschließfach ist ein Brief für dich, er wird dir alle Fragen beantworten, die du schon lange hattest, und wenn du es richtig machst, wird er für dich die Eintrittskarte in eine wunderbare Zukunft sein."

Erneut blickte er nun auf den Brief. Vielleicht war es das Zittern seiner Hand, vielleicht auch nur ein Lufthauch, jedenfalls veränderte sich die geruchliche Atmosphäre des Raumes schlagartig. Er nahm einen Duft von Blumen und Wildheit und Freiheit wahr, der sich aus dem Papier zu erheben schien. Und mit diesem Duft war auch seine Mutter plötzlich hier, sie stand neben ihm und lächelte ihn an, so jung und schön und voller Leben, wie sie noch vor einem Jahr gewesen war. *Wenn du es richtig machst, wird er für dich die Eintrittskarte in eine wunderbare Zukunft sein.*

Seine Miene veränderte sich. Der nachdenkliche, traurige Blick, der Peters Gesicht bis vor wenigen Sekunden beherrscht hatte, verschwand vollständig und an seine Stelle trat ein Ausdruck des Erstaunens. Dann lachte er plötzlich und es war ein Lachen, wie es vielleicht auch der griechische Gelehrte Archimedes ausgestoßen hatte, als er etwa 240 vor Christus eine bahnbrechende Entdeckung machte und mit den Worten „Heureka, ich hab's" aus seinem Badezuber sprang und nackt auf die Straße rannte.

Sollte es nämlich tatsächlich so sein, wie die weiche, kunstvolle Schrift es darstellte, müsste seine Geschichte zumindest in Teilen neu geschrieben werden. Mehr noch, würde das Ganze sich als wahr herausstellen - und daran gab es spätestens seit seiner Erleuchtung vor wenigen Sekunden für ihn nicht den geringsten Zweifel - wäre er nicht mehr Peter Sinner und ganz sicher nicht nur ein einfacher, wenn auch bis zu diesem Zeitpunkt zufriedener, Metallfacharbeiter, sondern ein „von Wolkenfels", Mitglied einer im hiesigen Raum noch immer einflussreichen und vor allem vermögenden Adelsfamilie, deren Verbindungen einst bis an den französischen und heute noch bis an den niederländischen, schwedischen, norwegischen und englischen Hof gereicht hatten und reichten.

Wie aber sollte er sein Wissen verwerten, wie ließ sich aus den vorhandenen Informationen Kapital schlagen? Er konnte ja nicht einfach so mit der Fähre über den Rhein übersetzen, in die Burg spazieren und nach dem Grafen verlangen.

Peters Gesicht verwandelte sich erneut, auf der eben noch glatten Stirn bildeten sich Falten, die nach oben gezogenen Mundwinkel wurden zu einem bleichen Strich und die Augen verengten sich zu schmalen Schlitzen.

Graf, wenn er das Wort nur dachte, drehte sich beinahe sein Magen um und er spürte, wie sein Herzschlag sich beschleunigte. „Graf", das Wort kam laut und wütend aus seinem Mund und zugleich lachte er ironisch. „Graf", spuckte es noch einmal aus ihm hervor, „ich werde dir zeigen, was für ein Graf du bist."

Er ging auf den Balkon. Von hier aus hatte er einen prächtigen Blick auf den Rhein und hinüber nach Linz, wo Teile der mittelalterlichen Fassade zu sehen waren. Sein markantes Gesicht mit der für seine Vorfahren - wie er jetzt vermutete - typischen Adlernase hatte unter den schwarzen, glatten Haaren einen entschlossenen Zug angenommen und er blickte auf die malerische Stadt an der anderen Rheinseite. „Man hat dich mir vorenthalten, aber ich werde dich holen, zumindest den Teil von dir, der mir zusteht", flüsterte er leise vor sich hin. Seine Züge entspannten sich sichtlich, als er auf den großen Wandspiegel im Flur zuging, sich vor ihn stellte und sein ein Meter einundachtzig großes athletisches Ebenbild betrachtete, das jetzt beide Arme erhoben und die Finger beider Hände zum Victory-Zeichen geformt hatte. Ein Lächeln erschien auf seinem Gesicht, aber es war kein Lächeln, das seiner Mutter gefallen hätte. *Mutter, du hast recht,* dachte er bei sich, *er wird für mich die Eintrittskarte in eine wunderbare Zukunft*

9

sein. Er ging in sein Arbeitszimmer und legte den Brief links auf seinen Schreibtisch. Während der Computer hochfuhr, las er ihn ein sechstes Mal. Er rief die Google-Oberfläche auf und gab einige Worte ein. Wenig später hatte er das gefunden, wonach er suchte. Er nahm sein Smartphone und rief zuerst seinen Chef an, um sich seinen Resturlaub für dieses Jahr zu nehmen; anschließend wählte er die Nummer, die er vor sich auf dem Bildschirm sah.

1. Kapitel

Gegenwart

Das Feuer im Kamin knackte und gab dem Raum, trotz seiner Größe, mit seinem gelb-rötlichen Widerschein eine anheimelnde, wohlige Atmosphäre. Langsam und liebevoll legte der Graf seine kraftvollen Hände, die sich warm und stark anfühlten, um ihre Hüfte. Er zog sie an seinen halbnackten Körper heran und liebkoste ihren Hals und ihre Brüste mit sanften Küssen. Sie roch seinen alkoholgeschwängerten Atem und sah seine rotgeäderten Augen. Er wurde jetzt fordernder und seine rechte Hand fasste hart an ihr Geschlecht. Sie wehrte sich, aber er machte immer weiter und weiter. Sie riss sich los und rannte. Jetzt befand sie sich vor einem großen Spiegel. Sie sah hinein und sie sah, dass sie einen schwarzen Kapuzenumhang trug. Sie sah die silberne Kette mit dem kleinen, kunstvollen Kreuz an ihrem Hals im Spiegel glitzern. Ihr Gesicht erkannte sie nicht, es wirkte seltsam verschwommen, wie unter Tränen. „Du gehörst mir, mir ganz allein", hörte sie plötzlich die raue, tiefe Stimme des Grafen hinter sich und sie spürte, wie er an ihren Haaren riss. Sie sah, dass er jetzt vollkommen nackt und sehr erregt war. Sie stemmte sich mit aller Kraft gegen ihn und erneut gelang es ihr, zu entkommen. Wenig später befand sie sich im Burgverlies, in dem sie jetzt vor diesem seltsamen dreieckigen Ding stand, das sie schon so oft gesehen hatte. Aber etwas war diesmal anders, ganz anders. Mit einem gellenden Schrei erwachte Manuela.

2. Kapitel

AAAAAAIIIIIIIHHHHHHUUUUUUAAAAIIIIIIHHH-HUUUUUAAAA. Der grauenhafte, langgezogene Laut, der aus dem Keller über den nächtlichen Burghof hallte, ließ Jens Thielmann das Blut in den Adern gefrieren. Der Reporter spähte vorsichtig durch die verschlossene Gitterdrehtüre in die Folterkammer hinein, aus der er jetzt schreckliches Gewimmer hörte; Gewimmer von einem Menschen, der Höllenqualen auszustehen schien. Noch einmal das markerschütternde Geheule. Dann war Stille, absolute Stille, aber kurz darauf - vielleicht nach zehn Sekunden - vernahm er klappernde Geräusche und Schritte. Schnell hastete er die Stufen hinauf. Gerade noch rechtzeitig, denn irgendjemand oder irgendetwas kam aus der Folterkammer nach oben, genau auf ihn zu. Die Schritte waren kaum zu hören, aber die hektischen, panischen Atemzüge wurden schnell lauter. Der Reporter zuckte zurück. Sein Körper verschmolz mit den Schatten, die die innere Mauer im fahlen Mondlicht warf. Ganz langsam schob er seinen Kopf um die Mauerecke und jetzt konnte er eine schwarze Gestalt erkennen. In ihrer Kutte erinnerte sie an einen Mönch. Aber die Verkleidung konnte den Reporter nicht täuschen. Er wusste, wer sich unter dem schwarzen Habit verbarg und bald schon, wahrscheinlich sehr bald, vielleicht schon heute, würde er sich dieser Person annehmen müssen.

11

3. Kapitel

Ansgar von Wolkenfels saß am Pool seiner Villa im spanischen Menorca. Es war jetzt zwei Uhr vierzig am frühen Morgen und ein kalter Wind wehte vom Meer hinauf. Ansgar bemerkte ihn nicht. Er war in seinen weißen Bademantel gehüllt und blickte fasziniert auf die Bilder, die ihn gerade aus Deutschland erreichten. „Genial" flüsterte er vor sich hin. Vor wenigen Augenblicken war die Falle zugeschnappt, die er aufgestellt hatte; eine Falle, aus der es kein Entrinnen gab. Alles lief nach Plan und es wurde von Sekunde zu Sekunde besser. Ansgar stutzte. Er hielt das Gesicht ganz nahe vor den Bildschirm und verharrte mehrere Minuten in dieser Stellung. „Das gibt's doch nicht", sagte er leise zu sich selbst, „das hätte ich nicht gedacht, das ist ja Wahnsinn, besser als alles, was ich bisher gesehen habe, das nenne ich mal einen absoluten, uneingeschränkten, vollen Erfolg." Er legte den Kopf zurück und schloss die Augen. Eine einzelne schwarze Haarsträhne, die von seinem einstmals vollen Haar übriggeblieben war und die wie eine elegante Trauerflagge das rechte Auge seines aufgedunsenen Gesichtes bedeckte, bewegte sich verspielt im Wind. „Aber jetzt muss ich meinen Plan modifizieren", sagte er laut und entschlossen, als er die Augen wieder öffnete. „Kein Problem, ich bin der Einzige, der Geniale, der Unerreichbare!", rief er in die sternenklare Nacht. „Ich bin Ansgar von Wolkenfels und bald wird Alles, Alles, Alles mir gehören!"

Er speicherte die Eingänge der letzten Stunden ab. Die ersten Fotos verwarf er, die hatten in dem neuen Plan nichts mehr verloren, aber von den letzten zwanzig, die er erhalten hatte, lagerte er vier in eine gesonderte Datei aus. Diese sendete er über einen gesicherten Server, der irgendwo in Südamerika saß und nicht zu identifizieren war, wieder nach Deutschland, genau an die Adresse, von der er die Bilder erhalten hatte. Der Empfänger würde wissen, was zu tun ist.

12

4. Kapitel

Der heutige Oktobersamstag versprach ein herrlicher Tag zu werden, am Himmel waren keinerlei Wolken zu sehen und die sanfte Sonne der Morgendämmerung tauchte das untere Stadttor und den der Burg Linz vorgelagerten Platz mit den mittelalterlichen Häusern und ihrem kunstvollen Fachwerk in ein verträumtes, beinahe magisch wirkendes Licht. Die über vielen Türen an gedrechselten Edelmetallstangen befestigten messingglänzenden Schilder mit ihren kunstvoll geschwungenen Brezeln, Weinfässern und Scheren verrieten - zumindest in den meisten Fällen - auch heute noch den Beruf der in ihnen wohnenden Menschen, von denen viele gerade ihre Nacht beendeten, um sich einem neuen, unbeschwerten Tag zuzuwenden. Unten am Rhein hatte die Fähre bereits seit zwei Stunden ihren Betrieb aufgenommen und sie brachte die ersten Passagiere an diesem Morgen nach Linz, damit diese ihre alltäglichen Arbeiten in den zahlreichen Bekleidungsgeschäften, Bäckereien, Restaurants und anderen für den Tourismus wichtigen und unverzichtbaren Einrichtungen aufnehmen konnten.

Manuela Caspari war an diesem Morgen etwas früher aufgestanden, genauer gesagt, etwa zwei Stunden früher, weil sie noch einige neue Erzeugnisse in die zahlreichen Vitrinen und Regale in den Ausstellungsräumen der römischen Glashütte, die sich in einem Teil der Burg befand, sortieren wollte, ehe der große Besucherandrang um zehn Uhr einsetzte. Jetzt, um kurz vor sieben Uhr, betrat sie den Hof. Die Privaträume des Grafen sowie die Gastronomie-, Wirtschafts- und Verwaltungsgebäude lagen noch im friedlichen Halbdunkel. Manu (wie ihre Freunde sie nannten) liebte diese Burg und sie hatte sogar mit dem Grafen eine kurze, leidenschaftliche Affäre gehabt. Dann aber hatte sie entdeckt, dass er Geheimnisse hatte, dunkle Geheimnisse, und sie hatte sich von ihm getrennt. „Ich spiele da nicht mit, das ist nicht mein Ding", hatte sie gesagt, als sie das letzte Mal bei ihm gewesen war, „du wirst sicher jemanden finden, der toleranter ist als ich." Gero war wütend geworden. „Du verdammte kleine Hure, glaubst du denn, du wärest etwas Besonderes, so eine wie dich finde ich an jeder Straßenecke", hatte er ihr noch hinterhergerufen, aber sie war froh, seinen Machenschaften entkommen zu sein. Sie widmete sich wieder mit ihrer ganzen Kraft ihrer Arbeit in den Ausstellungsräumen der römischen Glashütte. Manu war mit ihren 35 Jahren zwar keine Schönheit im klassischen Sinne, aber in ihren wachen, blauen Augen spiegelte sich eine faszinierende Mischung aus Entdeckergeist, Optimismus und Lebensfreude. Sie hatte schwarze, schulterlange Haare und wenn sie sich bewegte, schien eine Aura der Leichtigkeit sie zu umgeben.

Die Besucher der Glashütte mochten ihre herzliche Art und ihren Humor und sie wiederum war gerne zwischen all den schönen, glitzernden Dingen, angefangen von Eulen aus Glas über Glasschwerter und Weihnachtsschmuck bis hin zu Glasperlenspielen. Außerdem liebte sie es, die Menschen zu beobachten, die oftmals glänzende Augen bekamen und ab und an auch ihrer Freude Ausdruck verliehen: „Schau, wie schön, dieser Spiegel hier in unserem Flur, die Meiers werden vor Neid erblassen" oder „Was für ein wunderbarer Engel, alleine das Gesicht und die Flügel, einfach Wahnsinn, der wird Mutter gefallen, ja, sie wird sich freuen, und wie", solche Sätze hörte sie täglich und diese Worte zauberten auch ihr jedes Mal ein Lächeln ins Gesicht. Manu war wieder glücklich und mit sich und der Welt im Reinen.

Und Manu war ein Gewohnheitsmensch. Ihr Credo hieß *Routine*, denn Routine bedeutete Sicherheit; Sicherheit und Ruhe. Hatte man erst einmal ein festes Konzept, konnte nichts passieren. Gemäß dieser Prämisse lebte Manu bereits seit vielen Jahren und gemäß dieser Prämisse konnte sie auch niemanden in ihrem Leben gebrauchen, schon gar keinen Mann, denn das hätte unweigerlich das Ende jeglicher Ordnung bedeutet. Die kurze, heftige

„Affäre" mit dem Grafen hatte diese selbstgesetzte Regel nur bestätigt; und wie sie sie bestätigt hatte: deutlich und unmissverständlich und ein für alle Male! Und doch, ab und zu sehnte sich Manu nach einem Partner oder noch besser, einer Partnerin, jedenfalls nach jemandem, der sie wärmen und beschützen konnte; erst letzte Nacht war sie in ihrem Bett schweißgebadet aus einem nervenzerreißenden Traum erwacht.

Sie hatte Schreie gehört in diesem Traum, fürchterliche Schreie, und sie hatte etwas gesehen, eine Gestalt, die sie anblickte mit toten, leeren Augen und die mit einer Stimme, als würden Kieselsteine aneinander gerieben, zu ihr sprach. „Ich bin hier unten, und ich warte auf dich, warte auf dich, warte, warte, warte auf dich, dich, dich."

Als sie jetzt den Burgplatz betrat, beschloss sie - einer plötzlichen Eingebung folgend und gegen ihre innere Überzeugung -, nicht wie üblich zunächst die Ausstellungsräume aufzusperren, sondern sich dem Folterkeller mit den schrecklichen Geräten zu widmen. Der Burgplatz erschien friedlich und ruhig, die beiden Brunnen an der linken Hofseite sprudelten leise und fröhlich und auch ansonsten schien alles in bester Ordnung zu sein. „Träume sind Schäume", sagte Manu mit ihrer kräftigen, für eine Frau etwas tiefen Stimme und überquerte den Platz mit vier, fünf Schritten, ehe sie die Treppe zum „Verlies" erreichte. Sie schaute nach unten und bemerkte einen schwachen, rötlichen Schein aus der Kammer. *Merkwürdig*, dachte sie sich, *was ist das?*, als sie vorsichtig die Treppe hinunterschritt.

Die vergitterte Drehtüre war verschlossen, aber jetzt nahm sie einen leichten Geruch wahr, einen Geruch nach verbranntem Schwefel. „Was zum Teufel ist hier los?", fragte sie leise und mit einem Male war der Traum von letzter Nacht wieder da, so klar und deutlich, als würde er mit Gewalt in ihr Gehirn gepresst. Ein eiskalter Schauer lief über ihren Kopf und Nacken und den Rücken hinab und ihr wurde beinahe schwarz vor Augen. Jede einzelne Faser ihres Körpers fühlte sich an wie eine zum Zerreisen gespannte Gitarrensaite und ihr Herz trommelte einen stakkatoartigen Rhythmus in ihrer Brust. Sie lauschte jetzt angestrengt, aber außer einem gelegentlichen Rascheln und einem leisen, unregelmäßigen Knackgeräusch, das sich anhörte, als würden kleine Knochen zerbrochen, konnte sie nichts hören.

Was ist das hier, was hat das Licht zu bedeuten, was ist das für ein schreckliches Knacken?, dachte sie sich, und dann *Du musst was tun, Manu, schnell, tu was, tu was, tu was…"*

Sie unterdrückte ihre Angst und rannte, zwei Stufen auf einmal nehmend, die Treppe hinauf. Als sie auf dem Hof kurz zu Atem kam, blickte sie sich um. Hier war nach wie vor alles still. „Ganz ruhig, Manu", ermahnte sie sich selbst, „ganz ruhig, du wirst das hier schon meistern." Erst nach dem dritten Versuch gelang es ihr, den Schlüssel zum Hauptgebäude in ihrer Handtasche zu finden. Zitternd schloss sie die große Türe auf, betätigte den Lichtschalter und stürmte nach oben in den Ausstellungsraum der Glasgalerie, wo sie in der Schublade unter dem Verkaufstisch Münzen für die Drehtür zur Folterkammer aufbewahrte, die an die Besucher verkauft wurden. Hastig nahm sie einige in die Hand und griff gleichzeitig mit der anderen nach der sich ebenfalls in der Schublade befindenden Taschenlampe. Sie rannte wieder nach unten, über den Hof und die Treppe zur Folterkammer hinunter. Als sie die Kammer betrat, befand sie sich unmittelbar vor einem Gerät, mit dem in früherer Zeit „Hexen" aufgezogen worden waren, um ihnen Geständnisse über ihre Buhlschaft mit dem Teufel zu entlocken. Unter dem Schein ihrer starken Lampe warfen die Folterinstrumente noch mehr Schatten als üblich und mit ihren Bewegungen aktivierte sie die Tonanlage, die auch akustisch das Grauen vergangener Jahrhunderte illustrierte. Neben dem Stöhnen, Schreien und irren Kichern aus der Anlage nahm sie aber als Hintergrundgeräusch auch immer wieder dieses seltsame Knacken wahr und jetzt endlich erkannte sie die Quelle. In regelmäßigen Abständen standen schmiedeeiserne Ständer, in denen sich Fackeln befanden. Mehrere dieser Fackeln waren bereits verlöscht oder glimmten nur noch, aber weiter links brannten noch einige und Manuela erkannte, dass das Knacken von den kleinen Flammen herrührte, die sich am Schwefelkörper immer weiter nach unten fraßen.

Ihre Nerven vibrierten, als sie weit hinten in der Kammer einen Schatten erblickte, einen Schatten, der bis an die Decke reichte und der im Licht der flackernden Fackeln makaber zuckte. Obwohl sie am liebsten auf der Stelle kehrtgemacht hätte, zwang sie ihre Muskeln zum Handeln. Vorsichtig ging sie weiter. Die Taschenlampe hielt sie wie ein Schwert mit beiden Händen vor sich. Sie spürte den Adrenalinschub kaum, der ihren Körper jetzt flutete, ihre Fluchtreflexe aktivierte und ihre Sinne schärfte. Langsam setzte sie einen Fuß vor den anderen. „Träume sind Schäume, Träume sind Schäume, Träume sind Schäume", sagte sie leise vor sich hin, als sie sich langsam dem zuckenden Schatten näherte. *Träume sind Schäume*, dachte sie noch, als sie am Fuße des Objektes angekommen war und ihre Taschenlampe nach oben richtete. Dann setzten ihr Verstand und ihr Herz mit einem Schlag aus.

Die etwa 30 Passagiere, die an diesem sonnigen Morgen die Fähre vor wenigen Minuten verlassen und gerade erst das untere Stadttor passiert hatten, waren noch in ihre Unterhaltungen, stillen Monologe oder Gedanken vertieft, als eine Serie von abgehackten, spitzen und kaum menschenähnlichen Schreien sie mitten in ihren Tätigkeiten und Bewegungen erstarren und ihre Köpfe, in scheinbar namenlosem Entsetzten, wie auf ein geheimes Kommando in Richtung Burg drehen ließ.

5. Kapitel

Anno 1395 - Mai.

„Ut malediceret tibi: et ob vestra libido Henricus!". Gisela fluchte, aber die Sprache, in der sie ihre wilden Verwünschungen ausstieß, hätten die wenigsten Menschen verstanden. Es war das Latein der Kirchenleute und Gelehrten, eine alte Sprache, mit der auch ihre Mutter gesprochen hatte, eine Sprache, die - wenn man ihre Geheimnisse kannte - weit mehr bewirken konnte als Besitzansprüche auf Urkunden zu regeln und Heiratsverträge unter Adeligen zu besiegeln. Die vom Schweiß durchnässten goldblonden Haare der Burgmagd klebten am Stroh der kleinen Kate, in der sie ihr erstes Kind erwartete. Schon vor Stunden hatten die Wehen eingesetzt und mit ihnen die Panik. Was sollte sie tun, wie sollte sie sich verhalten? Und sie hatte niemanden, der ihr beistehen konnte, niemanden, der helfen konnte, dieses Ding, was sie in einem unachtsamen Moment mit dem Grafen gezeugt hatte und das sie gar nicht wollte, auf die Welt zu bringen.

„Ich verfluche dich, Heinrich, wegen deiner Fleischeslust!", rief sie erneut auf Latein, aber gleichzeitig dachte sie an die Nacht der Zeugung. Hell war der Mond gewesen und nach zwei, drei Bechern Wein, die Heinrich ihr eingeschenkt hatte, hatten die Sterne noch heller geleuchtet auf der Veranda des Jagdhauses, zu dem er sie mitgenommen hatte, um, wie er sagte, bei seinem Ausritt nicht vollständig auf sein Personal verzichten zu müssen. Natürlich war ihr klar gewesen, dass Heinrich sie nicht mitnahm, damit sie ihm Getränke anreichte, die Speisen zubereitete oder das Bett machte (obwohl letzteres sicherlich zu ihren Aufgaben gehören würde; so oder so), aber ihr gefiel, wie der Graf sie ansah, wenn sie in der Burg an ihm vorbeiging oder ihm etwas bringen musste. Manchmal, aber wirklich nur manchmal hatte sie sich absichtlich vor ihm gebückt, so als habe sie etwas fallen lassen, und sie hatte gespürt, wie die Blicke des Grafen zuerst auf ihren Kopf,

dann auf ihr pralles Mieder und schließlich auf die wohlgeform-
ten Rundungen ihrer Hinterpartie fielen. Und ihr hatte es gefallen, dass der hochherrschaftliche Mann, der überdies stark war
und gut aussah (er hatte blaue Augen, schwarze Haare, eine gerade Nase und beinahe noch alle Zähne) ihr seine Aufmerksam-
keit schenkte. Auch ansonsten schien er mit seinem lachenden, offenen Gesicht und seiner ungezwungenen Art eine fröhliche Aura
zu verbreiten, eine Aura, die Gisela immer heller erschien, je öfter
sie in die Nähe des Grafen kam. Für die meisten seiner Untergebenen (hauptsächlich allerdings für die weiblichen) fand er oft
gute und lobende Worte. Und für sie, Gisela, hatte er zumindest
in den letzten Wochen und Monaten mehr lobende und anerken-
nende, beinahe schon bewundernde Worte gefunden als für alle
anderen. Sein Lächeln war noch strahlender geworden, seine
Aura noch heller und es hätte nicht viel gefehlt und sie hätte in
der Burg einen Jubelschrei von sich gegeben, als er sie fragte, ob
sie ihn begleiten wolle. *Wie dumm war ich doch damals*, dachte sich
Gisela, als sie jetzt mit schweißnassem Gesicht auf dem fauligen
Stroh lag, aber zugleich glänzten ihre Augen, wenn sie an die
„verbotene" Liebesnacht dachte. Verboten deswegen, weil die
Frau des Grafen, Mechthild, eifersüchtig über ihren Gemahl
wachte. Gisela wäre nicht die erste gewesen, die - hätte Mechthild
von der Sache erfahren - ihres Lebens nicht mehr sicher gewesen
wäre. Faruka, die man mitten im Winter vom Hofe gejagt hatte,
war ebenfalls eine Bedienstete in der gräflichen Burg gewesen,
und Carmen war eines Morgens in ihrem Bett gefunden worden,
die tote Hand noch an einem Kelch, an dessen Rand sich Spuren
von Schierling befanden. Da man die eine verjagt und die andere
schnell und ohne kirchlichen Beistand verscharrt hatte, weil es
sich - wie der Hofarzt versichert hatte, um einen Selbstmord gehandelt hatte -, konnte natürlich niemand sagen, ob eine der beiden oder gar beide „in Hoffnung" gewesen waren. *In Hoffnung*,
dachte sich Gisela, *eher wohl in Verzweiflung*, als ein neuer heftiger

Krampf ihr Becken erzittern ließ. Sie spürte, wie sich der Muttermund weiter und weiter öffnete, sie fühlte, wie das Ding aus ihr rauswollte und auch sie wollte es jetzt heraushaben aus ihrem Körper, heraus mit aller Macht, also presste sie, sie presste und presste und presste. Die Schmerzen waren beinahe unerträglich. Ihr schien es, als wolle ihr Rücken zerbrechen, während ihre Beine von einem zunehmenden Taubheitsgefühl befallen wurden. Sie schrie, aber niemand schien sie zu hören. Sie sah helle Sterne vor ihren Augen und einen Augenblick, bevor alles um sie herum schwarz zu werden drohte, spürte sie, wie sich etwas von ihr löste. Ein Wort, das sie so oft in der Kirche gehört hatte, fiel ihr ein: ERLÖSUNG! Mit einer Kraft, die sie noch vor wenigen Sekunden nicht für möglich gehalten hätte, schrie sie das Wort heraus: ERLÖSUNG, ERLÖSUNG, ERLÖSUNG!!!, und es schallte über die nahen Wiesen und Felder bis hinein in den Wald, in dem sie sich vor Monaten *(oder waren es Jahre?)* mit dem Mann vereinigt hatte, von dem sie glaubte, dass er zu ihr halten würde, dass er zu ihr stehen würde und zu ihrer Liebe, die sie von ganzem Herzen empfunden hatte. Noch einmal schrie sie und diesmal, so glaubte sie, würde man es sogar in der drei Meilen entfernten Burg hören, das Wort, das ihr in diesem Augenblick alles bedeutete: EEERRR-LÖÖÖSUNG! Im nächsten Augenblick ließ der stechende Schmerz nach und das blutige, schleimige Bündel, das sich so lange von ihrem Körper ernährt hatte, lag auf dem Stroh zwischen ihren Beinen. Gisela, die - trotz oder gerade wegen ihrer Schönheit - von jeher über einen gesunden und robusten Körper verfügt hatte, seufzte erleichtert auf und hob ihren Oberkörper leicht an, um sich das anzusehen, was da aus ihr herausgekommen war. Das Bündel regte sich nicht und Gisela betrachtete eine Weile das kleine zusammengekauerte Etwas, das einer verschrumpelten Wurst - allerdings einer mit Armen, Beinen und einem Kopf - nicht unähnlich sah. *Sollte es gar tot sein?,* fragte sich Gisela nicht ohne Hoffnung. Vorsichtig nahm sie die kleine Gestalt in ihre beiden Hände, als diese plötzlich heftig zuckte und gleich darauf den

Mund öffnete, um mit einem markerschütternden Schrei ihre Ankunft in der Welt und ihr Recht auf Leben zu verkünden.

6. Kapitel

Gegenwart

Das Telefon klingelte. „Polzeiinspektion Linz, mein Name ist Lauer."

„Schnell, Sie müssen sofort kommen, hier wird geschrien."

Fabian Lauer war Polizist und er war es mit Leib und Seele. Seit nunmehr zwölf Jahren versah der 32-jährige *eingefleischte Single*, als der er sich selbst betrachtete, seinen Dienst, immerhin zehn davon in Linz. Fabian liebte „seine Stadt", sie war ruhig und schön und vor allem war sie friedlich, für seinen Begriff manchmal allerdings *zu friedlich*, denn gelegentliche Laden- und Taschendiebstähle sowie experimentierfreudige Jugendliche, die sich mit neuesten Drogen versorgten, waren die einzigen kriminalistischen Herausforderungen, denen er sich in seiner bisherigen Amtszeit gegenübergesehen hatte.

Bis zu diesem Tage, denn auf das, was ihn nach einem aufgeregten Anruf von einem Passanten erwartete, hatte ihn keine Schulung und auch keine langjährige Praxis vorbereiten können.

„In der Burg wird geschrien, Sie müssen sofort kommen, es ist schrecklich!" Die Stimme am anderen Ende überschlug sich beinahe und Fabian Lauer hielt den Hörer weit weg von seinem Ohr, um die Gefahr eines Tinnitus zu bannen. Gleichwohl spürte er die Panik des Anrufers, die sich aus dem Telefon direkt in sein Gehirn zu schrauben schien. „Bitte sagen Sie mir Ihren Namen und schildern Sie in Ruhe, was geschehen ist", sagte er, um einen sachlichen Tonfall bemüht. „Mein Name ist Peter Sinner und es ist keine Zeit für Ruhe!", schallte es lautstark zurück, ehe die Verbindung unterbrochen wurde. Fabian schaute Frank Merbold an, einen verheirateten, älteren Kollegen, mit dem er schon seit einigen Jahren gemeinsam Streife fuhr. „Alarm", rief er fröhlich. Er ließ alles stehen und liegen und sprintete zu dem Dienstwagen. Frank Merbold folgte ihm eilig. Mit halsbrecherischer Geschwindigkeit und unter Zuhilfenahme von Blaulicht und Sirene rasten sie hinunter zur Burg, wo sie in weniger als fünf Minuten nach dem Anruf eintrafen.

Auf dem Platz vor der Burg, der den unteren Teil der Altstadt gewissermaßen eröffnete, hatte sich schon eine beachtliche Menschenmenge versammelt und wenn auch aus dem alten Gemäuer selbst nichts zu hören war, sah Fabian doch die von Panik und Sorge gezeichneten Gesichter der Passanten.

Fabian stellte sich vor die Menge und rief lautstark: „Mein Name ist Fabian Lauer und ich wurde soeben informiert, dass aus der Burg Schreie geklungen seien. Wer von Ihnen ist Peter Sinner?"

Die Versammlung der Passanten geriet in Bewegung. Der etwa ein Meter achtzig große Mann, der jetzt aus der Menge trat und auf Fabian zulief, sah übernächtigt aus; seine schwarzen Haare waren ungekämmt und sie klebten in wirren Nestern schweißnass an seinem Kopf. Sein Gesicht war von Bartstoppeln bedeckt und seine Augen lagen eingefallen in ihren Höhlen. „Ich bin Peter Sinner und ich hoffe, es ist nicht zu spät, aber die Schreie waren einfach unerträglich und so habe ich Sie informiert."

Fabian vertraute seinen Instinkten. Sie hatten ihm schon in so mancher brenzligen Situation, in denen er sich im Laufe der Jahre befunden hatte, geholfen, die richtigen Entscheidungen zu treffen. Als er den Mann sah, meldete sich dieser Instinkt, deutlich und unmissverständlich. *Sieh ihn dir an, irgendetwas stimmt mit dem nicht, der sieht ja aus wie der Tod persönlich, behalte ihn im Auge.*

„Bitte begleiten Sie mich, vielleicht können Sie mir unterwegs erklären, woher genau die Schreie kamen", sagte er zu seinem Gegenüber. Pass du auf die Leute auf, damit sie nicht in den Hof kommen", rief er seinem Kollegen zu, der sich daraufhin vor der Menge postierte und damit begann, die Passanten zu befragen.

7. Kapitel

Peter Sinner hielt sich dicht hinter dem Polizisten. Seine Nerven vibrierten, als sie sich in den Burginnenhof begaben, wo sie sich umsahen. Alles schien merkwürdig ruhig zu sein, außer dem leisen Plätschern der Brunnen war kein Laut zu hören. Die Tür zur römischen Glasgalerie stand weit offen und er folgte Lauer, der zunächst in diesem Teil des Gebäudes nachschaute. Vorsichtig erkundete der Polizist den unteren Raum, der mit Stühlen für Besucher bestückt war, die sich die Videovorführungen von der Herstellung der Glaswaren anschauen konnten. Hier schien alles ruhig. Kein Video lief, niemand war zu sehen.

„Hier ist die Polizei!" rief Fabian Lauer laut, „ist hier jemand?" Im Raum selbst und auch im oberen Stockwerk, zu dem eine Treppe hinaufführte, war es ruhig. Dennoch stiegen sie die Stufen hinauf. Einer der beiden Ausstellungsräume war geöffnet und die Beleuchtung war eingeschaltet. Einzelne Münzen lagen auf dem Verkaufstresen. „Die sind zum Öffnen der Folterkammer", sagte Fabian und schaute Peter Sinner an. Dieser zögerte nicht lange, er griff sich zwei Münzen und rannte die Treppe hinunter und über den Hof. „Hier!", rief er knapp 20 Sekunden später. Seine Stimme klang aufgeregt: „Schnell, hier ist etwas." Gemeinsam blickten sie die Treppe hinunter und sie sahen bereits von oben, dass die Dunkelheit der Folterkammer von einem Lichtstrahl, der offensichtlich nicht von einer Innenbeleuchtung herrührte, durchbrochen wurde. Nacheinander stiegen sie vorsichtig die Stufen hinab und begaben sich in das Verlies. Auf den ersten Blick konnten sie kaum etwas erkennen, lediglich der helle Lichtpunkt einige Meter weiter links gab ihnen eine Art Orientierung. Ein schwacher, aber beißender Geruch drang in ihre Nasen. „Was zum Teufel ist das, wieso riecht es hier so nach Rauch?", fragte Fabian Lauer leise, als er in beiden Seiten des Gewölbeganges in unregelmäßigem Abstand glühende Punkte bemerkte, die nicht von dem Strahl der Lichtquelle erfasst wurden und die im Dunkeln zu schweben schienen. Bei näherem Hinsehen erkannte er, dass es sich um Fackeln handelte, die augenscheinlich noch kurz zuvor gebrannt hatten. „Verdammt, was soll das?", fragte er noch einmal und seine Stimme hallte ihm dumpf von den kalten Steinwänden entgegen, „hat hier jemand eine schwarze Messe gefeiert?" Peter Sinner gab keine Antwort; er hätte zwar eine geben können, aber er verspürte blanke Panik und er würde nichts sagen. Schweigen war im Augenblick besser, viel besser, denn *alles was Sie sagen, kann vor Gericht gegen Sie verwendet werden.*

Als sie sich auf den leuchtenden Punkt zubewegten, schaltete sich die Tonanlage der Kammer ein. Gleichzeitig wurde alles in ein diffuses Licht gehüllt und ein permanentes Knarren und Stöhnen verstärkte die gespenstische Atmosphäre noch. Peters Brustkorb schien zu schrumpfen, sein Hals war wie zugeschnürt, und seine Beine begannen zu zittern. Vorsichtig setzte er einen Fuß vor den anderen. Seine kurzen, rasselnden Atemstöße klangen in dem dunklen Gewölbe beängstigend laut. Er spürte seinen Herzschlag. *BUMM, BUMM, BUMM,* dröhne die Pauke in seiner Brust und das Echo schien von den Wänden der Kammer widerzuhallen. Er erinnerte sich an eine Geschichte, die er einmal gelesen hatte, sie war von Edgar Ellen Poe, wenn er sich nicht täuschte. *Das verräterische Herz* hatte sie geheißen und sie hatte von einem Verbrechen gehandelt, aber der Schuldige war nicht davongekommen; das tote Herz seines Opfers hatte ihn verraten. *BUMM, BUMM, BUMM. Alles, was Sie sagen und jedes Geräusch, das Sie von sich geben, kann gegen Sie verwendet werden, BUMM, BUMM, BUMM…, BUMM, BUMM, BUMM.* Peter schauderte. Die Lichtquelle, auf die sie zugegangen waren, entpuppte sich als Taschenlampe. Er nahm sie auf und leuchtete in das Gewölbe vor sich. Als er sich umdrehte und Fabian Lauer anblickte, standen seine nassen Haare zu Berge und sein Gesicht war grau. Seine Augen waren weit aus ihren Höhlen getreten und seine Pupillen waren vor Entsetzen geweitet. Wortlos stürmte er an dem Polizisten vorbei. Ihm war schlecht und er hatte jetzt Angst, schreckliche, unbeschreibliche Angst.

Wenige Sekunden später hörte der Polizist, wie sein Begleiter sich erbrach.

8. Kapitel

Da Peter Sinner bei seiner überstürzten Flucht die Taschenlampe mitgenommen hatte, konnte Fabian Lauer noch immer nicht erkennen, was diesen so erschreckt hatte. Er nahm sein Smartphone aus der Uniformjacke und schaltete die integrierte LED-Leuchte ein. Was er nach dem Aufleuchten im diffusen Schein vor sich erblickte, drohte seinen Verstand und seine Nerven zu überreizen. Auf einem ungefähr 1,90 Meter hohen pyramidenartigen Holzgestell, dessen drei Beine am Boden jeweils etwa 80 Zentimeter auseinander standen, steckte aufgespießt ein nackter Mann. Seine Seite und die Brust waren, soweit es Fabian Lauer angesichts der nach vorne gebeugten Haltung des Toten erkennen konnte, von dunkelroten Striemen übersät. Die Augen in seinem Gesicht schienen aus ihren Höhlen getreten zu sein, Blut rann aus Mund, Nase und Ohren. Um den Hals schien jemand eine Art schmiedeeiserne Klammer gelegt zu haben und die weiße Zunge hing leblos über die untere Lippe. Obwohl Fabian das Opfer bisher nur in gehobener Kleidung von *Armani, Joop* oder *Lagerfeld* gesehen hatte, wusste er sofort, um wen es sich handelte. Es war Graf Gero von Wolkenfels, der nunmehr alles andere als herrschaftlich auf dem seltsamen Gerät thronte. Wahrscheinlich hatte sein Leiden einige Zeit angedauert, denn der Graf war ein schwerer, kräftiger Mann. Sein Gewicht hatte ihn offenbar nach unten gedrückt und die Spitze der Pyramide immer weiter in seine Eingeweide getrieben. Das Blut, das langsam an der Holzkonstruktion und an der gläsernen, etwa ein Meter fünfzig hohen Vorrichtung, die den Hauptgang von den Gewölbenischen trennte, herabfloss, und das der Polizist jetzt im Schein seiner unzureichenden Handybeleuchtung erblickte, verstärkte den makabren Eindruck eines grausamen, bizarren Todes bis an die Grenze des Erträglichen und noch darüber hinaus.

Und dennoch schoss es Fabian wie ein Blitz in seinen Kopf: *Das ist meine Chance, das ist meine Chance, Chance, Chance.* Erst am Abend zuvor hatte er sich einen alten Film angesehen, Sergio Leones Western *Spiel mir das Lied vom Tod,* und auf fatale Weise erinnerte ihn die Szene daran, wie der Junge seinen Vater, der einen Strick um den Hals trug, auf den Schultern stehen hatte, bis er schließlich zusammenbrach, während seine Mundharmonika eine schaurige Melodie spielte. Unbewusst pfiff Fabian jetzt diese Melodie. *Wie ist der nur da hochgekommen?* fragte er sich. Er stieg über die Brüstung, ging näher an den Grafen heran und begutachtete ihn, soweit es möglich war, von allen Seiten. „Das muss aber schrecklich unbequem sein", sagte er leise und schaute Gero fragend an, „aber verrate mir eines, wie bist du da nur hochgekommen?"

Der Graf blieb stumm und seine Zunge hing weiterhin leblos aus seinem offenen Mund. Fabian sah die glasigen, roten Augen und das im Schmerz erstarrte Gesicht und jetzt meldete sich sein Gewissen. Ein Gefühl des Mitleids mit dem Menschen, dem man offenbar so grausam zugesetzt hatte, überschwemmte ihn und er fühlte sich elend und gemein. „Entschuldigung, das war würdelos und grausam", sagte er zu der Gestalt über sich.

Er bekreuzigte sich und sprach: „Vater unser, der du bist im Himmel, sei dieser Seele gnädig", und gleich darauf „Heilige Maria, alle ihr Heiligen, wenn es euch gibt, steht mir bei, steht uns bei."

Erst jetzt bemerkte er, dass sich etwa zwei Meter weiter hinten im Hauptgang noch etwas befand. Er leuchtete mit dem schwachen Strahl seines Smartphones in diese Richtung und erblickte dort die Gestalt einer schwarzhaarigen Frau. Schnell kletterte er wieder zurück und einen Augenblick später kniete er vor der Frau. Offensichtlich war sie nicht gefoltert worden, denn sie war vollständig bekleidet und weder ihre weiße Bluse noch ihre Jeans zeigten Spuren von Gewalteinwirkungen.

Was ist das hier, wer tut so etwas, wer nur, wer, und was macht die Frau hier, warum ist die hier, hat sie geschrien, war sie es, die geschrien hat...?, schoss es ihm durch den Kopf. Nach langem Tasten konnte er am rechten Arm einen Puls fühlen, schwach zwar, aber dennoch regelmäßig. Er zählte und kam zu dem Ergebnis, dass der Kreislauf stabil war. „Gott sei Dank, heilige Maria, ich danke dir, alle Heiligen, ich danke euch, wenigstens etwas", flüsterte er heißer in die dunkle Katakombe. Er drehte das Bündel um und erkannte, dass die Frau etwa Mitte dreißig war. Da sie augenscheinlich ohnmächtig war, brachte er den Körper in eine stabile Seitenlage. Und erst jetzt setzte der jahrelang trainierte Automatismus ein und er rannte, so schnell er konnte, zum Ausgang, um die längst notwendige Verstärkung herbeizurufen.

9. Kapitel

Die spanische Oktobersonne tauchte langsam aus dem Meer auf. Ansgar atmete tief ein und reckte sich. *Was für ein Anblick*, dachte er sich. Er fühlte sich wie ein Feldherr, der einen ungeheuer wichtigen Sieg errungen hat. Alles schien heute wie für ihn alleine gemacht, das strahlende Meer, der im Morgenlicht glänzende Strand, die Berge weit hinten am Horizont und sogar die wärmende Sonne, die ihn mit ihren Strahlen begrüßte und liebkoste. *Was für eine Wendung, was für eine unglaubliche Wendung, und warum hat sich alles gewendet? Weil ich es gewollt habe, weil es mein Wille war und mein Werk!*

Noch vor ein paar Wochen hatte er gedacht, dass es nunmehr vorbei sei mit dem schönen Leben; sein Hedgefonds-Deal, den er sich von seinem Berater hatte aufschwatzen lassen, war auf spektakuläre Weise gescheitert und es bereitete ihm nur geringen Trost, dass sich ebendieser Berater derzeit in einem spanischen Gefängnis befand, wo er sich Gedanken darüber machen konnte, wie viele Existenzen er zerstört hatte. Nicht, dass es ihm, Ansgar von Wolkenfels, etwas ausgemacht hätte, wenn die anderen Geschädigten sozusagen über die finanzielle Klinge gesprungen wären, aber dass ihm das Gleiche passieren könnte, hatte er erst realisiert, als er merkte, dass seine Konten immer mehr schrumpften anstatt zu wachsen. Er hatte die Welt nicht mehr verstanden und sich den Kopf darüber zerbrochen, was er tun könnte, um seinen nicht eben sparsamen Lebensstil in der ihm zustehenden Weise aufrechterhalten zu können. *Was für eine Wende*, dachte er erneut und seine Gedanken schweiften wieder in die jüngste Vergangenheit, bis zu jenem ereignisreichen und alles verändernden Tag. Seinen Vater konnte und wollte er nicht fragen damals; er konnte sich die Antwort denken: „Versager", würde der ihn wieder nennen, wie so oft in seinem Leben. Und schlimmer noch, er würde ihm sagen, dass er für sein Geld arbeiten solle, er, der immer betont hatte, wie sehr sie sich von der einfachen Bevölkerung unterschieden. Ansgar hatte hin und her überlegt und es war ihm keine Lösung eingefallen, bis, ja bis zu dem Tag, an dem es nicht mehr anders ging und er sich nach Linz aufmachte, um mit seinem Vater zu reden. Natürlich hatte er die Abfuhr erhalten, die er erwartet hatte, aber er würde weiterhin versuchen, zumindest wieder einen Fuß in die Tür der gräflichen Burg zu bekommen.

Wie sich dann aber herausstellte, wurde der *Gang nach Canossa*, wie Ansgar ihn in seinem Inneren bezeichnete, ein Gang zu einem goldenen Tor. Dieses Tor, von dem er bis zu der denkwürdigen Begegnung mit einem Menschen, den er zuvor noch nie gesehen hatte, nichts geahnt hatte, hatte sich an jenem Tag in Linz geöffnet, als er gedankenverloren in der Stadt umhergeirrt war. Als ihn der seltsame Mensch ansprach, hatte er nur erst ein wenig verwirrt geschaut und da er in seinen Gedanken bei ganz anderen Dingen war, wollte er den *Aufdringling*, als den er jeden, der ihn ungefragt ansprach, betrachtete, schon mit einigen gezielten Worten auf dessen gesellschaftlichen Platz verweisen, als ihm ein Merkmal im Gesicht des anderen auffiel, das ihn davon abhielt. „Es war die Nase, wer hätte das gedacht, das eine Nase mir einmal Glück bringen würde, ha, ha, ha, eine Nase", lachte Ansgar und schaute erneut in Richtung Sonne. Wie lange er schon auf der Insel war, hätte er gar nicht genau sagen können, aber von ihm aus konnte es endlos so weiter gehen: Morgens lange schlafen, bis auf heute natürlich, (denn heute war ein *besonderer Tag* und es war auch eine *besondere Nacht, vor allem eine siegreiche Nacht* gewesen), einige Runden schwimmen zum Wachwerden, dann frühstücken, ein wenig Tennisspielen mit George oder Lydia, mittags dann ein üppiges Mahl, nachmittags entspannen und abends hinein ins Gewimmel, in Bars und Clubs und Casinos und Nachtlokale. *Eigentlich ganz egal*, dachte sich Ansgar, *Hauptsache gesund*. Und auch über diesen Gedanken lachte er, denn diesen Satz hatte seine Mutter immer gesagt, wenn im Bekanntenkreis jemand geboren wurde und sie spielte damit auf ihre Überzeugung an (ihre, aber nicht seine), dass es auf das Geschlecht des neugeborenen Kindes nicht ankäme.

Ansgar war ein Genussmensch und seiner Meinung nach hatte er sich dieses Leben verdient. Immerhin hatte er als Kind einiges erdulden müssen, seine Mutter war zwar schonend mit ihm umgegangen und hatte ihm auch einiges an Liebe entgegengebracht, aber sein Vater, Graf Gero von Wolkenfels, hatte ihn dafür umso härter angefasst. „Wir sind von Adel und daher sind wir nicht wie die anderen Menschen", war einer seiner Standardsprüche gewesen, wenn Ansgar mit Gleichaltrigen losziehen und mit ihnen die Dinge machen wollte, die andere auch machten, sei es Fußballspielen, Zelten oder mit Mädchen ausgehen. „Derlei Beschäftigungen sind nichts für dich", hatte sein Vater ihm immer wieder eingebläut und das im wahrsten Sinne des Wortes, denn in der gräflichen Burg existierte noch eine Folterkammer und Gero war sich nicht zu schade, seinem Sohn die eine oder andere erzieherische Maßnahme des Mittelalters auch hautnah und gewissermaßen authentisch vorzuführen. Einmal beispielsweise, als Ansgar sich in der Schule mit einem Gleichaltrigen geprügelt hatte, hatte ihm der Vater eine Schandmaske aufgesetzt, die früher zänkischen Weibern verpasst worden war. Das Bild stand ihm jetzt deutlich vor Augen. „So, mein Sohn, jetzt kannst du mal fühlen, wie es ist, wenn man sich zum Gespött der Leute macht, weil man sich mit denen schlägt, die man einfach nur ignorieren sollte", hatte Gero gesagt und seine Züge waren verhärtet gewesen. „Du wirst jetzt in die Stadt gehen und bei der Gaststätte *Da Franco* für Sonntag einen Tisch für uns zwei bestellen und sag Pedro, dass wir etwas zu feiern haben." Um zu besagtem Restaurant zu gelangen, musste Ansgar beinahe die gesamte Altstadt durchqueren und er hatte abwechselnd Gelächter, spöttische Blicke und Bemerkungen (bei seinen Altersgenossen) und mitleidige Blicke und Bemerkungen (hauptsächlich von älteren Frauen) geerntet. Weder das eine noch das andere hatten ihm wirklich gefallen und er hatte den Sinn hinter dem Auftrag noch immer nicht verstanden, als sie am Sonntag gemeinsam bei *Da Franco* speisten. Erst als Gero ihm lachend auf die Schulter klopfte und Pedro (der sichtlich bemüht war, eine gute Miene zum bösen Spiel zu machen), zurief: „Erkennst du ihn wieder? Das ist mein Sohn, der vorgestern diesen Tisch hier bestellt hat und ich habe ihn gestraft, weil er sich auf eine Stufe begeben hat, die seiner nicht angemessen war; jetzt aber belohne ich ihn, weil er das Ganze wie ein Mann ertragen hat", erkannte er die kranke Systematik im Verhalten seines Vaters. Er hatte sich nichts anmerken lassen, aber er fühlte sich zutiefst gedemütigt. In seinem verzweifelten Inneren hatte er gekocht und es hatte in ihm geschrien *Rache, Rache, Rache, ich will, dass du tot bist, ich will dich tot sehen und ich werde dich töten, heute nicht und nicht Morgen, aber mein Tag wird kommen, er wird kommen und du wirst bereuen, bereuen und um Gnade flehen, aber es wird keine Gnade geben, keine Gnade!* Ein andermal war Ansgar ohne Zustimmung des Grafen eine ganze Nacht weggeblieben und hatte zusammen mit Max, einem Bekannten aus der Nachbarschaft, den *Club Schneewittchen* in Frankfurt besucht. Gero hatte ihn am nächsten Morgen zu sich in sein Büro bestellt. Die Worte: „Ich wollte doch nur mal eine Nacht raus" (immerhin war Ansgar zu diesem Zeitpunkt schon 19 Jahre alt), quittierte der Vater mit einem zynischen Lächeln. Er packte den völlig verängstigten Sohn am linken Ohr und zerrte ihn hinter sich her in die Kammer, wo Ansgar in den nächsten zwei Stunden erfuhr, wie man früher mit Hilfe der Streckbank auch *verstockte Klienten* (so nannte ihn sein Vater bei den Prozeduren) zum Reden gebracht hatte. Als er schließlich unter Tränen gestand, dass er in einem Bordell gewesen sei, hob der Vater anerkennend die rechte Augenbraue (*auch so ein Markenzeichen von ihm*, dachte sich Ansgar jetzt, *die rechte Augenbraue heben*), befreite seinen Sohn und ging mit ihm in den hauseigegen Weinkeller, um „endlich mal gemeinsam einen draufzumachen".

Bis zum Äußersten ist er eigentlich nie gegangen; immer, wenn es anfing wirklich schmerzhaft zu werden, hat er aufgehört, aber trotzdem: Wer Wind sät, wird Sturm ernten, dachte sich Ansgar und auf seinem Gesicht erschien ein zynisches Lächeln. Es verschwand so schnell, wie es gekommen war, als sein Laptop vor ihm auf seinem im Freien stehenden Frühstückstisch einen Nachrichteneingang signalisierte: Absender *Waldfee*. Obwohl Ansgar den Namen eigentlich lächerlich und für eine 58-jährige Adelige unangebracht fand, freute er sich und heute freute sich ganz besonders *(auch das funktioniert, auch das läuft nach Plan...)*. Er freute sich eigentlich immer, wenn seine Mutter schrieb. Sie war in all den Jahren seine Bezugsperson gewesen und wenn sich auch das Verhältnis zu seinem Vater seit jenem Tag vor zwölf Jahren deutlich gebessert hatte, war es doch immer distanziert geblieben. Ansgar schaute noch einmal auf den Balken und sah in der Betreffzeile nur zwei Worte: *Vater tot*.

Ansgars Puls beschleunigte sich nicht, aber er hob seine rechte Augenbraue und sagte fröhlich: „Na, endlich", als er die Nachricht öffnete, in der nur ein Satz stand: *Es ist etwas Schreckliches passiert, du musst sofort kommen.*

10. Kapitel

Zur gleichen Zeit, als Ansgar von Wolkenfels die Nachricht von *Waldfee* erhielt, versuchte etwa 1600 Kilometer weiter nördlich ein verzweifelter Frank Merbold, mehrere Passanten davon abzuhalten, ins Innere des Schlosshofes vorzudringen. Er hatte sein Smartphone gezückt: „Ich weiß noch nicht, was los ist; Fabian ist mit dem Kerl, der angerufen hat, in die Burg gegangen und ich soll hier die Leute davon abhalten, in den Hof zu gehen", teilte er in hektischen Worten seiner Dienststelle mit. Er blickte sich um und sah, wie eine kleine Gruppe sich aufmachte, das Tor zu passieren. „Aber es funktioniert nicht und ich werde mich jetzt auf dem Hof postieren und versuchen, zu verhindern, dass jemand ins Innere der Burg gelangt; ich melde mich gleich wieder."

Jetzt sah er Jemanden die Treppe, die vom Ausgang der Folterkammer in den Hof führte, hochkommen. *Peter Sinner*, erinnerte er sich. Der Mann, der mehr auf allen vieren kroch als ging, sah aus, als sei er dem Leibhaftigen selbst begegnet, seine Augen stierten wild aus den Höhlen, seine Haare standen wirr vom Kopf ab und sein Gesicht war aschfahl.

Einige Anwesende hatten bereits eine Art Empfangskomitee gebildet und Frank Merbold versuchte, die Schaulustigen zurückzudrängen. Er bemerkte nicht den Mann mit der professionellen Kamera, der sich in seinem Rücken angeschlichen hatte und der dem taumelnden Peter Sinner auf die Beine half. Er hörte noch, wie Peter Sinner immer wieder keuchte: „Grauenhaft, einfach grauenhaft". Die leisen Worte „Aber das hast du dir selbst zuzuschreiben", hörten nur noch ein oder zwei Personen, die sich in die unmittelbare Nähe des Ausgangs geschlichen hatten. Der Mann mit der Kamera, der Peter Sinner die Hand auf die Schulter legte, hörte sie ebenfalls. Mit den Worten „Kommen Sie, ich helfe Ihnen", schlich er hinter dem Rücken des Polizisten gemeinsam mit Peter Sinner aus dem Burgtor. Er blickte sich noch einmal kurz um und sah, dass der Polizist den Kopf gedreht hatte und ihn anstarrte. Jens Thielmann nahm seinen neuen Schützling an der Hand und rannte los.

11. Kapitel

Anno 1396-Dezember

„Sie ist verstockt." Rupold schaute den Burgvogt an und zuckte mit den Schultern. Auf dem Gesicht von Vitus von Oggersheim zeichneten sich Resignation und Missfallen ab. „Zieh sie noch einmal auf, sie wird ihre Buhlschaft schon gestehen."

„Das wird sie kaum durchstehen, das war jetzt das fünfte Mal für heute."

Gisela, die mit ausgekugelten Armen auf dem festgestampften Lehmboden der Kammer lag, nahm die Worte ihrer beiden Peiniger nur noch wie durch einen Schleier wahr. Sie wünschte sich selbst nichts sehnlicher, als dass dieses hier endlich vorbei wäre, dass sie endlich erlöst würde von ihren Schmerzen und Ruhe finden könnte.

„Gut", hörte sie den einen mit der eleganten Kleidung sagen, die sich so sehr von der ledernen, grobschlächtigen Körperbedeckung ihres Folterknechtes unterschied, „lass es für heute gut sein, aber morgen will ich ihr Geständnis, wir dulden in unserer Grafschaft keine Hexen und ich möchte sie endlich dem Richter überstellen können." Kurze Zeit später wurde Gisela zurück in die Zelle gebracht, die sie sich mit Hildegard, die wegen des Vergehens der Unzucht mit ihrem Schwager zu drei Monaten Kerkerhaft verurteilt worden war, teilte.

Hilde schaute Gisela voller Mitleid an. Beim Anblick ihrer Zellengenossin begann sie zu weinen. „Du Ärmste, was haben die nur mit dir gemacht, so schuldig kann doch kein Mensch sein, dass man so mit ihm verfährt."

Gisela, deren Körper nach mehrtägiger Folter schwach und ausgemergelt war, brachte kaum mehr als ein Flüstern zustande: „Hör zu, Hilde. Ich bin des Verbrechens der Hexerei, dessen mich man hier anklagt, vollkommen unschuldig. Meine einzige Schuld besteht darin, dass ich mich mit Heinrich auf eine Liebschaft eingelassen habe. Daraus ist Semina entstanden, meine Tochter, die jetzt bei meiner Mutter lebt. Die Gräfin hat das hier alles eingefädelt, weil Heinrich ihr gesagt hat, dass er mich liebt. Der Vogt steht auf der Seite der Gräfin und ich habe keine Möglichkeit, meinem Tod zu entrinnen und er wird eine Erlösung für mich sein. Ich fürchte ihn nicht, aber das schreckliche Feuer fürchte ich." Bei diesen Worten zuckte ihr Körper und Tränen rannen ihr übers Gesicht. Kurz darauf hatte sie sich wieder gefangen: „Die Gräfin weiß nicht, dass Semina das Kind ihres Mannes ist, sie glaubt, er könne keine Kinder zeugen, dabei ist es ihr Schoß, der unfruchtbar ist. Aber die Welt muss es erfahren, da Semina als Teil ihres Vaters auch einen Anspruch auf die Grafschaft hat. Ich weiß, dass du den Schreiber Margelius kennst. Bitte sag ihm, was ich dir gesagt habe; ich schwöre bei Gott und meinem reinen Gewissen, dass ich zuvor und danach nie mit einem anderen Manne zusammen gelegen habe und ich schwöre, dass es die Wahrheit ist und bitte, bring Semina in Sicherheit, bis die ganze Sache von der höheren Gerichtsbarkeit und von Heinrich bestätigt worden ist. So hat mein Tod wenigstens noch einen Sinn.“

Hilde nahm ihre Mitgefangene vorsichtig in die Arme und blickte in ihr Gesicht. Trotz des Schmerzes, die Gisela angesichts ihres geschundenen Körpers verspüren musste, schienen ihre grünen Augen zu leuchten. Hilde fühlte plötzlich eine seltsame Ruhe in sich, beinahe erschien es ihr, als würde sie in diese grünen Augen hineingezogen, der dunkle Raum um sie erhellte sich, alles wurde hell und klar und grün und sie sah Gisela vor sich, wie diese als Kind gewesen war, wie sie auf einer grünen Wiese spielte, eine schwarze Katze in der Hand und ja, auch deren Augen waren grün, es war eine schöne und heile Welt und Hilde spürte, dass Gisela schon bald wieder in dieser Welt sein würde. Ihre eigenen Worte hörte sie wie aus weiter Ferne, als sie sprach: „Ich werde es so machen, wie du es gesagt hast. Ich verspreche es.“

12. Kapitel

Gegenwart

Jens Thielmann steuerte seinen 3er BMW mit halsbrecherischer Geschwindigkeit durch die zahlreichen Serpentinen der Straße, die Linz mit seinem Heimatort Obererl verband. Ab und zu blickte er auf den Mann neben sich, der offenbar einen Schock erlitten hatte. Peter Sinner war in sich zusammengesunken, sein Kopf, der in jeder Kurve schaukelte, lag auf seiner Brust und seine Haare standen wirr in alle Richtungen ab. Er brabbelte unverständliches Zeug vor sich hin, es schien um seine Mutter zu gehen und um einen Grafen. Offenbar war er auf diesen nicht gut zu sprechen, denn immer wieder waren Worte zu verstehen wie: „Der verfluchte Graf" und „Du hast mich betrogen". Jetzt war seine Stimme nur ein hasserfülltes Flüstern, als er sagte: „Ja, ich werde es dir zeigen." Gleich darauf legte er den Kopf in den Nacken und lachte, aber es lag eine Spur von Wahnsinn in diesem Lachen: „Das hast du dir selbst zuzuschreiben ,hi, hi, hi, du hast es ja nicht anders gewollt, he, he, he." Noch einmal lachte er, ehe sein Kopf wieder auf seine Brust sank.

Der Reporter hatte es eilig. In dem Augenblick, als er diesen Menschen auf der Treppe zur Folterkammer gesehen hatte, mehr kriechend als gehend, war ihm klar geworden, dass er hier eine 1A-Quelle vor sich hatte und er witterte, dass diese Quelle sein „Jackpot" sein könnte, der Jackpot, den sich alle Journalisten erträumen und den die wenigsten je zu Gesicht bekommen.

Jetzt aber galt es, diesen zu sichern. Natürlich war Jens Thielmann klar, dass sie nach ihm suchen würden, denn dass Peter Sinner aus purem Zufall in der Kammer gewesen war, daran glaubte er nicht einen Augenblick. Außerdem hatte der Polizist sie gesehen, als sie überstürzt das Gelände verlassen hatten. Er selbst war lange, bevor die Schreie aus dem Keller kamen, in der Nähe der Burg gewesen und er hatte auch einiges gesehen, beispielsweise eine Gestalt in einer schwarzen Kutte, eine Gestalt, die aus der Kammer kam, und eine zweite Gestalt, aber die war erst später gekommen. Die erste Person kannte er, o ja, er kannte sie sogar sehr gut, und die zweite würde er auch bald kennenlernen, da war er sich ganz sicher. Wieder blickte er auf Peter Sinner, der jetzt den Kopf gehoben hatte. Speichelfäden tropften aus seinem Mund und er starrte blicklos ins Leere.

Als sie eine Minute später die Einfahrt des Hauses erreichten, in dem seine Mietwohnung lag, half er seinem Mitfahrer aus dem Wagen. Kurze Zeit später befanden sie sich im Haus. Jens Thielmann setzte Peter Sinner auf die Couch und goss ihm ein Glas Wodka ein, das dieser mit hastigen Zügen austrank. Schnell schüttete Jens nach und dann holte er aus seinem Schlafzimmer eine große Sporttasche, in der er zwei Laptops, seine Kamera und zahlreiche Utensilien wie Duschgel, Zahnpasta, Wäsche, Handtücher und Rasierzeug verstaute. Die zu einem Drittel geleerte Wodkaflasche drückte er seinem Gast in die Hand. Weniger als zwei Minuten später saßen sie wieder im BMW.

13. Kapitel

Es war 7.28 Uhr an diesem sonnigen Oktobermorgen in Koblenz. Kriminalkommissarin Sarah Winkler goss sich gerade ihre zweite Tasse Kaffee ein, als das Telefon auf ihrem Schreibtisch klingelte. Auf dem Display erschien die Kennung der Notrufzentrale. „K11, Winkler, was gibt's?", fragte sie trocken in den Hörer. Blitzschnell sortierte sie die Informationen, die ihr der aufgeregte Kollege am anderen Ende der Leitung mehr oder weniger flüssig übermittelte, in ihrem Kopf. *Leiche, Folterkammer und Burg Linz* ordnete sie als Priorität ein; Bewertungen wie *schrecklich zugerichtet, qualvolles Leiden, offensichtlich Racheakt* und *Wahnsinniger* verschob sie im Geiste in die Rubrik „Nebensächlichkeiten".

Sie legte auf und rief sie die Nummer des diensthabenden Kollegen vor Ort an, die sie sich hatte mitteilen lassen. „Sarah Winkler, K11, Koblenz. Guten Morgen, Herr Lauer, ich weiß um die Geschehnisse, bitte schildern Sie mir kurz und präzise die Situation vor Ort." Nachdem sie sich vergewissert hatte, dass die Verstärkung aus umliegenden Ortschaften schon unterwegs war, zog sie ihre Schublade auf und nahm ihre Dienstwaffe. Dem jungen Kollegen gegenüber, er hieß Andreas Hertzel und war erst letzte Woche in ihre Dienststelle versetzt worden, nickte sie zu: „Ich muss weg, Andy, nach Linz, du bleibst hier und hältst die Stellung."

Als Sarah um 8.17 Uhr am Ort des Geschehens eintraf, war sie bereits auf dem neuesten Stand. Während sie ihr weinrotes Alfa-Spider Cabrio an diesem sonnigen Morgen mit offenem Verdeck den Rhein entlang steuerte, war sie die meiste Zeit über ihre Freisprechanlage in Kontakt mit Fabian Lauer geblieben. Da sie über die Umstände und den Auffindeort informiert worden war, hatte sie ausreichend Zeit gehabt, sich innerlich gegen etwaige Emotionen zu wappnen und erst, nachdem sie sicher war, alles Wissenswerte zu kennen, entspannte sie sich. Sie schaute auf den Rhein, dessen sanfte Wellen die Strahlen der Morgensonne verspielt reflektierten. Sie schaltete ihr Radio ein und aktivierte den USB-Stick. Nach kurzer Zeit sang sie mit ihrer fröhlichen, sanft klingenden Stimme: „Forever young, let me to be forever young", jene Passage aus dem Song von Alphaville aus den 80er Jahren, die sie so sehr liebte.

Sarah war zwar schon ein paar Mal in Linz gewesen, meistens als Kind, wenn ihre Eltern sie zu einem sonntäglichen Ausflug „mitgeschleppt" hatten, aber in den letzten Jahren hatte sie die Stadt nicht mehr besucht. In der Burg selbst war sie - soweit sie sich erinnern konnte - noch nie gewesen. Dennoch beschlich sie jetzt, als sie den Hof betrat, ein mulmiges Gefühl, ein beinahe körperliches Empfinden des *Deja vu*, des *Schon-einmal-hier-gewesen seins*.

14. Kapitel

Außer Fabian Lauer hatte niemand der Beamten bisher den Toten gesehen. Nachdem er die am Boden liegende Frau erstversorgt hatte, war er nach oben gerannt und hatte gesehen, dass Frank Merbold alle Hände voll zu tun hatte, um die Schaulustigen zurückzuhalten, von denen viele ihre Smartphones gezückt hatten und offenbar Film- und Videoaufnahmen machten. Er hatte in sein Smartphone gerufen: „Wir brauchen Verstärkung, so schnell wie möglich und so viel wie möglich und bringt gleich die Spurensicherung mit, hier gibt es jede Menge Arbeit!" Daraufhin hatte er kurz das Geschehen geschildert. Der junge Kollege, der am Gerät der Einsatzzentrale saß und sich verschaukelt fühlte, fing bei dem Wort „Folterkammer" an zu lachen. Allerdings hatte er den Auftrag in Rekordzeit ausgeführt, als Lauer ihm gesagt hatte: „Pass auf, dort unten sitzt einer auf einem ziemlich ungemütlichen Möbelstück und er sieht nicht gerade gesund aus, aber falls du das Ding selbst mal ausprobieren möchtest…"

Innerhalb weniger Minuten hörte man aus verschiedenen Richtungen die Signalhörner der Einsatzwagen und es dauerte keine weitere Viertelstunde, bis die Kolleginnen und Kollegen aus Linz sowie den benachbarten Dienststellen Neuwied und Straßenhaus den Burgplatz erreicht hatten und mit ihren umfangreichen Absperrmaßnahmen begannen.

Er war zu der im Keller liegenden bewusstlosen Manuela Caspari zurückgeeilt. Es war ihm gelungen, sie zum Ausgang zu tragen und kurze Zeit später war der Rettungswagen des DRK Linz eingetroffen; der Notarzt hatte die noch immer bewusstlose Angestellte versorgt und die Sanitäter waren mit ihr ins nahe gelegene Krankenhaus gefahren. Fabian Lauer hatte in ihrer Handtasche einen Ausweis gefunden und wusste daher auch ihren Namen. Später- wenn der ganze Wahnsinn hier vorbei war- würde er sie besuchen und ihr die nötigen Fragen stellen. Da der Linzer Polizist darauf bedacht gewesen war, den Tatort nicht weiter zu verunreinigen, hatte er gemeinsam mit seinem Kollegen jedem den Zugang zum Keller verweigert und dies hätte er auch unter Zuhilfenahme seiner Dienstwaffe getan, wenn es denn hätte sein müssen, denn das hier war sein Fall; er war der erste reguläre Beamte vor Ort gewesen, er hatte sich - einem rebellierendem Magen und beinahe aussetzenden Verstand zum Trotze - nicht gehen lassen und den grausamen Fund als erster sachlich beschrieben, er hatte die Kollegen informiert, die notwendigen Schritte eingeleitet und die Neugierigen ferngehalten; mit einem Wort: Er war jederzeit Herr der Lage gewesen. Und die Stimme, die er eben noch beim Anblick des Grafen ganz leise in sich gehört hatte, wurde jetzt lauter und immer lauter: *Chance, Chance, Chance, Chance.*

Er stand am Treppenaufgang zum Keller. Der Oktoberwind spielte mit seinen Haaren und beinahe fröhlich pfiff er die schaurige Melodie des Komponisten Ennio Morricone vor sich hin, als eine Frau mit selbstbewussten Schritten auf ihn zukam. Er pfiff noch immer, als die Kommissarin einen Schritt vor ihm stehen blieb. Seine Lippen fühlten sich plötzlich trocken an und sein Pfeifen verstummte. Er hatte Sarah Winkler nie zuvor gesehen und er wusste auch nicht, was er erwartet hatte, aber das, was er sah, ließ seinen Atem für einen Moment aussetzen. Es waren nicht ihre kurzen, brünetten Haare, die dieses Gefühl hervorriefen, auch nicht ihre engen Jeans und ihre weiße Bluse, unter der sich wohlgeformte Brüste abzeichneten, nein, es waren die grünen Augen, die das ebenmäßige, sonnengebräunte Gesicht von Sarah zu beherrschen schienen und die ihn ab der ersten Sekunde fest in ihren Bann zogen. *Augenmagnete*, dachte Fabian fasziniert, *die hat Augenmagnete.*

Jetzt aber galt es erst einmal, die Kommissarin aus Koblenz möglichst schonend auf den Anblick vorzubereiten, der sich ihr gleich offenbaren würde. Als sie sich gegenseitig vorgestellt hatten, ging er die Treppe vor ihr hinunter in den Keller. Er bemühte sich, seine innere Anspannung zu verbergen, als er in bewusst lockerem Ton sagte: „Frau Winkler, ich weiß, ich habe Ihnen schon einiges erklärt, aber sollte Ihnen dennoch schlecht werden..." Als er sich vor dem Eingang noch einmal kurz umdrehte, zuckte er mit den Achseln, um damit sein Verständnis bereits im Vorfeld zum Ausdruck zu bringen. Mit ihrer Taschenlampe strahlte sie zuerst ihm und dann sich ins Gesicht. Ihre grünen Augen schienen zu leuchten. Sie schaute ihn wachsam an. „Ist *Ihnen* schlecht geworden?"

„Na, ja, schön ist das nicht gerade", sagte er leise, „eigentlich ziemlich heftig." Er drehte sich schnell wieder um und insgeheim dankte er für die Dunkelheit, die die aufsteigende Röte seines Gesichtes verdeckte.

Auch Sarahs Blutdruck und Puls waren deutlich spürbar gestiegen, als sie die Treppe zum Keller hinuntergingen. Und schon wieder dieses Gefühl des *schon-einmal-erlebt-habens*, des *Deja vu*.

Als sie den Keller betraten und sie vor sich eine seltsame Vorrichtung sah, die aus einem großen hölzernen Gerüst bestand und die wie ein überdimensionaler Türrahmen aussah, an dem man ein Seil mit einer Kugel befestigt hatte, wurde plötzlich alles schwarz um sie herum; sie hörte Schreie und Wimmern und wie durch einen Nebel sah sie eine Frau vor diesem Gerät auf den Knien liegen. Ihr grobleinener Rock war an vielen Stellen zerrissen, ihre hellen Haare hingen ihr schweißnass und strähnig über die Schultern und über ihr Gesicht liefen Tränen. Neben dem Gerät stand ein halbnackter Mann mit dürftiger Lederbekleidung und drehte an einem großen Rad, woraufhin sich das Seil, das über eine Rolle am Kopfe des Gerätes lief und das an den hinter dem Rücken gefesselten Handgelenken der Frau befestigt war, spannte und den Körper in die Höhe zog. Die Kugel an dem Seil diente offenbar dazu, das Gewicht des Opfers auszugleichen und dem Mann in der Lederkleidung die Arbeit zu erleichtern. Die Frau mit den grünen Augen schrie vor Schmerzen, aber jetzt drehte sie ihren Kopf in die Richtung Sarahs und trotz ihrer Tränen lächelte sie: „Mein Schicksal ist dein Schicksal", flüsterte sie und ihre weißblonden Haare umrahmten ihr Gesicht. „Und mein Tod ist dein Leben."

Sarah taumelte und Fabian Lauer fing sie gerade noch rechtzeitig auf, bevor sie vor dem makabren Ausstellungsgerät stolperte.

„Alles in Ordnung?", fragte Fabian und Sarah schaute ihn einen Moment lang irritiert an. „Alles okay", sagte sie und unbewusst rief sie sich ein Mantra aus ihrer Kindheit ins Gedächtnis: *Nichts gesehen, nichts gesehen, nichts geschehen, nichts geschehen,* ein Kehrvers, den ihr ihre Mutter in zahlreichen Nächten und nach noch zahlreicheren schlimmen Träumen mit ihrer sanften, weichen Stimme an ihrem Bett vorgesungen hatte. *Nichts gesehen, nichts gesehen, nichts geschehen, nichts geschehen.* Aber war da wirklich nichts gewesen? *Nein,* sagte sie sich, *es war nur eine schwachsinnige Phantasie.* Sie gewann zunehmend an Sicherheit, je mehr sie sich dem eigentlichen Tatort näherten, aber trotz ihrer nach außen hin zur Schau getragenen Selbstsicherheit musste Sarah die Augen schließen, als sie die Pyramide mit dem Toten im kalten Licht ihrer Taschenlampe erblickte. Und in diesem Augenblick kam ihr ein anderer Reim aus ihren Kindertagen in den Sinn: *Hoppe, hoppe Reiter, wenn er fällt, dann schreit er;* nur, dass der hier nicht mehr schrie, aber er hatte bestimmt geschrien, auch wenn er nicht von seinem seltsamen Ross gefallen war.

15. Kapitel

Jens Thielmann saß zusammen mit Peter Sinner im *Minnesänger*. Dieses Lokal hatte er ausgesucht, weil die mittelalterliche Schankstube aufgrund ihrer komplizierten Holzkonstruktion im Inneren über einige abgeschiedene - beinahe intime Bereiche - verfügte. Außerdem war der Minnesänger das einzige Lokal, von dem Jens Thielmann wusste, dass es bereits vor zehn Uhr öffnete. Vielleicht, weil Peter ihm vertraute, vielleicht, weil die zwei Gläser Wodka ihn willenlos gemacht hatten oder vielleicht auch nur, weil es Peter egal war; jedenfalls war es Jens nicht schwergefallen, den völlig schockierten und offenbar desorientierten Mann in den *Minnesänger* zu führen und ihn im ersten Stock in einer dunklen Ecke zu postieren. Eigentlich hatte er nicht zurückgewollt nach Linz, aber er war Reporter genug, um zu wissen, dass es wichtig sein könnte, zumindest in der Nähe des Geschehens zu sein. Jetzt legte er ihm den Arm um die Schulter und Peter Sinner sah ihn dankbar an. „Danke, Herr...", sagte Sinner und jetzt erst schien ihm aufzugehen, dass er den Namen des neben ihm sitzenden Mannes gar nicht kannte. „Thielmann, Jens Thielmann, freut mich, Sie kennenzulernen", sagte dieser und streckte Sinner die rechte Hand entgegen. Peter nahm sie dankbar an und sagte seinen Namen. Gleich darauf schien er wieder in sich selbst zu versinken und mehr zu sich selbst als zu Thielmann fing er wieder an: „Schrecklich, einfach grauenhaft, aber er hat es verdient, aber vielleicht nicht so, das habe ich doch nicht gewollt, nicht so..."

Der Reporter witterte die Gelegenheit. *Ich habe ihn, er vertraut mir, jetzt wird er mir alles erzählen*, dachte sich Thielmann und legte seinem Nachbarn wieder beruhigend den Arm um die Schulter. Er bestellte zwei Kirschwasser und setzte sich Sinner gegenüber. Als der Kellner das Gewünschte brachte, prostete er ihm zu und sagte: „Trink erst mal einen Schluck, das wird dir guttun." Die ganze Prozedur wiederholte er noch drei Male, wobei er zwei seiner Gläser unauffällig in den neben dem Tisch stehenden Blumenkübel goss. Allmählich kam Farbe in Sinners Gesicht, das nach den vorherigen zwei Gläsern Wodka noch keine nennenswerte Belebung gezeigt hatte. „Peter", begann Jens Thielmann, „ich darf doch Peter sagen? Bitte erzähl mir, was du gesehen hast, bestimmt kann ich dir helfen, und geteiltes Leid ist schließlich halbes Leid, oder?"

Auf dem Gesicht von Peter Sinner erschien jetzt ein halb nachdenklicher, halb verzweifelter Ausdruck und er schüttelte den Kopf, wie um das, was er offensichtlich vor seinem inneren Auge sah, zu verneinen.

„O Gott, O Gott, O Gott", sagte er, „das hätte ich nicht erwartet, alles, aber das nicht."

Behutsam nahm Thielmann die rechte Hand seines Gegenübers: „Was hättest du nicht erwartet?"

„Weißt du" (Peter Sinners Stimme war kaum mehr als ein heißeres Krächzen und er schien mehr und mehr auch körperlich in sich selbst zu versinken, so, als wolle er mit Gewalt kleiner *oder unsichtbar* werden), „ich habe ein Geheimnis und es hängt mit dieser Burg zusammen, aber ich hätte nicht gedacht, dass meine Nachforschungen solche Auswirkungen haben."

16. Kapitel

Im Burghof herrschte reger Betrieb. Zwar waren sämtliche Passanten von Polizeibeamten außerhalb der Burganlage gebracht worden, wo sie sich auf Anweisung von Sarah Winkler für weitere Befragungen bereithielten, aber der gesamte Innenbereich wurde dafür von Einsatzfahrzeugen der Polizei und der Spurensicherung beherrscht. Kellereingang und Gewölbe erstrahlten jetzt im Licht von etwa zehn großen Scheinwerfern; die gespenstische Dunkelheit war einer gleißenden, jedes Detail ausleuchtenden Helligkeit gewichen. Noch immer hing der Tote in seiner makabren Reiterstellung auf der Pyramide und einige Forensiker waren dabei, Fotos zu schießen und Spuren an dem Foltergerät zu sichern.

„Haben Sie so etwas schon einmal gesehen?" Sarah Winkler war neben Dr. Julius Fellner getreten.

Der etwa 50-jährige Gerichtsmediziner aus Koblenz betrachtete weiterhin den Toten, er roch an seinem Mund und schaute mit einer kleinen Lampe in die starren Augen, ehe er sich zu der Kommissarin umdrehte. Er nahm seine Brille ab und betrachtete sie eine Weile.

„Wissen Sie", sagte er, als er sich Sarah zuwandte. „Ich habe wirklich schon sehr viel gesehen, aber ich muss ehrlich sagen, dass dies hier für mich etwas völlig Neues ist."

„Können Sie mir sagen, wann in etwa der Graf gestorben ist?"

Fellner schaute auf seine Uhr. „Wir haben jetzt neun Uhr achtundvierzig. Angesichts der Temperatur hier unten und die seines Körpers würde ich sagen, so etwa um drei Uhr heute Morgen, plus minus eine Stunde."

„Hat es lange gedauert?"

„Nein, ich glaube, der Herr hier war sehr schnell tot." Der Mediziner zeigte auf das Foltergerät und die gläserne Absperrung. „Er hat zwar einiges an Blut verloren, aber das meiste ist aus seinem Mund geströmt und nicht, wie man beim ersten Anblick vermuten könnte, aus seinem Hinterteil."

„Und was bedeutet das?"

„Das bedeutet, dass das Herz sehr schnell aufgehört hat zu schlagen, als er auf diesem Objekt platziert wurde. Es pumpte nicht mehr weiter, sonst würde dieses schauderhafte Gerät noch viel schlimmer aussehen." Er seufzte. „Glauben Sie an Gott?"

Sarah schaute ihn ratlos an. „Wieso?"

„Irgendjemand oder irgendetwas hat ihm auf jeden Fall eine lange Qual erspart, aber Genaueres kann ich natürlich erst sagen, wenn ich ihn in meinem Institut untersucht habe."

„Wie hieß der Graf noch einmal genau?", fragte Sarah jetzt Fabian, der der Unterhaltung aufmerksam gelauscht hatte.

„Gero von Wolkenfels", sagte dieser, „er war der Besitzer dieser Burg."

Sarah stieg die Treppe hinauf und tippte auf den Bildschirm ihres Smartphones. Wenig später hatte sie gefunden, wonach sie suchte. Die Datei, die sie gerade geöffnet hatte, zeigte in genau dem Burghof, in dem sie sich jetzt befand, einen älteren, gut gekleideten Mann und eine etwas jüngere, ebenfalls gut gekleidete Frau nebeneinander stehen. Der Mann, laut Unterschrift war es Gero von Wolkenfels- hatte den Arm um seine Frau (laut Bildunterschrift Gräfin Xynthia von Wolkenfels) gelegt. Die blonde Gräfin, die aristokratisch ernst wirkte, war sehr attraktiv und ein etwas weniger attraktiver Graf, der seine rechte Augenbraue spöttisch nach oben gezogen hatte, hatte seinen Arm besitzergreifend um sie gelegt. Der Graf wirkte lebendig und vital, seine straffe Körperhaltung und sein markantes Gesicht strahlten Kraft und Entschlossenheit aus.

Er kannte keine Angst, dachte Sarah bei sich, *und Menschen, die keine Angst kennen, leben mitunter gefährlich.*

17. Kapitel

Sie saßen zu dritt in einem Raum im zweiten Stock der Polizeiwache Linz, hinter dem Büro des Dienststellenleiters Gerd Handke, der kurzfristig zu einer provisorischen Einsatzzentrale umfunktioniert worden war. Kriminalhauptkommissar Gerd Handke war seit mehr als dreißig Jahren bei der Linzer Polizei. In dieser Zeit, in der sich der nunmehr 58-Jährige mit Tatkraft, Umsicht und einem gehörigen Maß an Menschenkenntnis nach oben gearbeitet hatte, hatte er zahlreiche Delikte aufgeklärt, von Taschendiebstahl über Einbruch, Körperverletzung, Unfallflucht und Drogenhandel bis hin zu einem Totschlagsfall, bei dem ein „unter Freunden" ausgetragener betrunkener Streit um eine Frau eskaliert war. Seine Mitarbeiter und Untergebenen schätzten den allmählich ergrauenden Beamten, dessen kantiges Gesicht ebenso wie die wachen, blauen Augen Entschlossenheit und Tatkraft verriet, wegen seiner fairen Art und wegen seines Scharfsinns. Außerdem gab es nicht wenige, die ihn bewunderten, weil er immer Herr der Lage war und auch in Extremsituationen besonnen und ruhig reagierte. Und Gerd Handke selbst fühlte sich wohl als Dienststellenleiter einer Truppe, die wirklich eine Mannschaft war, wo einer für den anderen da war und jeder bereit, jede und jeden seiner Kolleginnen und Kollegen zu schützen, wenn es denn sein musste. In seinem Selbstverständnis sah er sich demzufolge weniger als Chef denn als Trainer, und zwar als ein Trainer, der seiner Mannschaft vieles abverlangte, der es aber verstand, gemeinsam mit seinen Spielerinnen und Spielern ebenso gelegentliche Niederlagen einzustecken wie auch grandiose Siege zu feiern; Siege beim Überführen von Drogendealern, Einbrecherbanden und Autoschiebern. In seinem Gedächtnis bewahrte Gerd Handke alle gelösten Fälle als innere Trophäe, und die Vitrine in seinem Kopf war beinahe schon randvoll. In der Mitte dieser Vitrine, in der die Siegerpokale glänzten, war allerdings noch ein Platz frei; ein Platz für *das Verbrechen der Verbrechen* und Gerd

Handke wollte nicht in den Ruhestand treten, bevor auch dieser Platz gefüllt war. Das goldene Schild mit der Aufschrift stand schon an diesem Platz bereit, jetzt fehlte nur noch die Trophäe. Auf dem schwarzen Marmorschild stand in silbernen, geschwungenen Lettern: „AUFGEKLÄRTER MORD". Natürlich fehlten noch Einzelheiten wie Ort und Datum, aber dass sich das bald ändern würde, da war sich Gerd Handke ganz sicher.

Sarah Winkler hatte schon einiges von Gerd Handke gehört. Auch in Koblenz redete man bewundernd und anerkennend über seine Leistungen. Dennoch machte sie sich gerne selbst ein Bild von den Menschen, mit denen sie es zu tun hatte. Jetzt schaute sie zunächst Fabian Lauer und dann den Kriminalhauptkommissar an. Sie lächelte. Gleichzeitig erschien das Bild ihrer Mutter aus der Vergangenheit vor ihren Augen, einer geheimnisvollen, schönen Frau, die sie mit ihren durchdringend grünen Augen ansah und sagte: „Sieh dir die Menschen an, mit denen du in Berührung kommst, sieh in sie hinein, du wirst ihre Stärken erkennen und ihre Schwächen, und du kannst sie nutzen. Nutze sie immer zum Guten, das ist unser Segen und manchmal unser Fluch, aber es ist unsere Bestimmung."

„Also, wo fangen wir an?" fragte Sarah und schaute zuerst Gerd Handke und dann Fabian Lauer an.

„Ich würde sagen, bei Peter Sinner", antwortete der Polizeioberkommissar jetzt, als er das aufgezeichnete Telefonat zum dritten Mal abgespielt hatte. „Keine Ahnung, wo der hin ist, er war gemeinsam mit mir unten im Keller und er war plötzlich verschwunden, aber die Kollegen haben seine Adresse bereits herausgefunden, er wohnt in Remagen, Uferstraße 23. Ich habe mit dem Einverständnis des Chefs, Herrn Handke, unsere Leute vor Ort gebeten, einmal dort nachzuschauen." Er schaute die beiden nachdenklich an. „Ich hatte schon unten an der Burg so ein komisches Gefühl, dass mit dem was nicht stimmt; ich kann nicht genau sagen, was es ist, aber ich weiß, da ist was, ja, da ist was."

„Gut, die Kollegen sollen versuchen, ihn ausfindig zu machen und hierher bringen", sagte Sarah mit einer sanften, einschmeichelnden Stimme, die dem leisen Schnurren einer Raubkatze ähnelte, vielleicht kann er uns mehr sagen. Ich selbst werde mich hier in Linz einquartieren, und die Kollegen in Koblenz sind bereits dabei, eine Sonderkommission zu bilden. Wer außer uns hier vor Ort ermitteln wird, wird sich zeigen. Der Tote ist auf dem Weg in die Gerichtsmedizin und von dort werden wir spätestens Montag erste Ergebnisse haben." Ihre smaragdgrünen Augen leuchteten, als sie jetzt sagte: „Als Erstes sollten wir uns um das familiäre Umfeld kümmern, ich fahre jetzt sofort zur Frau des Toten."

Mit einem aufmunternden Blick in Richtung Fabian sagte sie: „Herr Lauer, ich würde mich freuen, wenn Sie dabei wären. Herr Handke, würden Sie bitte zur Burg fahren und mit dem Personal reden? Wir treffen uns in - sagen wir drei Stunden - dann wieder hier."

Gerd Handke nickte und legte Zeige- und Mittelfinger seiner rechten Hand nachdenklich auf den Mund. Fabian Lauer aber starrte wie gebannt in das Gesicht der Kommissarin, in dem ihre Augen ihn in einen dunklen, ergründlichen See zu ziehen schienen, der wesentlich geheimnisvoller erschien als die zu einem Lächeln verzogenen, rubinroten Mundwinkel.

18. Kapitel

Sarah Winkler drückte auf den Klingelknopf, der sich neben dem schmiedeeisernen Tor befand. „Wer sind Sie?" fragte die melodische, wenn auch etwas müde wirkende Stimme aus der Sprechanlage.

„Kriminalpolizei, es geht um Ihren Mann, würden Sie uns bitte öffnen", sagte Sarah in die Sprechanlage und nach kurzem Zögern verriet ein Summen, dass der Öffnungsmechanismus ausgelöst worden war.

Xynthia von Wolkenfels lebte nicht in Linz, sie hatte es vorgezogen, sich ins nahe gelegene Königswinter zurückzuziehen, weil sie und ihr Mann Gero außer einigen gelegentlichen offiziellen Anlässen, bei denen sie zumindest die Fassade wahren mussten, schon seit Jahren keinerlei Gemeinsamkeiten mehr hatten. Genau gesagt, war eher das Gegenteil der Fall. Natürlich wusste auch die Öffentlichkeit, dass die beiden schon lange kein Paar im eigentlichen Sinne mehr waren, aber man respektierte und akzeptierte ihre Entscheidung; immerhin war es bisher zu keinem Skandal (jedenfalls keinem öffentlichen) gekommen und die beiden waren nach wie vor gern gesehene Gäste bei Feiern wie dem Linzer Karneval, den verschiedenen Sommerfesten und auch als Mäzene kultureller Ereignisse genossen die beiden einen tadellosen Ruf.

Gero war schon zu Beginn ihrer Ehe vor 34 Jahren nicht treu gewesen und Xynthia hatte dies von Anfang an gewusst. Aber der Status als „Gräfin" und das finanziell sorgenfreie Leben an der Seite Geros hatten sie lange Zeit über so manche Eskapade hinwegsehen lassen und da es ihr an nichts mangelte (schon gar nicht an heimlichen Liebhabern), hätte es von ihr aus bis zum jüngsten Tage so weiter gehen können, wenn nicht Gero irgendwann darauf bestanden hätte, dass sie als seine Ehefrau sich an dem Spiel mit seiner Geliebten beteilige.

Als sie sich weigerte, folgte die Rache des Grafen auf dem Fuße. Er sperrte Xynthia für mehrere Wochen in das enge Turmverlies der Burg ein und ließ sie erst wieder heraus, als ihr Widerstand gebrochen war. Es gab so etwas wie den Beginn einer Nacht zu dritt, aber als die Geliebte Geros sah, in welch erbärmlichem Zustand sich die Gräfin nach ihrem unfreiwilligen Aufenthalt im Dachzimmer der Burg befand, wurde es auch ihr zu viel: „Du bist ein Ungeheuer und mit einem Ungeheuer will ich nichts mehr zu tun haben; ich habe deine perversen Spiele lange genug mitgespielt", hatte ihm die erst 25-jährige Carmen (die sich heimlich schon als neue Gräfin gesehen hatte) entgegengeschleudert und fluchtartig die Burg verlassen. Da Xynthia ihren mehrwöchigen Aufenthalt auch alles andere als genossen hatte und an die Stelle ihres früheren, fröhlichen Wesens nun eine permanente Gleichgültigkeit getreten war, die nur ab und an durch unzusammenhängendes Gestammel und wilde Schreie unterbrochen wurde, war es ihr egal, dass der Graf wütend wurde und sie nach oben in ihr (reguläres) Zimmer schickte. Schließlich fand eine Burgbedienstete Xynthia am nächsten Abend in einer Badewanne, deren Wasser sich langsam rosa färbte. Geistesgegenwärtig verband sie den über den linken Unterarm verlaufenden (und nicht sehr tiefen) Schnitt und rief den Notarzt. Nach einigen Tagen im Krankenhaus folgte ein längerer Aufenthalt in einer gutsituierten Klinik am Chiemsee, deren luxuriöses Ambiente allerdings nicht darüber hinwegtäuschen konnte, dass es sich um eine psychiatrische Einrichtung handelte. Mit der Diagnose „bedingt geheilt" wurde sie nach beinahe neun Monaten entlassen und wenn sie eins in ihrer Therapie gewonnen hatte, so war es die Erkenntnis, dass eine Rückkehr in die Burg ihr Ende bedeuten würde.

Also hatte sie sich in ihre 200 Jahre alte Villa in Königswinter zurückgezogen, in dem zuvor ihre letzte lebende Verwandte, ihre Mutter, bis zu ihrem Tode gewohnt hatte und die ihr Gero zur Hochzeit geschenkt hatte.

Bei allen Unbilden, die das Leben an der Seite eines reizbaren und despotischen Mannes bereithielt, hatte sie sich eines bewahrt oder besser, zurückerobert. Ihre Würde, und mit dieser Würde, die sie in ihr neues Heim mit hinübergerettet hatte, begrüßte sie jetzt auch die beiden ungewöhnlichen Gäste:

„Sie kommen, weil er tot ist", sagte sie. Ihr Mund lächelte, aber ihre Augen blickten die beiden kalt und wachsam an. Die Kommissarin konnte dieses Lächeln nicht einordnen; jedenfalls war es kein fröhliches Lächeln, ganz und gar nicht, eher das Lächeln einer gequälten Seele. Vor sich sah Sarah eine standesbewusste, elegante Frau, etwa Mitte bis Ende fünfzig, die sehr viel Wert auf ihr Äußeres legte. Ihr attraktives Gesicht war dezent geschminkt. Sie trug eine sportliche Jeans und eine violette Bluse, die die Diamanten an ihrem Hals vorteilhaft zur Geltung brachte. Ihre dunkelblonden Haare waren hochtoupiert und wurden mit silbernen, diamantbesetzten Spangen in Form gehalten. Ihre Füße steckten in modischen Sandalen und sowohl ihre Zehen- als auch ihre Fingernägel waren offensichtlich in einem Nagelstudio designt worden; jedenfalls leuchteten sie in metallischem Blau. *Blaues Blut, blaue Nägel*, dachte sich Sarah Winkler, als sie mit der kurzen Taxierung, die weniger als eine Sekunde gedauert hatte, fertig war und sich Xynthia zuwandte.

„Sie kommen, weil er tot ist", hatte die Gräfin gesagt und Sarah war überrascht, aber sie ließ sich diese Überraschung nicht anmerken. Wurde man überrascht, dann bestand die Gefahr, dass man in die Defensive geriet, aber angesichts eines Mordfalles, das wusste sie aus ihrer beinahe zehnjährigen Erfahrung, war es immer wichtig, die Oberhand zu behalten. Schließlich konnte jeder oder jede der Mörder oder die Mörderin sein, also auch die Gräfin. *Ist sie so eiskalt oder tut sie nur so?*, fragte sich Sarah und beschloss, der Gräfin auf den Zahn zu fühlen. Ihr Gesicht verriet keine Gefühlsregung, als sie sagte: „Sie wissen es also schon."

„Ja, ich weiß es (noch immer dieses seltsame Lächeln), wenn Sie mir bitte folgen würden?" Fabian Lauer und Sarah Winkler folgten ihr durch eine geräumige Vorhalle in ein großes, edel möbliertes Zimmer, auf dem auf einem ausladenden, massiven Tisch ein Laptop stand.

„Bitte", sagte die Gräfin und zeigte auf den Laptop. Die Kommissarin schaute und nickte, aber Fabian Lauer fühlte sich mit einem Schlag um einige Stunden zurückversetzt. Auf dem Bildschirm war das dunkle Kellerverlies zu sehen, in dem er noch am frühen Morgen gewesen war und genau aus der Perspektive, die sein Smartphone-Licht beleuchtet hatte, waren offenbar die Fotos aufgenommen worden, die Gero in seinem Todeskampf zeigten. *Chance, Chance, Chance*, rief die Stimme in seinem Kopf und unbewusst pfiff er die Melodie aus Sergio Leones Westerndrama. Als Sarah ihn mit tadelndem Blick anschaute, sagte er schnell „Schau an, schau an, der Graf, wie er leibt und lebt – äh, natürlich nicht mehr so ganz..."

„Von wem stammen diese Aufnahmen?" Sarah blickte die Gräfin mit ihren grünen Augen durchdringend an und diese schien plötzlich verunsichert. Das Lächeln auf ihrem Gesicht gefror. „Ich weiß es nicht, ich weiß es wirklich nicht, als Absender ist nur *Racheengel* angegeben, aber ich kenne niemanden, der sich so nennt."

„Und Ihre Internetadresse lautet Waldfee?"

Die Gräfin wurde nun sichtlich verlegen. „Ja, ich weiß, das ist albern, aber etwas von meinen Träumen musste ich mir bewahren und sei es nur einen Namen; sie haben keine Ahnung, wie das Leben mit ihm war..."

Fabian Lauer hatte die gesamte Szene aufmerksam beobachtet und er konnte nicht umhin, die Kommissarin für ihre Art zu bewundern. *Donnerwetter*, dachte er bei sich, *eben noch war die Gräfin die Herrin der Lage, ein wenig arrogant und eingebildet, und innerhalb von zwei Minuten hat diese seltsame Wahnsinnsfrau die Fassade zerschlagen und selbst das Zepter übernommen.*

Als sie wenig später wieder im Alfa-Spider saßen und den Rhein entlang nach Linz fuhren, sagte Sarah plötzlich: „Und, war sie es?" Fabian Lauer wurde es abwechselnd heiß und kalt. *Jetzt bloß keine falsche Antwort geben*, dachte er sich und wieder *Chance,*

Chance, Chance... Zu Sarah gewandt sagte er: „Ich glaube nicht, aber ich glaube, dass sie mehr weiß, als sie uns sagt."

Sarah sah ihn an und erneut dachte er *Augenmagnete, unglaublich, das sind wahrhaftig Augenmagnete.* „Gut", sagte sie nur und Fabian Lauer, dem die Frau neben ihm immer rätselhafter, gleichzeitig aber auch immer attraktiver erschien, blickte auf den rechts vor ihnen liegenden Rhein.

19. Kapitel

Gerd Handke wartete bereits auf sie. „Fehlanzeige", sagte der Dienststellenleiter bedauernd. „Das Personal war in der Nacht nicht in der Burg, aber eine Angestellte, die eben erst eingetroffen ist, eine Frau Müller, hat ausgesagt, dass der Sohn des Grafen, Ansgar von Wolkenfels, kurz vor meinem Besuch angerufen habe. Nach ihrer Aussage wohnt er auf Menorca, aber er wusste bereits vom Tode des Grafen. Sie selbst hat ihm nach ihrer Aussage keine Auskunft vom Tode seines Vaters gegeben."

„Verstehe, er wusste es schon und ich weiß auch, von wem er es wusste." Sarah Winkler machte eine kurze Pause und ließ die Worte auf Gerd Handke und Fabian Lauer wirken.

„Bitte, Frau Winkler, spannen Sie uns nicht auf die Folter." Der etwa 60-Jährige Polizeihauptkommissar blickte auf die Notizen, die er sich auf einem Schreibblock gemacht hatte.

„Seine Mutter hat es ihm mitgeteilt."

Gerd Handke legte seinen rechten Zeigefinger und den Mittelfinger an den Mund. Einen Moment lang schien er intensiv nachzudenken. Jetzt schaute er auf. Sein Blick war hellwach und konzentriert.

„Aber ich dachte, Sie hätten sie eben erst informiert?"

„Sie wusste es schon; irgendjemand hat ihr unter der Adresse *Racheengel* Bilder aus der Folterkammer zugespielt. Nachdem sie ihren Sohn auf Menorca informiert hat - übrigens ohne ihm die Bilder zu überspielen -, hat dieser nur zurückgemailt: *Alles klar, ich komme sofort* und dann noch *Jetzt wird alles Gut*. Ich habe die Aufnahmen und den E-Mail-Verkehr schon auf meinen Rechner übertragen und anschließend nach Koblenz gesendet. Ich schlage vor, wir schauen uns das Ganze jetzt gemeinsam an."

20. Kapitel

Jens Thielmann saß vor seinem Laptop und schrieb:

GRAUSAME HINRICHTUNG IM FOLTERKELLER

Familiendrama oder Racheakt?

Von Benjamin Böhme

Linz. Ein grausames Verbrechen erschüttert die kleine Stadt Linz am Rhein. Am frühen Samstagmorgen wurde in der Folterkammer der Burg Linz deren Besitzer, Graf Gero von Wolkenfels, tot aufgefunden. Sein grausam zugerichteter Körper befand sich auf der sogenannten „Judaswiege", einem Foltergerät des Mittelalters, das mit seiner spitz zulaufenden Form an eine Pyramide erinnert und das den Delinquenten an verschiedenen Stellen des Körpers unerträgliche Schmerzen zufügen kann. Im Falle des Grafen wurde dieser...

...Der Zeuge Sebastian W. (Name von der Redaktion geändert), der nach eigener Aussage die Polizei informiert und mit einem Beamten der Linzer Polizei den toten Grafen gefunden hat, ist bereit, jederzeit das zu beschwören, was er gesehen hat. Dem Verfasser dieses Artikels liegen darüber hinaus gesicherte Informationen aus erster Hand vor, dass die Ursache des Verbrechens nicht in der unmittelbaren Gegenwart zu suchen ist. Fortsetzung folgt.

Jens Thielmann war sich sicher, dass er zusammen mit Peter Sinner bereits jetzt gesucht wurde, aber wenn der Artikel morgen in der Zeitung wäre, würde sein Name auf der Fahndungsliste der Polizei weit nach oben rücken; ganz weit nach oben, wahrscheinlich sogar auf Platz eins.

Er hatte sich unter falschem Namen - er hieß jetzt Bernd Renner - ein Zimmer in einem Zwei-Sterne-Hotel in Bad Honnef genommen und er hatte sich zusammen mit Peter Sinner dort einquartiert. In Linz selbst hatte er keine weiteren Erkenntnisse gewinnen können, er hatte nur wahrgenommen, dass sich immer mehr Menschen auf den Straßen angeregt unterhielten. Offenbar hatte die Nachricht vom Tode des Grafen schon die Runde gemacht. Nachdem er Peters Erinnerungen mit einigen weiteren Kirschwassern gewissermaßen „auf die Sprünge geholfen" hatte, war es ihm ein Leichtes gewesen, Sinner davon zu überzeugen, dass dieser untertauchen müsse. „Ich bin dein Freund, und ich helfe dir", hatte er seinem beinahe weinenden Gegenüber erklärt und dieser hatte ihn dankbar angeschaut, als er ihm mit ruhiger, vertrauenerweckender Stimme zuflüsterte: „Ich werde gemeinsam mit dir von der Bildfläche verschwinden, bis wir diese Sache ausgestanden haben." Spätestens nach der durch etliche Schluchzer und zahlreiche Selbstvorwürfe unterbrochenen, etwa halbstündigen Schilderung war dem bisherigen freien Mitarbeiter des Rhein-Express endgültig klar geworden, dass er auf eine journalistische Goldgrube gestoßen war. Jetzt galt es nur noch, die Mine an den richtigen Stellen zu sprengen und die Nuggets einen nach dem anderen herauszuholen und einer staunenden Öffentlichkeit zu präsentieren. Natürlich kam für ein solches Unterfangen keine regionale Zeitung in Frage, die hätten sich womöglich gar nicht getraut, seine Recherchen ohne polizeiliche Absicherung zu veröffentlichen, ganz zu schweigen von den Überschriften, die in den nächsten Wochen ein gebanntes Deutschland in Atem halten würden, wobei „Grausame Hinrichtung..." noch die harmloseste sein würde.

21. Kapitel

Ansgar von Wolkenfels saß im Flugzeug. Nachdem der Airbus A320 der Lufthansa bei ruhigem Wetter pünktlich um 14 Uhr 30 vom Aeroport de Menorca aus gestartet war, befanden sie sich nunmehr auf der vorgesehen Flughöhe von 10.000 Metern. Die Bordsprechanlage knisterte leicht und der Pilot sagte: „Wenn Sie aus dem Fenster blicken, sehen sie unter sich den südöstlichen Zipfel Frankreichs, die Provence. Diese Region zeichnet sich besonders aus durch ihre Lage an der Côte d'Azur, die..." Ansgar befand sich alleine in seiner Sitzreihe in der ersten Klasse und obwohl er einen Fensterplatz mit einer fantastischen Aussicht hatte, hörte er die Worte kaum. Er blickte auf seinen Laptop und auf die in kurzen Abständen auf dem Monitor erscheinenden Bilder, die ihm ein Absender mit Namen *Racheengel* am frühen Morgen zugesendet hatte. Die Person, die hinter diesem Pseudonym stand, kannte er, o ja, er kannte sie sogar sehr gut. Ein beinahe verträumtes Lächeln huschte dem 32-Jährigen über sein rundliches Gesicht unter der einzelnen schwarzgrauen Haarsträhne, die sein rechtes Auge halb bedeckte, als er den Laptop zuklappte und sich entspannt in seinem Sessel zurücklehnte. „Tatsächlich, alles funktioniert einwandfrei, alles läuft nach Plan", sagte er zu sich selbst und er blies die Strähne mit einem zischenden Laut nach oben, „manchmal geschehen noch Zeichen und Wunder."

22. Kapitel

In Koblenz war inzwischen die SOKO *Folterkammer* ins Leben gerufen worden, die sich aus nicht weniger als 14 Beamtinnen und Beamten zusammensetzte. Sarah Winkler war mit der Leitung des Teams in Linz betraut worden, dem - neben ihr, Kriminalhauptkommissar Gerd Handke und Polizeioberkommissar Fabian Lauer - nun auch noch Claudia Mehren und Roger Meinbauer von der K11 in Koblenz angehörten; beides Beamte des gehobenen Dienstes, die sich insbesondere mit Verhörtechniken auskannten. Die Kolleginnen und Kollegen des Teams in Koblenz waren hauptsächlich Forensiker, die sich der Spurenanalyse und den technischen Geräten des Verstorbenen wie Handy, Smartphone und Computer widmeten. Sarah selbst hatte bei der letzten Zusammenkunft, bei der sie noch zu dritt waren, in die Runde gefragt: „Wo laufen hier in Linz die Drähte zusammen, ich meine privat, wo wird geredet, wo trifft man sich auf ein Bier?"

„Am ehesten im *Minnesänger*", hatte Fabian Lauer geantwortet, der selbst des Öfteren dort zu Gast war. „Es ist eine urige Kneipe und Gaststätte. Viele Einheimische kommen hierher und auch nach den Ratssitzungen ist da immer einiges los."

„Vermieten die auch Zimmer?", hatte Sarah wissen wollen und als Fabian dieses verneinte, hatte sie sich bei ihren Kollegen nach einer anderen, in der Nähe des Gasthofes liegenden Bleibe erkundigt.

23. Kapitel

Jetzt kam sie aus dem Hotel Garni wenige Meter vom *Minnesänger* entfernt und ging gemächlichen Schrittes über den großen Marktplatz in Richtung Rathaus, von dem sie von der freundlichen Bedienung, die sie für ihr Zimmer eingecheckt hatte, bereits erfahren hatte, dass es das älteste in Rheinland-Pfalz sei.

Was für eine herrliche Stadt, dachte sie bei sich, *unten der Rhein, dann das Stadttor und die Burg, ein toller Marktplatz und soweit man sieht, alte, gepflegte Häuser und zwischendrin malerische Gassen und Winkel und bisher nur sympathische, offene Menschen. Eigentlich müsste ich mich hier rundherum wohlfühlen.* Und doch spürte sie Nervosität in sich aufsteigen; es war keine Angst, eher das unbestimmte, aber sichere Gefühl, dass irgendetwas in der Luft lag. Sie blickte auf das Rathaus und dann auf die Mitte des Platzes, auf dem sich einige Passanten versammelt hatten und offensichtlich über die jüngsten Ereignisse diskutierten. Und plötzlich geschah es. Die Menschen, die sich gerade noch bewegt hatten, verschwammen zu konturenlosen Schatten, die Luft schien sich elektrisch aufzuladen und die Häuser veränderten sich. Die Markisen, die zahlreiche Gaststätten und Geschäfte geschmückt hatten, verschwanden, die Sonne wich einem dunklen Nachthimmel und aus den Fenstern der rußgeschwärzten mittelalterlichen Gebäude drang Kerzenschein, der Boden wurde schlammig und lehmig und der Brunnen vor dem Ratsgebäude war nicht mehr vorhanden. Der ganze Platz schien zu brodeln und sich zu verändern. Die eben noch klare Herbstluft hatte sich in ein fürchterliches geruchliches Gemenge aus Fett, Schweiß, Pferdemist, Kot und Urin verwandelt und Sarah wurde schlecht. Wabernder Nebel breitete sich aus und ein kalter Wind fegte ihr ins Gesicht. Sie fühlte Schneeflocken auf ihren Wangen. Sie hörte ein ratterndes Geräusch und sah schemenhaft, dass ein Wagen mit Holzrädern an ihr vorbeifuhr; sie hörte das Geschrei und wilde Gejohle von Menschen, es mussten tausende sein; und das Wiehern von Pferden, und sie glaubte, aus dem Konglomerat der menschlichen, tierischen und technischen Geräusche immer wieder die Worte „Hexe, Hexe, Hexe" herauszuhören, skandiert von einem wütenden Pöbel, der sich in kleinen Gruppen in der großen Menge befand. Jetzt roch sie plötzlich Rauch und die Hitze von Flammen schien ihre Haut zu versengen. Sie spürte, wie sich ihre Brust zusammenzog; ein beißender Schmerz fuhr in ihre Lunge, ihre grünen, jetzt verschleierten Augen verengten sich zu schmalen Schlitzen und sie atmete fünf - sechsmal heftig aus und ein, ehe sie sich wieder unter Kontrolle hatte. Sie schloss die Augen und konzentrierte sich. *Nichts gesehen, nichts gesehen, nichts geschehen, nichts geschehen.* Sie öffnete die Augen. Der Platz lag wieder im sanften Licht des ruhigen Oktobernachmittags. Die Markisen waren da, wo sie hingehörten, die Luft war sauber und angenehm geruchlos und auch die Menschen unterhielten sich weiter, als sei nichts geschehen. *Nichts gesehen, nichts gesehen, nichts geschehen, nichts geschehen.* Da war er wieder gewesen, der alte Kinderreim, aber es war eben nur ein Kinderreim. *Aber er hat gewirkt, wieder einmal, Gott sei Dank*, dachte sich Sarah. „Doch was gesehen, doch was geschehen...", flüsterte sie vor sich hin, „aber was ist geschehen und vor allem: wann?" Und dann, wie um ihre Gedanken greifbar zu machen, wurde ihre Stimme lauter: „Irgendetwas ist sonderbar hier und irgendetwas ist mit diesem Ort und mir und ich werde herausfinden, was es ist."

Im Rathaus selbst besorgte sie sich mehrere Stadtpläne und einen attraktiven Prospekt, der mit den Worten „Linz, die bunte Stadt am Rhein" warb und dessen reich bebilderter Inhalt sowohl in deutscher als auch in englischer Sprache erklärt war.

Diese Dinge legte sie zu ihren übrigen Utensilien in eine braune Lederaktentasche, die noch aus der Zeit der Jahrhundertwende, und zwar der vom 18. zum 19. Jahrhundert zu stammen schien und machte sich zu Fuß auf den Weg in die Polizeiinspektion, die nur etwa zehn Gehminuten entfernt war.

24. Kapitel

Die Kollegin und die anderen Kollegen warteten bereits auf sie. Der am Vormittag zur ersten Besprechung genutzte Raum war mittlerweile in eine Art Einsatzzentrum verwandelt worden. Das Bild, in dem der Graf seinen Kopf, an dessen Hals sich eine Art Metallklammer befand, wie zu einem letzten, verzweifelten Schrei nach Gnade erhoben hatte, und das von rötlich-gelbem Fackelschein makaber illuminiert wurde, wurde mit einem Beamer auf die große weiße Wand neben dem Fenster projiziert.

Nachdem Sarah insbesondere Claudia Mehren und Roger Meinbauer aus Koblenz begrüßt hatte, bat sie die Kollegin, das gesamte Material noch einmal abzuspielen. Es folgte eine etwa einminütige Sequenz, in der nur vier Bilder den Todeskampf des Grafen dokumentierten. Der Bildausschnitt zeigte den Grafen von den Oberschenkeln an aufwärts; in der ersten Aufnahme war zu sehen, wie er halb schräg auf dem Foltergerät saß, der rechte Oberschenkel lag an der Pyramide an, während der linke über der Brüstung hing. Der Kopf war zur rechten Seite geneigt, so dass man nur den Hinterkopf mit den schwarzen Haaren erkennen konnte. Ein weiteres Bild zeigte, wie der rechte Oberschenkel sich fest an das Holzgestell presste, und der linke sich von außen gegen die Brüstung stemmte; offenbar hatte der Graf versucht, sich irgendwie abzustützen. Er hatte den Kopf gesenkt und schien verzweifelt zu versuchen, mit den Armen an dem Untergestell Halt zu finden. Das vorletzte zeigte ihn, wie er mit wildem, schmerzverzerrtem Gesicht in Richtung Kamera starrte, die schweißverklebten Haare hingen ihm wirr in die Stirn und die Augen waren weit aufgerissen. Noch einmal schien er sich im nächsten Foto gegen sein unvermeidliches Ende zu stemmen; jetzt konnte man die hervortretenden Sehnen an seinem Hals deutlich erkennen und er hatte den Kopf erhoben, wie zu einem letzten Aufbäumen. Bevor die schaurige Vorführung endete, erschien noch einmal das Bild des Grafen, in dem er sich aufbäumte, an der Wand.

Sarah schossen tausend Fragen durch den Kopf. *Wer macht so etwas, wer ist zu so einer Tat fähig, wer hat den Grafen so sehr gehasst, dass er ihm etwas derart Schreckliches antat?*

„Was fällt euch auf?", fragte sie jetzt.

Fabian sah seine Chance gekommen. Er hatte sich das Ganze jetzt mindestens zum zehnten Mal angesehen und er hatte eine Ahnung, worauf die Kommissarin hinauswollte. Er fackelte nicht lange und keine Sekunde nach der Frage der Kommissarin antwortete er:

„Das Ganze hat nicht lange gedauert; insgesamt nicht mehr als drei Minuten. Das ist wahrscheinlich auch die Erklärung dafür, dass niemand die Schreie des Grafen gehört hat; es ging einfach zu schnell, viel zu schnell. Okay, okay, natürlich war es gut, dass es schnell ging", fügte er rasch hinzu, als er merkte, dass die anderen ihn befremdlich anschauten. „Außerdem ist das Ding geschnitten, denn das Bild, das zum Schluss gezeigt wird, ist das gleiche wie das, auf dem der Graf noch nicht tot ist." Jetzt gestikulierte er mit seinen Händen und sein Gesicht nahm einen beinahe verträumten Ausdruck an. Seine Stimme klang leise und feierlich, als er fortfuhr. „Und es müssen mehrere gewesen sein, denn es war sicherlich anstrengend, den Grafen dort hochzubugsieren und dann noch die Kamera zu bedienen. Jedenfalls hat sich da jemand eine Menge Arbeit gemacht und sich große Mühe gegeben, um den Grafen vom Diesseits ins Jenseits zu befördern, oh ja, große, große Mühe." Die letzten Worte hatten beinahe bewundernd geklungen.

Als er jetzt in die Runde schaute, waren alle Augen auf ihn gerichtet. Niemand sagte etwas, aber Claudia Mehren schüttelte kaum merklich den Kopf.

25. Kapitel

Das Gerät am Bett von Manuela Gaspari gab einen unregelmäßigen Piepton von sich. Die 35-Jährige befand sich auf der Intensivstation des Franziskus-Krankenhauses in Linz. Nachdem sie noch auf dem Burggelände erstversorgt worden war, war sie mit dem Rettungswagen hergebracht worden. Da sie sich in einem lebensgefährlichen Schockzustand befand, hatten die Ärzte zunächst ihren Kreislauf stabilisiert und sie daraufhin sediert. Ihr Körper war an allerlei Überwachungsgeräte angeschlossen und die Kurven auf dem Monitor zeigten einen etwas holprigen Verlauf.

Manuela schlief den tiefen Schlaf der Medikamente. Wirre Träume schlichen sich in ihre Welt, Träume, in denen es um Folter und Tod ging. Immer wieder sah sie Gero vor sich, der im wilden Schein der lodernden Fackeln grotesk auf dieser seltsamen Pyramide thronte. Der Graf in ihren Träumen flehte sie weinerlich an, ihr zu helfen: „Bitte, Manu, hilf mir, bitte, bitte", nur um sie gleich darauf mit blutunterlaufenen, toten Augen aus seinem aschfahlen Gesicht spöttisch anzusehen. Die Zunge, weiß wie ein Waschlappen, leckte über seine blutroten Lippen und er kreischte: „Es war doch schön mit uns, immer schön, also hol mich hier runter und wir machen weiter, weiter, immer weiter…" Sie wollte schreien, aber kein Laut kam über ihre Lippen. Sie wollte weglaufen, aber ihre Füße waren wie festgenagelt. Als sie an sich herabblickte, bemerkte sie einen silbernen Gegenstand und sie bückte sich danach. Sie nahm ihn in die Hand und sie spürte, wie etwas Eiskaltes sich um ihr Herz zu legen schien, und jetzt endlich löste sich ihre Stimme und sie schrie, lauter und schriller und verzweifelter, als sie das beim Anblick des toten Grafen getan hatte.

Die Kurve auf dem Monitor ihres Bettes hatte in den letzten Sekunden heftig ausgeschlagen, aber als die Schwester ins Zimmer gestürmt kam, um der Ursache des in ihrem Zimmer ausgelösten Alarms auf den Grund zu gehen, schlief Manuela tief und fest. Die Kette mit dem silbernen Kreuz, die sie ihr bei ihrer Ankunft aus der rechten Hand genommen hatten und die jetzt auf dem Nachttisch neben ihr lag, glänzte silbern im Licht des hereinfallenden Mondscheins.

26. Kapitel

Der *Minnesänger* war an diesem Abend bis auf den letzten Platz belegt. Überall in den Ecken und Nischen hatten sich Einheimische und auch einige Touristen versammelt und aufgeregtes Gemurmel und Getuschel erfüllte das Innere der Schankwirtschaft. Mittlerweile war es dunkel geworden und das rustikale Holzambiente des Gasthauses wurde von zahlreichen warm leuchtenden Kerzenstrahlern in ein gemütliches Licht getaucht.

Als Sarah Winkler einen einzelnen leeren Platz an einem voll besetzten Tisch (genau der Tisch, an dem erst am Morgen Jens Thielmann mit Peter Sinner gesessen hatte) im ersten Stock erblickte, an dem vier Männer und zwei Frauen mittleren Alters saßen und Bier tranken, zögerte sie nicht lange.

„Hallo, ich bin Zero." Sie sprach ihren Spitznamen (den sie seit ihrer Kindheit hatte, weil sie als Torhüterin beim TuS Koblenz beinahe nie einen Ball ins Tor gelassen hatte), aus wie *Siro*. „Darf ich mich zu euch setzen?" Sie ließ ihre grünen Augen über die Gesichter wandern und die Männer waren sofort bereit, sie in ihre Mitte aufzunehmen. Die beiden Frauen wirkten hingegen etwas reserviert, aber sie machten wortlos Platz, damit die Unbekannte zu ihrem Stuhl gelangen konnte.

Das bis gerade noch lebhaft geführte Gespräch zwischen den Frauen und Männern war verstummt und alle schauten erwartungsvoll zu Sarah.

„Ach so", sagte diese jetzt, „ich sollte mich vielleicht erst einmal richtig vorstellen. Also, ich bin die Zero und ich bin hier, weil mir eure Stadt gefällt. Wochenendtrip", fügte sie noch hinzu. „Hier scheint ja einiges los zu sein, obwohl mir meine Freundin erzählt hat, dass es hier eher ruhig zugeht."

„Normalerweise schon." Der kräftige Mann am Tischende hatte ein grobes Holzfällerhemd an, seine Jeans steckten in Cowboystiefeln und sein rötliches, etwas aufgedunsenes Gesicht wurde von einem dunklen Vollbart umrahmt. Trotz seines etwas derben Erscheinungsbildes wirkte seine Kleidung ordentlich und sauber und er roch nach einem herben Männerparfum. Er saß zu ihrer Rechten und schien bereits länger hier zu sein, jedenfalls verrieten seine etwas leiernde Sprache, seine kleinen Pupillen, seine gerötete Nase und sein Atem (den das Parfum nicht verdecken konnte), dass er dem Alkohol bereits gut zugesprochen hatte. „Aber heute kann man eigentlich nisch von normal reden, oder?" Er nahm einen kräftigen Schluck aus seinem Bierglas und schaute sich bestätigungsheischend in der Runde um. Gleich danach streckte er seine rechte Hand in Richtung Sarah aus. „Übrigensch, ich bin der Henry, dasch da isch der Walter, der da der Egon und der Hugo, ja, und die beiden Hübschen schin die Gerdi und die Poldi."

Alle nickten und sagten „Hallo" oder „angenehm" oder „sehr erfreut", und ähnliche Begrüßungsfloskeln.

„Was… ist denn nicht normal heute?" Sarah schaute fragend in die Runde.

„Alscho", sagte Henry langsam, „esch gab einen Toten heute Morgen, in der Burg."

„In der Burg?" Sarah tat, als wüsste sie von nichts.

„Genau, oder noch genauer: in der Folterkammer."

„In der Folterkammer?" Sarah versuchte, erschreckt und erstaunt zugleich auszusehen und alle schienen ihr dieses Schauspiel abzukaufen. „Was ist denn passiert?"

Jetzt legte Henry richtig los, er erzählte, dass man den Grafen gefunden habe, „Tot, töter, am tötesten", wie er sich ausdrückte und dass er offensichtlich übel zugerichtet gewesen sei, jedenfalls habe der Mann, der ihn gefunden habe, ganz bleich ausgesehen, als er aus dem Keller gekommen sei.

„Schrecklisch, einfach grauenhaft, hat er geschagt und dabei war er gansch grün im Geschischt und dann hat er noch geschagt, aber dasch hascht du dir schelbscht schuschuschreiben."

Sarah heuchelte Mitgefühl: „Und das haben Sie selbst gesehen; dann muss es ja auch für sie schrecklich gewesen sein?"

„Nein, schelbscht geschehen habe ich dasch nischt, aber die Leute, die vom Platsch kamen, ssschin an mir vorbeigelaufen und einer, den isch vom Schehen kenne und der bei mir jeden Morgen Brötchen kauft, hat esch mir erschält."

„Hat er auch gesagt, wer der Mann mit dem grünen Gesicht war?"

Henry schaute Sarah an, als fühle er sich verschaukelt. Sein Blick verdunkelte sich kurz, als er nachdenklich in die noch übrig gebliebene Pfütze seines Bierglases sah: „Nein, dasch hat er nisch geschagt, aber dasch isch auch nisch wischtig, oder? Wischtisch isch doch vielmehr, dasch esch ausnahmschweische mal den Rischtischen erwischt hat, oder?"

Jetzt wurden die anderen am Tisch munter. Nachdem sie ihrem offensichtlichen Wortführer lange und bisweilen sichtlich amüsiert zugehört hatten, war es Walter, der sich jetzt regte:

„Es reicht, Henry, ich glaube, du hast genug für heute und du musst ja auch früh wieder raus. Komm, ich bringe dich nach Hause, es war ein harter Tag für uns alle."

Sarah hatte kurz erwägt, Henry (*dem Bäcker,* wie sie sich im Geiste notiert hatte) ihre Visitenkarte zu geben und diesen dann zu einem Gespräch für den nächsten Tag in die Inspektion zu bestellen. Sie hatte es schließlich aber nicht als sinnvoll erachtet, denn damit wäre ihre Tarnung hinfällig gewesen. Außerdem konnte sie sich nicht vorstellen, dass dieser Henry sich am nächsten Tage noch an viel von dem erinnern würde, was er gesagt hatte. Allerdings war ihr ein Satz im Gedächtnis haften geblieben und sie ordnete diesen der inneren Rubrik „wichtig" zu: „Wichtig ist doch vielmehr, dass es ausnahmsweise mal den Richtigen erwischt hat", hatte Henry gesagt und er hatte noch etwas gesagt, etwas, das der Mann, der aus dem Keller gekommen war, von sich gegeben haben sollte: „...das hast du dir selbst zuzuschreiben", und auch wenn die Worte verschliffen aus Henrys Mund gekommen waren, glaubte sie ihm. Denn wie sagte man so schön: „Besoffene und kleine Kinder sagen die Wahrheit."

27. Kapitel

Im Hotelzimmer war es heiß und stickig und der vollständig bekleidet im Bett liegende Peter Sinner schnarchte leise vor sich hin. Jens Thielmann, der einen Meter neben dem Schlafenden an einem kleinen, verschlissenen Holztisch vor seinem Laptop saß, stieß einen Freudenschrei aus. Er hatte es geschafft. Gerade hatte er mit dem Chefredakteur einer neuartigen Tageszeitung, die sich den englischen Titel *Fast* wegen ihres Anspruchs und ihrer Garantie für Schnelligkeit gegeben hatte und die sich daran machte, den bisher etablierten Blättern wie *Bild* oder *Express* ernsthafte Konkurrenz zu machen, telefoniert. Natürlich waren die Jungs und Mädels dort oben in Kiel bereits im Bilde darüber, dass in

Linz etwas passiert war (*es war eine junge Truppe*, das wusste Thielmann, *und sie war auf Draht*), dass etwas „Bemerkenswertes", wie sich der Redakteur vorsichtig ausgedrückt hatte, passiert war. Als ihm Thielmann dann jedoch sagte: „Bemerkenswert" ist sicher nicht die treffende Bezeichnung, „Tragik, Tod oder Tragödie" würden es vielleicht eher treffen und ich verfüge über Insiderinformationen aus erster Hand", war sein - wahrscheinlich zukünftiger - Chef zugänglicher geworden. Kurz zuvor war es Jens Thielmann gelungen, von Peter Sinner den Benutzernamen und das Passwort für dessen Outlook-Dateien zu erfahren. Er hatte jetzt ungehinderten Zugang zu dessen Mail- und Schriftverkehr und er war sehr schnell auf sehr interessantes Material gestoßen. „Okay, Herr Böhme" (ein weiterer Name zur Verdeckung seiner wahren Identität), hatte der Redakteur gesagt, „senden Sie mir das, was Sie haben, ich muss erst mal sehen, ob ich es bringen kann." Thielmann hatte geantwortet: „Gut, ich sende Ihnen den Text und ein Foto des Toten auf dem Foltergerät zu. Dieses Foto habe ich vom Rechner der Kontaktperson, die sich bei mir befindet, heruntergeladen. Falls Sie an einer Story interessiert sind, rufen sie mich an. Den vorliegenden Text samt Foto überlasse ich Ihnen, sagen wir für 5.000 Euro, alle weiteren Texte, die mit an Sicherheit grenzender Wahrscheinlichkeit zum Täter führen, müsste ich Ihnen dann mit jeweils weiteren 5.000 Euro in Rechnung stellen. Falls Ihnen das zu teuer vorkommt, bedenken Sie bitte, dass ich aus dem Verborgenen heraus arbeiten muss; sollte nämlich morgen der Artikel in Ihrer Zeitung erscheinen, wird mit Sicherheit mindestens die Polizei hinter mir her sein; wenn ich Glück habe, nur die Polizei."

Fünf Minuten später hatte sein Pre-Paid-Handy geklingelt, dessen Nummer niemand mit ihm in Verbindung bringen konnte: „Abgemacht, Herr Böhme, wir machen es so, wie wir es besprochen haben. Die 5.000 Euro befinden sich bereits auf dem Nummernkonto, das Sie mir angegeben haben."

28. Kapitel

Dienststellenleiter Gerd Handke hatte eine unruhige Nacht hinter sich. Seit er gestern Abend nach Hause gekommen war, hatte sein Telefon praktisch nicht mehr stillgestanden und das, obwohl er eine Geheimnummer hatte, die nur seinen engsten Familienangehörigen und Freunden bekannt war. Alle hatten von ihm wissen wollen, was in der Burg passiert sei, man habe von einem toten Grafen in der Folterkammer gehört und man wisse ja, dass er eigentlich nichts sagen dürfe, aber unter Freunden... Gerd Handke hatte jedes Mal darauf verweisen müssen, dass er sich strafbar mache, wenn er auch nur ein Wort über irgendetwas in diesem Zusammenhang verlieren würde.

„Es tut mir leid", hatte er nicht weniger als sieben Mal gesagt und aufgelegt und bei einem allzu penetranten Anrufer hatte er in ruhigem, sachlichen Ton damit gedroht, die Kollegen vorbeizuschicken, damit diese ihn mal auf Drogen untersuchen könnten. Danach hatte er die Schnur aus der Telefonbuchse gezogen.

Die Kieler Tageszeitung *Fast*, die er am Kiosk am unteren Stadttor gerade noch so ergattern konnte - es war das letzte vorhandene Exemplar - war auch nicht gerade das geeignetste Mittel, um seine Laune an diesem Sonntagmorgen nachhaltig zu bessern. Er hastete die gepflasterte Altstadt hoch, ohne auch nur einen Blick auf die malerische Kulisse zu werfen, die sich im frühen Morgenlicht langsam aus dem Dunkel der Nacht erhob. GRAUSAME HINRICHTUNG IM FOLTERKELLER prangte in großen Buchstaben auf der Titelseite der *Fast*. Unter dieser Überschrift befand sich ein gestochen scharfes Foto, dass den Grafen von der Hüfte an aufwärts auf einem pyramidenähnlichen Gegenstand zeigte. Der geschundene Körper war ebenso scharf abgebildet wie die Garotte, die an seinem Hals angebracht war. Auch ansonsten waren zahlreiche grausige Details zu erkennen, lediglich die Augen des Toten waren durch einen schwarzen Balken unkenntlich gemacht worden. Ein weiteres, kleineres Bild zeigte zwei Seiten weiter, neben anderen Aufnahmen, den Eingang zum Folterkeller, aus dem gerade ein Mann mit blassem Gesicht und schreckgeweiteten Augen nach oben stürmte.

Gerd Handke kannte das Titelfoto, es war das gleiche, das sie gestern gemeinsam im Besprechungsraum als letztes auf dem makabren Video gesehen hatten und bei dem Mann auf der Kellertreppe im Innenteil der Zeitung, da war er sich sicher, konnte es sich nur um Peter Sinner handeln, der zusammen mit dem Kollegen Lauer den Toten entdeckt hatte.

Ja, wir haben es gestern als letztes gesehen, ein Horror zur guten Nacht, gewissermaßen, dachte er bei sich, als er das große Aufmacherfoto noch einmal betrachtete. Kurz dachte er auch an Fabian Lauer: *Es ging zu schnell, viel zu schnell,* hatte dieser gesagt und er hatte auch bei der weiteren Schilderung des grausigen Verbrechens einen seltsamen Humor gezeigt: *Jedenfalls hat sich da jemand eine Menge Arbeit gemacht und sich große Mühe gegeben, um den Grafen vom Diesseits ins Jenseits zu befördern, oh ja, große, große Mühe.* Gerd Handke schätzte den jungen Kollegen, aber gelegentlich schien diesem die nötige Ernsthaftigkeit zu fehlen. Obwohl Fabian seiner Meinung nach alle Voraussetzungen mitbrachte, um später in den Kriminaldienst zu wechseln, er verfügte über einen wachen Verstand, eine rasche Auffassungsgabe und konnte auch komplexe Zusammenhänge schnell erfassen, könnte ihm sein mitunter etwas schräger Humor zum Hindernis werden. Aber ein Gutes hatte das Ganze dennoch gehabt. Er, Gerd Handke, hatte die angespannte Situation sofort erfasst und als der Älteste in der Runde hatte er allen das „Du" angeboten. Das würde gleichzeitig auch die Arbeitsatmosphäre für die kommenden Tage angenehmer gestalten. „Ich finde das *Sie* immer etwas sperrig", hatte er gesagt und aufmunternd in die Runde geblickt, „also mache ich mal den Anfang." Er war aufgestanden und hatte allen mit den Worten „Ich bin der Gerd" die Hand gegeben.

Als er jetzt gegen kurz nach sechs in der Wache ankam, warteten dort bereits die anderen Kolleginnen und Kollegen auf ihn. Erstaunt stellte er fest, dass sie beinahe alle eine *Fast* vor sich liegen hatten.

Handke hatte erwartet, dass Sarah als Leiterin der SOKO gereizt auf diese Veröffentlichung reagieren würde, aber zu seiner Verwunderung lächelte sie, als sie die Zeitung in die Hand nahm. Allerdings war es kein sehr angenehmes Lächeln, genau genommen sah es sogar ein wenig gefährlich aus, wie das vermeintliche Lächeln einer Katze, die mit ihren grünen Augen eine Maus fixiert und die Zähne zum tödlichen Biss öffnet: „Guten Morgen, alle miteinander", begann sie mit ihrer sanften, weichen Stimme. „Wie ich sehe, seid ihr alle bestens mit dem neuesten Infomaterial versorgt und ich darf euch mitteilen, dass auch Staatsanwalt Burgmüller sich diesen Artikel bereits heute Morgen zu Gemüte geführt hat. Als er mich eben anrief, klang er nicht so, als würde ihm sein Frühstück heute sonderlich gut schmecken. Aber Bernd Burgmüller ist ein guter, moderner Staatsanwalt, dem klar ist, dass sich in Zeiten des Internet solche Dinge nicht immer vermeiden lassen. Allerdings möchte er natürlich den Urheber dieses Artikels kennenlernen und diesen, wie er sagt, gerne der gleichen Prozedur unterziehen, die man an dem armen Grafen angewendet hat. Also, hat irgendjemand von euch eine Idee, wie dieses Material nach Kiel gekommen ist?"

Da niemand ihr antwortete und alle mehr oder weniger betroffene Gesichter machten, fuhr sie fort:

„Nun denn, das Zeug ist nun mal in der Öffentlichkeit und es ist klar, dass wir von nun an nicht mehr in Ruhe ermitteln können. Damit wir die Situation dennoch einigermaßen entschärfen können, schlage ich vor, in die Offensive zu gehen und eine erste Pressekonferenz anzusetzen. Fabian, du hast den Toten gefunden, du wirst dich gemeinsam mit Gerd und mir den Fragen der Journalisten stellen müssen. Roger, leite du bitte umgehend die bundesweite Fahndung nach Peter Sinner ein, denn ich bin gestern Abend im Gasthaus *Minnesänger* an Informationen gelangt, die diesen Herrn für unsere Ermittlungen höchst interessant machen. Ansonsten verfahren wir wie geplant: Fabian und ich werden zunächst die Zeugin Gaspari im Krankenhaus besuchen, Gerd und Claudia: Könntet ihr versuchen, den Sohn ausfindig zu machen und ihn nach Möglichkeit hierher bringen? Die Gräfin müssen wir uns dann später noch einmal vornehmen." Erneut wandte sie sich an Roger: „Du hältst hier die Stellung und wartest auf die Ergebnisse aus Koblenz und versuche bitte in Erfahrung zu bringen, was es mit dem Grafen auf sich hatte, denn der scheint hier in Linz nicht bei jedem sonderlich beliebt gewesen zu sein." Sie lächelte ihren Koblenzer Kollegen an und jetzt lag nichts Raubtierhaftes mehr in ihren Zügen. „Vielleicht ist der Kollege mit den Computern inzwischen weitergekommen. Wir treffen uns in zwei Stunden wieder hier."

29. Kapitel

Manuela Gaspari träumte wieder. Diesmal befand sie sich nicht in einem dunklen Verlies, sondern sie tobte zusammen mit ihrem Hund Jacky, einem Golden-Retriever am Ufer des Rheins entlang. Der Fluss strahlte und die Sonne warf glitzernde Sterne auf die kleinen Gischtkronen, die sich an der Oberfläche bildeten. Es war warm und eine angenehme Brise wehte durch ihr schwarzes, schulterlanges Haar. Gerade wollte sie einen Ball werfen, den sie in ihrer rechten Hand hielt, als sie etwas hörte. Die sanfte Stimme schien weit weg zu sein, beinahe schien es Manuela, als würde sie aus der Wolke über ihr kommen: „Frau Gaspari", hörte sie wie aus weiter Ferne und dann wurde die Stimme plötzlich lauter und sie spürte, wie jemand sie sachte an der Schulter berührte. Die Wolke und der Himmel verschwanden ebenso urplötzlich wie der Rhein und Jacky. Alles war dunkel. Erneut verspürte sie die Berührung an der Schulter. „Frau Gaspari, können

Sie mich hören?" Manuela schlug die Augen auf. Vor ihr standen eine Frau mit kurzen, braunen Haaren und mit unglaublich grünen Augen und ein Mann in Polizeiuniform. Sie hatte die beiden noch nie gesehen und das Letzte, an das sie sich erinnern konnte, war der Anblick des toten Gero auf seinem schrecklichen Gerät. Als sie an die Szene im Verlies dachte, fiel ihr auch ihr Traum von letzter Nacht wieder ein, der, in dem der tote Gero sie zu makabren Liebesdiensten aufforderte, *es war doch schön mit uns, immer schön, also hol mich hier runter und wir machen weiter, weiter, immer weiter*.... Plötzlich wurde ihr kalt und sie fing an zu zittern. „Ganz ruhig, Frau Gaspari", sagte jetzt die Frau mit der schönen Stimme und den grünen Augen. „Sie sind in Sicherheit. Das hier ist Polizeioberkommissar Fabian Lauer und ich bin Sarah Winkler von der Kriminalpolizei. Wir wissen, dass Sie etwas sehr Schlimmes erlebt haben, aber wir müssen Ihnen trotzdem ein paar Fragen stellen." Die Kommissarin nahm sachte die beiden Hände von Manuela in die ihrigen und drückte sie sanft. Sofort fühlte Manuela eine wohltuende Wärme in sich aufsteigen, das Zittern verschwand augenblicklich und ihr ganzer Körper fühlte sich gelöst und entspannt an. *Wie macht die das?*, fragte sie sich, als die Kommissarin sie liebevoll ansah und auch das löste in ihr einen nie gekannten oder doch zumindest vergessenen Reflex aus. Beinahe spürte sie die Wärme der Mutter, alles um sie herum schien weich und warm und duftend. *Was war das nur?* Und mit einem Male wusste sie es: So musste man sich fühlen, wenn man noch gar nicht geboren war, wenn alles um einen herum ruhig und friedlich und gut war. *Was für ein herrliches Gefühl*, dachte sie und ihr Gesicht wirkte entspannt und gelöst. Die Kommissarin blickte sie an: „Fühlen Sie sich in der Lage, uns einige Fragen zu beantworten?" Sie fühlte sich in der Lage und erzählte den beiden von dem Traum in der Nacht, von ihrem Gefühl, erst einmal im Verlies nachsehen zu müssen, von dem seltsamen Glühen, das sie in der Kammer wahrgenommen hatte und von ihrem Schock beim Anblick des toten Grafen. Sie erzählte (beinahe) alles, nur nicht, dass sie auch etwas gefunden hatte, etwas, das die Kommissarin und ihren Begleiter sicherlich brennend interessiert hätte.

„Was meinst du?" Wieder wurde es Fabian heiß und kalt, als Sarah ihn unmittelbar nach dem Besuch von Manuela Gaspari vom Fahrersitz des Alfa-Cabrios anblickte. Allerdings machte ihm das hier mehr und mehr Spaß, das war endlich mal etwas anderes als Fahrzeuge zu kontrollieren, Ladendiebe abzuführen und randalierende Alkoholiker in die Zelle zu sperren. Endlich passierte mal etwas in dieser kleinen Stadt, etwas, was es bisher noch nicht gegeben hatte, nirgendwo gegeben hatte, und er war mittendrin. Noch dazu arbeitete er mit einer Frau zusammen, wie er zuvor noch keine kennengelernt hatte. Und sie fragte ihn nach seiner Meinung, ihn, den Polizeioberkommissar Fabian Lauer. *Chance, Chance, Chance*, rief die Stimme in seinem Kopf, aber gleichzeitig fühlte er ein Prickeln in seinem Körper, es ging von seinem Bauch aus und breitete sich überall aus, es war ein herrliches, freies Gefühl, ein Gefühl von Hoffnung, Zuversicht und Glück. Er blickte Sarah offen an: „Sie hat einiges mitgemacht, aber ich glaube, sie hat uns alles gesagt, was sie erlebt hat und woran sie sich erinnern kann."

Das Lächeln Sarahs ging Fabian unter die Haut und das prickelnde Gefühl wurde noch stärker, aber ihre Worte machten diesen kurzen Glücksmoment gleich wieder zunichte: „Ich nicht", sagte sie und startete den Motor.

30. Kapitel

In Linz herrschte an diesem Sonntag mehr oder weniger der Ausnahmezustand. Hatte sich die kleine Stadt am Rhein auch bisher schon größter Beliebtheit bei Touristen aus nah und fern erfreut, glich sie heute einem menschlichen Ameisenhaufen. Restaurants, Eisdielen, Kneipen und Plätze waren überfüllt und überall sah man Deutsche, Engländer und Niederländer stehen, gehen und sitzen; viele von ihnen blätterten in der Sonntagsausgabe der *Fast*, in der ein Artikel von einem gewissen Benjamin Böhme abgedruckt war. Neben der grausigen Aufmachung auf dem Titelblatt waren im Inneren weitere Fotos der Stadt und der Burg zu sehen und während der Leitartikel sich in wenigen Fakten, dafür aber umso mehr Vermutungen erging, wurde im weiteren Verlauf darauf hingewiesen, dass die „Bunte Stadt am Rhein" nunmehr wohl um eine makabre Attraktion reicher wäre.

Viele Schaulustige wollten den Ort des Verbrechens besichtigen, aber die Polizei hatte alles abgesperrt und zur Sicherheit stand ein blauweißer Wagen mit zwei Beamten vor dem Haupttor der Burg, um allzu abenteuer- und sensationslüsterne Passanten abzuschrecken.

Der Mann, der jetzt vom unteren Stadttor kommend, gemütlich in Richtung Kastenholzplatz und Rathaus schlenderte, hatte ebenfalls eine Zeitung unter den Arm geklemmt. Mit seiner Sonnenbrille, der hellen Kappe mit dem Aufdruck *I love London*, seinen kurzen Bermudashorts und dem rötlichen Bart sah er aus wie ein waschechter Brite. Außerdem trug er einen beträchtlichen Bauch vor sich her, der von einem Pullover, auf dem die englische Flagge abgedruckt war, verdeckt wurde. Niemand, so glaubte er, würde ihn erkennen können und das war gut so, auch wenn das Kissen unter seinem Pullover ständig rutschte und der falsche Bart juckte. *Solche Dinge muss ich eben in Kauf nehmen*, dachte er, *denn ich habe eine Mission zu erfüllen und ich muss auf dem Laufenden bleiben, ich muss wissen, was hier los ist, und dann werde ich Erfolg haben, Erfolg, Erfolg, Erfolg!*

Jens Thielmann war gekommen, um sich ein Bild über die Situation „vor Ort", wie er gegenüber Peter Sinner erwähnt hatte, zu machen. Diesen hatte er mit mehreren Flaschen *Obstwasser* im Hotel zurückgelassen und ihm versichert, dass er bald zurück sei. Jens Thielmann fühlte sich wie ein König, als er jetzt in die Menge eintauchte. Das, was er sah, übertraf seine kühnsten Erwartungen.

Serotonin und Adrenalin fluteten seinen Körper, sein Pulsschlag und seine Atemfrequenz beschleunigten sich und seine gesamte Haltung, seine Mimik und Gestik drückten ungebändigte Lebensfreude aus, und ein noch ungebändigteres Machtgefühl. *Ich habe es geschafft, die vielen Menschen, der ganze Auflauf, das habe ich alleine bewerkstelligt, mein Artikel hat sie hierhergelockt.* Beinahe hätte er die Arme erhoben und die Finger zum Victory-Zeichen gespreizt, aber das erschien ihm dann doch noch etwas verfrüht. „Und das war erst der Anfang", sagte er plötzlich laut und fröhlich, so dass sich einige Menschen nach ihm umdrehten und ihn verwirrt anschauten. Er bremste seine Euphorie und fügte etwas leiser hinzu: „Wartet, was ich euch präsentieren werde, ihr werdet staunen, ihr alle." Die Kamera, die neben dem Fotogeschäft am Marktplatz stand und deren rotes Licht den Aufnahmemodus signalisierte, sah er nicht. Selbst wenn er sie gesehen hätte, wäre sie ihm wohl kaum aufgefallen und wenn doch - wer weiß - vielleicht hätte er dann doch noch das Victory-Zeichen geformt.

31. Kapitel

„Habt ihr gesehen, was in der Stadt los ist?", fragte Claudia Mehren in die Runde. Es war halb elf und alle Mitglieder des Teams hatten sich zur anberaumten Besprechung erneut zusammengefunden. „Das war zu erwarten nach dem Artikel heute Morgen", meldete sich Gerd Handke zu Wort. „Ich habe mir daher erlaubt, die Kollegen anzuweisen, überall in der Stadt Kameras zu installieren, ich habe nämlich das Gefühl, dass unser Täter immer noch hier und vielleicht in der Nähe ist. Und auch Peter Sinner haben wir noch nicht gefunden, vielleicht geht der uns ja auf diese Weise ins Netz."

Insgeheim hatte der Kriminalhauptkommissar natürlich (ebenso wie alle anderen auch) bereits so etwas wie ein rückwärtsgewandtes Drehbuch in seinem Inneren erstellt, allerdings ein

Drehbuch mit gewaltigen Lücken. Er hatte versucht, genau zu rekonstruieren, was geschehen war. Da war natürlich an erster Stelle das Opfer, der Graf. Er war augenscheinlich in der Nacht zum Samstag in die Kammer gebracht worden. Dort war er grausam gefoltert worden. Aber wie lange hatte die Folter gedauert, wer waren die Folterer (dass es mehrere sein mussten, lag für Handke auf der Hand: Der Graf war ein kräftiger, schwerer Mann gewesen und sicherlich nicht von einer Frau oder einem einzelnen Mann getötet worden), wie lange hatte das Sterben des Grafen gedauert und wie und warum war er in die Folterkammer gekommen? Außerdem waren da die Fackeln, wer hatte diese Fackeln dort aufgestellt und zu welchem Zweck? Die Antwort auf diese Fragen würde noch warten müssen, aber was an greifbaren Fakten vorlag, war unter anderem, dass Peter Sinner den Notruf abgesetzt hatte und dass dieser nach dem „Besuch" im Keller vollständig von der Bildfläche verschwunden war. Wieder und wieder hatte sich Gerd Handke die Situation vor Augen geführt und er hatte auch das Bild aus der Sonntagszeitung vor Augen gehabt, als er - einem inneren Impuls folgend - die Kollegen angewiesen hatte, an „neuralgischen Punkten in der Stadt", wie es im Polizeideutsch hieß, unauffällig Kameras zu postieren.

„Das war jedenfalls eine sehr gute Idee." Sarah hob anerkennend die rechte Augenbraue. „Wir brauchen jetzt allerdings noch ein Foto von Peter Sinner und dann noch welche von anderen Verdächtigen, die wir mit den Bildern aus der Stadt vergleichen können. Apropos andere Verdächtige: Was haben eure Nachforschungen bisher ergeben?"

Erneut ergriff der Dienststellenleiter das Wort: „Also, Claudia und ich haben Ansgar von Wolkenfels heute Morgen in der Burg angetroffen. Er ist bereit, uns Rede und Antwort zu stehen und wird zu uns kommen, sobald wir ihn anrufen. Dem ersten Eindruck nach scheint er jedenfalls nichts zu verbergen zu haben. Wir haben uns nach dem Besuch vor der Burg kurz beraten und Claudia war, so wie ich auch, der Meinung, dass wir ihn nicht sofort mitgenommen sollten, damit er erstens nicht denkt, er sei verdächtig und sich sicher fühlt, zweitens, damit wir uns vor einer Vernehmung besprechen können und drittens, damit sich Frau Mehren und Herr Meinbauer mit der Vita Ansgars von Wolkenfels, soweit sie zugänglich ist, vertraut machen können."

„Das ist sehr gut." Roger Meinbauer bedankte sich mit einem Nicken bei dem Kriminalhauptkommissar. „Auch ich habe Neuigkeiten aus Koblenz, aber bevor ich dazu komme, möchtest du uns vielleicht noch auf den neuesten Stand bringen, was die Zeugin Gaspari angeht?" Roger schaute Sarah verlegen an. Insgeheim fragte er sich, ob er mit dieser Aufforderung möglicherweise die Rangordnung verletzt hatte. Aber die Kommissarin zuckte nur mit den Schultern. Sie berichtete von dem geführten Gespräch. „Allerdings", so sagte sie zum Schluss „glaube ich, dass Frau Gaspari mehr weiß; möglicherweise kennt sie den Täter und will ihn decken." Keiner der Anwesenden fragte nach, warum Sarah diesen Verdacht hege, sie alle vertrauten ihrem Instinkt, auch Gerd Handke (beinahe bedingungslos) und Fabian Lauer (absolut bedingungslos), und ihre Intuition, wenn es um die Beurteilung von Menschen ging, war in Polizeikreisen mittlerweile legendär. „Okay", sagte jetzt Roger Meinbauer, „dann zu mir, auch ich habe Neuigkeiten und zwar aus Koblenz. Die Computer und Smartphones des Grafen wurden ausgewertet." Er machte eine kurze Pause und blickte auffordernd in die Runde: „Macht euch auf etwas gefasst."

32. Kapitel

Xynthia von Wolkenfels saß in einem ausladenden Ledersessel im großen Saal der gräflichen Burg. Zu beiden Seiten der großen Fenster des Saales befanden sich moderne, stilvolle weiße Seidenvolants, die dem Raum eine helle, freundliche Atmosphäre verliehen. Anders als bei anderen Burgen waren an den Wänden keinerlei Bilder berühmter oder berüchtigter Vorfahren angebracht, die die jeweiligen Besucher mit ihren missbilligenden Blicken hätten malträtieren können. Der Gräfin gegenüber, mit dem Rücken zum riesigen Kamin, in dem lodernde Buchenscheite für eine behagliche Wärme sorgten, befand sich ihr Sohn, Ansgar von Wolkenfels. Er hatte es sich im Sessel des Grafen, der seit Jahrhunderten zum Saal gehörte und in dem sich schon die Hinterteile von Generationen adeliger Oberhäupter wohlgefühlt hatten, bequem gemacht. Die Begrüßung der beiden fünf Minuten zuvor war herzlich ausgefallen; immerhin hatten sie sich seit etwa zwei Monaten nicht mehr gesehen und auch wenn der Anlass ihres Treffens ein (zumindest offiziell) trauriger war, umarmten sie sich innig: „Gut siehst du aus, Mutter, trotz der Ereignisse", hatte Ansgar gesagt und seine Enttäuschung mit einem trauervollen Gesicht kaschiert. *Verdammt noch mal, wieso sieht die so gut aus? Das war nicht geplant, jetzt muss ich umdenken und neu planen, verdammt, verdammt, verdammt!*

„Dir scheint es aber auch nicht schlecht zu gehen, auch wenn du mir den Mitfühlenden vorspielst", gab die Gräfin lachend zurück.

Insgeheim wunderte Ansgar sich natürlich darüber, dass Xynthia einen so aufgeräumten Eindruck machte. Auch sah sie für ihre 58 Jahre bemerkenswert gut aus. Sie machte einen gepflegten Eindruck; ihre blonden Haare waren zwar kurz, aber im Diana-Stil hochtoupiert und eine goldene Kette mit Diamanten, die im

Dekolleté ihrer kurzen, mit verspielten Rüschen besetzten dunkelvioletten Bluse gut zur Geltung kam, betonte ihre selbstbewusste, auf aristokratische Würde angelegte Schönheit. Die modische Jeans, in Verbindung mit den silbernen Pumps, rundete das Bild einer sportlichen, aber dennoch standesbewussten Frau ab, die das Leben bejahte, mehr noch, die es in vollen Zügen zu genießen schien.

Das hatte er nicht erwartet. Er hatte vielmehr erwartet, dass sie angesichts der Fotos, die er ihr über seinen Mittelsmann unter der Absenderadresse *Racheengel* hatte zusenden lassen, zusammenbrechen würde, so zusammenbrechen wie damals, als Gero ihr immer wieder zugesetzt hatte, indem er seine gesamte in ihm wohnende Grausamkeit an ihr ausgelassen hatte. *Ich habe doch alles so genial geplant, alles lief doch perfekt bis eben, wieso also kannst du nicht einfach so reagieren, wie ich es von dir erwarte und meinem genialen Plan folgen? Brich zusammen, schrei, weine, wimmere von mir aus, aber benimm dich endlich wieder so, wie ich es von dir erwarte. Benimm dich so, wie du dich damals benommen hast, als du deinen neunmonatigen Urlaub am Chiemsee machen musstest! Ich erwarte von dir, dass du meinen Willen erfüllst, dann kannst du auch wieder Urlaub haben, Urlaub für Immer, für immer und ewig! Also tu es, tu es, tu es!!!*

Ansgar schreckte aus seinen Gedanken hoch. Das halb zynische- halb verzweifelte Lächeln, das noch vor einem Moment sein Gesicht in eine gefühllose, dämonische Fratze verwandelt hatte, verschwand. Er nahm das Glas Rotwein, das vor ihm stand, in die Hand und schaute in die tiefrote Flüssigkeit.

„Ein Kommissar Handke war heute Morgen hier, er wollte von mir wissen, wie ich vom Tode Vaters erfahren habe", sagte er, als sei er noch immer in Gedanken.

„Und, was hast du gesagt?" Xynthia hatte ihren Sohn die ganze Zeit beobachtet und sie hatte sein Lächeln gesehen, ein Lächeln, das sie kannte, ein Lächeln, das sie ängstigte, ein Lächeln, das sie bis in ihre schlimmsten Träume verfolgt hatte: Geros Lächeln. Je länger sie ihn betrachtete, desto größer wurde die Ähnlichkeit mit dem Mann, der sie so lange gedemütigt hatte und dessen letzter Ritt auf einem Pferd stattgefunden hatte, das sich - nicht zuletzt aufgrund seiner hölzernen (und teilweise metallenen) Struktur - nicht so gut hatte reiten lassen wie die unzähligen anderen Pferdchen, die der Graf im Laufe seiner 68 Jahre unter und teilweise auch über sich gehabt hatte.

Auch ihre Lippen umspielte jetzt ein zynischer Zug, aber Ansgar, der noch immer in die Betrachtung seines roten Weines vertieft war, schien dies gar nicht zu bemerken.

„Die Wahrheit natürlich, dass du mich per Mail informiert hast."

Die Gräfin wurde nachdenklich.

„Wusste er, dass du die Bilder bereits gesehen hast?"

„Ich habe es ihm gesagt und dass ich nicht weiß, wer sich hinter der Bezeichnung *Racheengel* verbirgt".

„Du weißt es wirklich nicht?"

Er grinste. Xynthia kannte auch dieses Grinsen nur zu gut. Es war das Grinsen, das er ihr gegenüber immer aufgesetzt hatte, wenn er ihr nur die halbe Wahrheit gesagt hatte, und das war sehr oft der Fall gewesen. „Na ja, ich habe da so eine Ahnung, aber ich werde dies nicht der Polizei auf die Nase binden, jedenfalls nicht, solange es nicht notwendig wird."

„Und wann könnte es deiner Meinung nach notwendig werden?"

Kaum merklich veränderte sich wieder sein Gesicht und nahm erneut die Züge Geros an: „Das ist doch klar: Wenn sie mir zu nahe kommen."

33. Kapitel

„Ha, Ha, Ha, He, He, He…" Fabian Lauer fing an zu lachen und das Lachen kam tief aus seiner Brust. Plötzlich bebte sein ganzer Körper. Er lachte immer weiter, wobei er immer wieder rief: „Ist das komisch", oder „Das gibt´s doch nicht!" Einmal mehr schauten die anderen in der Runde ihn verständnislos an. „Was ist denn los mit dir?", fragte Gerd Handke, der sich so langsam Sorgen um seinen Untergebenen machte. *Hoffentlich hat er nicht wieder einen schrägen Einfall*, dachte er noch, als es aus Fabian herausplatzte: „Ja, siehst du es denn nicht, seht ihr anderen es nicht?" Er zeigte auf die weiße Wand, auf der mittels Beamer jetzt die Outlook-Maske des gräflichen Computers gezeigt wurde. „Was soll denn daran komisch sein?", fragte Claudia Mehren.

„Na, der eine Kontakt, von dem der Kollege in Koblenz sagt, den Schriftverkehr sollten wir uns mal genauer ansehen. Seht ihr es denn nicht, der Name, der Name." Und Fabian fing wieder an zu lachen.

Plötzlich prustete auch Claudia los. „Na klar: Pesin für Peter Sinner, aber wenn man die Buchstaben nur ein wenig umstellt…"

Jetzt dämmerte es auch den anderen und sie fingen alle an zu lachen: „Da hätte er sich auch gleich Penis nennen können", brachte Fabian abgehackt während seiner Lachsalven hervor. „Der nette Herr Penis", und er lachte weiter.

Sarah war sich im Klaren darüber, dass sie das Heft in die Hand nehmen musste. Sie schaute Fabian mit gespielter Verzweiflung an: „Also gut, wir wollen mal sehen, ob das, was er dem Grafen mitgeteilt hat, auch so lustig ist. Würde mich allerdings nicht wundern, wenn auch der Graf gelacht hätte."

Allerdings hatte dieser anscheinend über etwas weniger Humor verfügt, wie allen schnell deutlich wurde, als sie sich den

Schriftverkehr der beiden betrachteten, der den Zeitraum des letzten Monats abdeckte. Mails mit Datum vor diesem Zeitpunkt waren keine mehr vorhanden, wahrscheinlich war der Graf ein ordentlicher Mensch gewesen und hatte von Zeit zu Zeit alles gelöscht.

„Verehrter Graf", hatte in der letzten der Mails von *Pesin* gestanden, die mehr als drei Wochen alt war „meine Geduld ist langsam erschöpft, entweder Sie erscheinen am Freitag am vereinbarten Treffpunkt und bringen 500.000 Euro in bar mit, oder ich werde mich in der Ihnen bekannten Angelegenheit an die Öffentlichkeit wenden. Welche Konsequenzen das für Ihren Ruf, auch charakterlich ein Mann von Adel zu sein, haben würde, muss ich Ihnen nicht näher beschreiben. P.S: Ich freue mich auf unser Treffen."

„Okay, der Sinner hat den Grafen erpresst, aber die Mails zeigen nur, dass er offenbar etwas gegen ihn in der Hand hatte, was diesem immerhin fünfhunderttausend Euro wert sein sollte, aber was das war, kann man aus dem Inhalt nicht entnehmen", sagte Gerd Handke und legte wieder Zeige- und Mittelfinger an die Lippen.

„Vielleicht hat der Graf sich geweigert zu zahlen und der Sinner hat versucht, im Folterkeller seiner Forderung Nachdruck zu verleihen", meldete sich Claudia Mehren zu Wort.

Fabian Lauer wischte sich die Augen. Noch immer war sein Gesicht von der Attacke von vorhin gerötet: „Das glaube ich nicht, ich habe ihn unten im Keller erlebt und sein Entsetzen war echt."

„Außerdem schlachte ich nicht die Kuh, die ich melken will", pflichtete ihm Sarah bei. „Wie dem auch sei, er ist unser Mann und wir müssen ihn finden, so oder so."

34. Kapitel

Wenige Kilometer weiter erwachte Peter Sinner aus einem unruhigen Schlaf. Seine Glieder schmerzten und sein Kopf fühlte sich an, als habe ihn irgendjemand erst als Fußball benutzt und anschließend mit Watte aufgefüllt. Seinem Magen erging es nicht viel besser; irgendetwas schien darin herumzulaufen und eine Lötlampe mit einer langen und heißen Flamme an die verschiedensten Stellen bis in seinen Hals hinein zu halten. In dem Zimmer, in dem er sich befand, war es taghell und er kniff die Augen zu kleinen Schlitzen zusammen, um das grelle Licht einigermaßen ertragen zu können. Er blickte an sich herunter und stellte fest, dass er vollständig bekleidet auf einem Bett lag. So langsam dämmerte es ihm, wo er sich befand. Jens, sein neuer Freund, hatte ihn hierhergebracht, weil er eine Riesendummheit begangen hatte und jetzt wahrscheinlich von der Polizei gesucht wurde. *Wie konnte ich nur in diesen Schlammassel geraten?*, fragte er sich. Seine Nerven vibrierten, als er an die Folgen seines unüberlegten Handelns dachte. Es kostete ihn einige Anstrengung, sich zu konzentrieren und die Ereignisse, die ihn letztendlich hierher gebracht hatten, in eine einigermaßen sinnvolle Reihenfolge zu bringen. Angefangen hatte alles damit, dass er vor etwa vier Wochen den Brief seiner Mutter aus deren Bankschließfach geholt hatte. *Wenn du es richtig machst, wird er für dich die Eintrittskarte in eine wunderbare Zukunft sein.* Das waren ihre letzten Worte gewesen und sie hatte es bestimmt gut gemeint, aber was hatte er gemacht? Anstatt zu überlegen, war er mit dem Brief zum Grafen gerannt. Er sah Gero jetzt deutlich vor sich, wie dieser im Kaminsaal auf und ab ging, mit der Kopie in der Hand wedelte und ihn auslachte: „Har, Har, Har, (sein Lachen klang grausam und gemein), du Witzfigur sollst mein Sohn sein? Mein Gott, muss ich besoffen gewesen sein, als ich es deiner Mutter besorgt habe, aber ich wette, sie hatte ihren Spaß dabei. Ich allerdings kann mich an nichts mehr erinnern, wie sollte ich auch, wo doch hier die Bediensteten ein und ausgehen, har, har, har. Von mir aus kannst du natürlich mit dem Brief an die Öffentlichkeit gehen, aber ich werde dann eben genau dieser Öffentlichkeit sagen, was deine Mutter war, eine billige Hure, die gerne einen adeligen Ritt wollte, har, har, har. Und nun scher dich aus meiner Burg, ich will dich hier nicht mehr sehen." Plötzlich hatte der Graf sich an den Kopf gefasst und eine erstaunte Miene gemacht, so als ob ihm gerade etwas eingefallen wäre. „Ich glaube, jetzt entsinne ich mich doch", sagte er und schaute Peter mit großen Augen an. „Ja, ich kann mich erinnern, deswegen kannst du mir auch einen Gefallen tun. Bestell deiner Mutter einen schönen Gruß, wenn du sie auf dem Friedhof besuchst und sag ihr, sie hätte sich damals auch nicht wärmer angefühlt als heute, har, har, har."

In diesem Augenblick wollte Peter nur noch eins. Er wollte Gero tot sehen, koste es, was es wolle, aber der Graf sollte nicht einfach so sterben, das wäre zu wenig für ihn, viel zu wenig.

35. Kapitel

Das Vernehmungszimmer I 103 im Polizeirevier Linz wirkte freundlich und hell, ganz im Gegensatz zu den dunklen Verhörzimmern, die Ansgar von Wolkenfels aus einschlägigen Fernsehserien kannte. Die sympathische Dame ihm gegenüber, er schätzte sie auf Anfang 40, hatte sich als Claudia Mehren von der Kriminalpolizei Koblenz vorgestellt. Noch während des vormittäglichen Gespräches mit seiner Mutter hatte sein Smartphone geklingelt und er war von Kriminalhauptkommissar Handke gebeten worden, zu ihnen zu kommen. „Ich komme, aber es dauert einen Moment", hatte Ansgar dem Beamten mitgeteilt, „meine Mutter ist noch hier bei mir zu Besuch." „Das trifft sich gut", hatte Handke geantwortet „wir haben auch noch ein paar Fragen an sie, bringen sie sie doch gleich mit."

„Herr von Wolkenfels", begann Claudia Mehren, „wir haben Sie hierher gebeten, weil wir einige Fragen im Zusammenhang mit dem Tode Ihres Vaters haben. Ich habe hier ein Aufnahmegerät, dass Ihre Aussage aufnehmen wird, außerdem wird unser Gespräch von einer Videokamera aufgezeichnet. Ich muss Sie fragen, ob Sie hiergegen irgendwelche Einwände haben."

Ansgar hatte keine Einwände und er glaubte auch nicht, dass seine Mutter, die nebenan von einem anderen Kriminalbeamten verhört wurde, welche hatte.

Als er eine Stunde später das Zimmer verließ, wartete Xynthia bereits auf ihn. Sie hatte, so schien es ihm, leicht gerötete Augen. Kriminalhauptkommissar Handke kam und bedankte sich im Flur noch einmal bei beiden „für Ihre Kooperationsbereitschaft". Er begleitete sie noch zur Tür.

„Bitte halten Sie sich zu unserer Verfügung", sagte Gerd Handke noch, als er den beiden die Hand geschüttelt hatte. Sie sahen das unverbindliche Lächeln in seinem Gesicht und nickten; dass der Ermittler sich Sekunden später die Finger über die Lippen legte und ihnen nachdenklich nachschaute, sahen sie nicht.

In seinem knapp 50-minütigen Gespräch mit Xynthia von Wolkenfels war Gerd Handke zumindest eines klar geworden: Die Gräfin hatte mit dem Tode Geros nichts zu tun. *Sie ist verunsichert, sie weiß selbst nicht, was gespielt wird,* hatte sich der Kriminalkommissar nach einer Weile gesagt und ihre Hände beobachtet, die gegenseitig nervös ihre Finger kneteten.

„Sie tragen keinen Ehering?", hatte er unverfänglich begonnen und danach wie zu sich selbst gesagt: „Entschuldigung, ich verstehe, vermutlich Ihre Art, mit dieser Sache fertig zu werden." Die Gräfin hatte ihn zuerst ein wenig verwirrt angeschaut und dann war es aus ihr herausgebrochen. „Nein!", hatte sie beinahe geschrien und ihre Stimme dann zu einem kaum hörbaren Flüstern gesenkt. „Nein, das ist es nicht…" und sie hatte begonnen zu erzählen. Nach etwa 30 Minuten wusste Gerd Handke, wie es um die Ehe der Gräfin bestellt gewesen war und er wusste darüber hinaus (dafür brauchte er kein Psychologendiplom), dass sie sich trotz ihrer nach außen hin zur Schau gestellten Contenance und Eleganz seelisch in einem äußerst labilen Zustand befand. Er beschloss daher, seine weiteren Fragen sehr feinfühlig zu formulieren: „Wie ist das Verhältnis zu Ihrem Sohn?", fragte er sehr leise. Erneut schaute ihn die Gräfin verwirrt an: „Ich liebe meinen Sohn, ich habe ihn immer geliebt, trotz…" Jetzt begann Xynthia zu schluchzen. „Trotz was?" Die Stimme Handkes war noch immer sehr leise, aber in seine Augen war jetzt ein wachsamer Ausdruck getreten. „Na ja," begann sie und jetzt liefen ihr die Tränen die Wangen herunter. Sie wischte sie mit einem elegant aussehenden Damentuch ab. „Ich habe Angst, schreckliche Angst."

„Angst wovor?", hakte der Kommissar nach. Xynthias Augen waren mittlerweile zu einer Quelle geworden. Ihr Oberkörper hob und senkte sich und weinend sagte sie: „Dass er so wird wie sein Vater."

36. Kapitel

Tap, tap, tap. Peter Sinner erwachte zum ersten Mal seit Tagen aus dem fiebrigen Delirium, in das ihn die Umstände und die lebensgefährliche Menge an Alkohol, die seinen Körper und sein Gehirn überschwemmten, katapultiert hatten. Irgendetwas hatte ihn geweckt. Er erinnerte sich, dass Jens noch einmal wegwollte, *um die Situation vor Ort auszukundschaften und Lebensmittel zu besorgen.* Er lauschte. Alles schien ruhig. Dann wieder *tap, tap, tap.* Schritte, das waren Schritte auf dem Flur. Und plötzlich wurde ihm klar. Aus dieser Sache würde er nicht mehr mit heiler Haut herauskommen, Nie und Nimmer! Er und Jens konnten sich verstecken, wo immer sie wollten, *vielleicht auf dem Mond,* dachte er in einem Anflug von Galgenhumor und kicherte, aber er hatte zu viele Krimiserien und einschlägige Dokumentationen gesehen, um nicht zu wissen, dass man sich verstecken konnte, wo immer man wollte und dass sie einen doch finden würden, früher oder später, wenn es sein musste, *sogar* auf dem Mond. *Sie sind hinter mir her, sie sind hinter mir her, bald haben sie mich, bald haben sie mich*, trommelte sein alkoholgeschwängertes Gehirn. Da, schon wieder diese Schritte. *Tap tap tap…., tap, tap, tap….* Er richtete sich auf und stieg behutsam aus seinem Bett. Die Matratze quietschte so laut in seinen Ohren, dass es beinahe wehtat. Die Schritte wurden jetzt schneller. Eben noch schienen sie von der rechten Seite des Flurs zu kommen, jetzt von der Linken. Peter stand jetzt dicht hinter der Türe. Das linke Ohr hatte er fest an das Furnier gepresst. *Tap, tap, tap…tap, tap…tap, tap, tap.* Die Schritte wurden schneller und schneller: *tap,tap,tap,tap,tap,tap.* Sie kamen von links und entfernten sich nach rechts. *Sie sind hinter mir her, sie wissen, wo ich bin, sie haben mich, sie haben mich, sie haben mich,* dachte Peter Sinner. Er fühlte Panik in sich aufsteigen. *Taptaptaptaptaptap.* Die Schritte wurden wieder schneller und jetzt wurden sie auch lauter, *entschlossener!*, dachte sich Peter und *taptaptap* sie kamen näher und näher. Genau vor der Türe stoppten sie. Peter Sinner atmete leise; so leise es ging. Schweiß brach auf seiner Stirn aus und jetzt nahm er seinen eigenen Geruch wahr. Er roch nach Schweiß, Urin, Erbrochenem und nach etwas anderem, über das er lieber nicht nachdenken wollte. *Sie haben mich, sie haben mich, sie haben mich…*

Vorsichtig öffnete er die Türe und blickte hinaus. Er sah einen alten Mann, der in einem verschlissenen Anzug auf dem Flur stand und sich nachdenklich am Kopf kratzte. „Guten Abend", sagte der Mann, als er Peter Sinner in der halboffenen Tür erblickte und musterte ihn von oben bis unten. Sein Gesicht blieb unbewegt. „Ich hoffe, ich habe Sie nicht gestört, aber, wissen Sie, ich warte auf meine Frau und sie braucht noch etwas Zeit, um sich fertig zu machen. Es ist ein herrlicher Abend heute und wir wollen noch mal runter an den Rhein. Vielleicht würde Ihnen ein wenig frische Luft auch guttun; entschuldigen Sie meine Offenheit, aber Sie sehen ehrlich gesagt nicht sehr gesund aus. Aber das geht mich nichts an. Also, wie gesagt, ich hoffe, ich habe Sie nicht gestört."

Peter Sinner schloss vorsichtig die Türe. Jetzt zitterte er am ganzen Körper. *Das war´s*, dachte er sich, *bis hierhin und nicht weiter, das halten meine Nerven nicht aus.*

37. Kapitel

Ein langer, arbeitsreicher Sonntag näherte sich seinem Ende, als sich die Abordnung der SOKO *Folterkeller* noch einmal zu einer abschließenden Besprechung traf.

„Also, was haben wir?", fragte Sarah Winkler in die Runde. Als alle ihre Ergebnisse vorgetragen hatten, ging Sarah an ein Diagramm an der Wand, an dem in der Mitte ein Schild mit dem Namen des verstorbenen Grafen hing. Ringsherum waren weitere Schilder mit Namen wie Peter Sinner, Xynthia von Wolkenfels, Ansgar von Wolkenfels und einige weitere angebracht. Die Schilder waren teilweise mit Pfeilen miteinander verbunden. Unter allen Pfeilen standen Erläuterungen wie Alter, Beruf und sozialer Status. Bei einigen waren diese Erläuterungen ergänzt, bei Manuela Gaspari stand beispielsweise: **Kennt wahrscheinlich den Täter.** Bei Ansgar von Wolkenfels und Xynthia von Wolkenfels, die mit jeweils zwei Pfeilen mit Doppelspitze miteinander verbunden waren, stand: **Haben sich abgesprochen, geben nicht alles preis.**

„Moment mal", sagte Gerd Handke jetzt. Er stand auf, nahm sich einen Edding und ging zur Wand. Unter den Namen Xynthia setzte er den Stift an und fügte hinzu: **Hat Angst vor ihrem Sohn.**

Wenig später war Sarah gerade in ihrem Tagesresumé, das die Runde für diesen Tag beenden sollte, als die Stimme des Alphaville-Sängers Marian Gold mit dem Refrain *Forever young, forever young, let me to be forever young* dessen Wunsch nach ewiger Jugend aus ihrem Smartphone verkündete. Sie hob kurz die Hand und drückte die grüne Hörertaste an dem Gerät. Sie blickte in die Runde und schwieg einen Moment, ehe sie sagte: „Aha, tatsächlich?; Alles klar, vielen Dank, das war gute, schnelle Arbeit." Auf ihrer Stirn hatten sich jetzt Falten gebildet.

Zu den Kollegen gewandt sagte sie: „Das war Dr. Fellner von der Gerichtsmedizin. Gero von Wolkenfels ist an einem Herzschlag infolge Überlastung gestorben und…" Sie zögerte einen kurzen Moment, ehe sie weitersprach. „Er hatte unmittelbar vor seinem Tod Geschlechtsverkehr, nachweislich mit einer Frau."

38. Kapitel

„Du willst dich also stellen." Jens Thielmann betrachtete das zitternde Bündel, das auf dem Bett vor ihm saß. „Ich kann nicht anders, ich drehe hier durch, ich werde mich stellen, das hier ist vorbei!", brüllte Peter Sinner. Er schaute den Reporter verzweifelt an. Seine Stimme wurde wieder leiser. „Es hat doch auch keinen Sinn mehr, die kriegen mich so oder so. Und so langsam verfalle ich in Paranoia, ich brauche ja nur etwas auf dem Flur zu hören und bekomme beinahe einen Herzinfarkt. Es war ein alter Mann, verstehst du?", sagte er, „ein alter Mann, der nur spazieren wollte und ich wäre beinahe vor Angst gestorben."

„Also gut", sagte Jens Thielmann. „Ich verstehe dich und ich habe dir versprochen, dass wir gemeinsam durch diese Sache gehen. Ich werde immer an deiner Seite bleiben, du kannst dich auf mich verlassen. Aber bitte, Peter, bevor wir zur Polizei gehen, sollten wir noch ein-zwei Dinge regeln. Erstens würde ich gerne jetzt ein Foto von dir machen und ich verspreche dir, dass ich es nur verwenden werde, damit ich es später, wenn wir bei der Polizei sind, den Beamten vorlegen kann. Das wird dann deine Aussage, dass du dich nur aus Verzweiflung versteckt hast und nicht, weil du etwas vertuscht hast, stützen. Zum zweiten bitte ich dich, mir alles zu erzählen, was ich bis jetzt noch nicht weiß, da ist zum Beispiel die Sache mit Ansgar, du hast da etwas angedeutet…"

Während Jens Thielmann sich Notizen machte, erzählte Peter Sinner und er hatte auch nichts dagegen, dass Jens ein Foto von ihm machte; ein Foto von einem abgemagerten, graugesichtigen, rotäugigen Mann mit wirrem Blick, drei Tage-Bart und verfilzten Haaren in einem zerrissenen, verdreckten Unterhemd und einer nicht weniger verdreckten Unterhose auf einem unordentlichen, fleckigen Bett; ein Farbfoto, das kein erschreckendes Detail einer zutiefst gequälten Gestalt ausließ, und eines, das nicht nur Kinder um den Schlaf gebracht hätte.

39. Kapitel

Anno 1397 – Januar

Ganz Linz und viele Bürger benachbarter Gehöfte und Gemeinden waren auf den Beinen. Seit sieben Jahren war in ihrer Gegend keine Hexe mehr überführt worden, dabei lag es auf der Hand, dass Hexen immerzu ihre Hände im Spiel hatten. Wie sonst war es beispielsweise zu erklären, dass ein Hagel in einer Nacht sämtliche mühevoll herangezogene Gerstenstauden vernichten konnte, wie sonst war es möglich, dass ein Mann, dem noch gestern die Manneskraft aus sämtlichen Poren strömte, heute nicht mal mehr in der Lage war, seinen ehelichen Pflichten nachzukommen, wie konnte es sonst sein, dass der Leib einer Kuh, die noch gestern munter im grünen Klee gegrast hatte, über Nacht auf die dreifache Größe anschwoll und das Tier dann unter schrecklichem Gebrüll zugrunde ging? Nein, dies alles ging nicht mit rechten Dingen zu; es war Teufelswerk und jene, die sich mit dem

Teufel am besten auskannten, waren nun einmal die Hexen, und warum waren sie es? Weil sie mit ihm buhlten, weil sie sich ihm in unzüchtigster Weise hingaben, ihre schamlosen Spiele mit dem Bocksbeinigen spielten und nicht selten selbst Kreaturen gebaren, die mit großen Köpfen, Wasserbäuchen und hufenförmigen Klumpen anstelle von Füßen Dämonen wesentlich ähnlicher waren als Menschen.

Und da der Pfarrer selbst es sonntags von der Kanzel herunterpredigte, „dass diese Teufelinnen unter uns sind, obwohl wir sie nur selten erkennen können", waren die Bürger froh, wenn wieder einmal eine ins Netz der himmlischen oder - wie in diesem Falle - gräflichen Gerechtigkeit gegangen war.

Gisela selbst kannte zwar kaum jemand, aber viele hatten es gehört, von Nachbarn, vom Pfarrer und vom Bürgermeister selbst, dass sie sich schuldig gemacht hatte. Und sie hatte schließlich gestanden; zwar hatte die ganze Prozedur mehr als sechs Tage gedauert, aber schließlich musste sich Satan, der seine Dienerin offensichtlich mit viel Widerstandskraft ausgestattet hatte, geschlagen geben und Gisela hatte alles zugegeben, was man ihr zur Last gelegt hatte.

Sie selbst nahm das alles nicht mehr wahr, als sie jetzt, am 17. Jänner 1398, mit dem Ochsenkarren zum Marktplatz gefahren wurde. Sie nahm auch den eiskalten Schnee nicht wahr, der ihr ins Gesicht wehte, und es kümmerte sie auch nicht, dass Jugendliche und Kinder sie mit faulem Obst bewarfen und ihre letzte irdische Reise mit allerlei Schmährufen begleiteten. Sie hatte sich bereits seit Tagen innerlich vom Leben verabschiedet und von allem, was ihr lieb und teuer gewesen war; nur ein kleiner roter Funke brannte in ihr und er brannte stärker in ihren Eingeweiden, als die glühenden Schürhaken, mit denen sie gefoltert worden war, es vermocht hätten. Schon von frühester Kindheit an hatte sie es gelernt, diesen roten Punkt zu beherrschen, er war ihr gewissermaßen von ihrer Mutter in die Wiege gelegt worden. Ihre

Mutter war eine Heilerin gewesen, sie hatte sich mit allerlei Medizin und magischen Ritualen ausgekannt und sehr vielen Menschen geholfen. Die in ihr wohnende Magie hatte sie an ihre Tochter weitergegeben und sie hatte Gisela auch gelehrt, mit Hilfe von Kräutern und Zauber Schmerzen zu ertragen. Allerdings hatte sie sie auch ermahnt, die in ihr wohnende Kraft immer nur zum Guten einzusetzen und Gisela hatte genau das immer getan, bis zum heutigen Tage. Jetzt allerdings wurde es Zeit, den kleinen roten Funken zu entfachen und ihn ihren Gegnern, die sie völlig unschuldig den Flammen übergeben wollten, entgegenzuschleudern.

Als Rupold sie nun auf den Scheiterhaufen führte und am Pfahl festband, schaute sie ihn verächtlich an. Dem Henker erschien es, als würde eine eiskalte Hand sein Gesicht packen, seinen Mund aufreißen, sich in seinen Hals bohren und in seinen Eingeweiden ausbreiten. Er sah das beinahe schlohweiße Haar Giselas, das noch vor wenigen Tagen golden geschimmert hatte, und er blickte in ihre Augen. Sie schienen sich förmlich in ihn hineinzufressen und auf den Grund seiner Seele zu blicken. *Grün, so grüne Augen habe ich noch nie gesehen, diese Frau ist unschuldig, sie muss es sein, was mache ich nur hier?*, dachte er bei sich, als der Vogt ein Pergament entrollte und das Wort ergriff.

„Wir alle haben uns heute hier versammelt, weil wir eine Hexe den reinigenden Flammen übergeben wollen", rief er der raunenden Menge zu. Zu Gisela gewandt sagte er: „Gisela, Tochter des Fuhrmanns Walther, du bist überführt der Buhlschaft und widernatürlichen Vereinigung mit dem Satan, der der Antichrist ist. Deshalb werden wir dich hier und jetzt dem Gottesfeuer übergeben, auf dass deine unsterbliche Seele gerettet werde. Hast du noch etwas zu sagen?"

Bei beinahe allen Hinrichtungen erfolgte spätestens jetzt ein Zusammenbruch des Delinquenten, er flehte Gott und seine Peiniger um Gnade an und beteuerte noch einmal seine Unschuld.

Gisela aber stand aufrecht am Pfahl und schaute ihren Ankläger mit ihren durchdringend grünen Augen an.

„Ihr habt mich verurteilt, obwohl ich unschuldig bin!", rief sie mit lauter und klarer Stimme, „und ihr habt das getan, weil ihr die Liebe, die Graf Heinrich für mich empfunden hat, vernichten wollt. Aber ihr wisst eines nicht: Ich bin die Mutter von Heinrichs Tochter und ich verfluche dich, Vitus von Oggersheim (dabei spuckte sie in dessen Richtung) und dich, Mechthild, die du nicht ertragen kannst, dass dein Feld unfruchtbar ist, während meines die Frucht der Liebe hervorgebracht hat. Dich, Rupold, verfluche ich, weil du zum Handlanger dieser beiden geworden bist." Das Grün ihrer Augen wurde noch intensiver, als sie den Fluch in der Sprache wiederholte, die außer Vitus kaum jemand auf dem Platz verstehen konnte: *Deprecor vos autem Vitus et Oggersheim Mechthild potest stare quod ager sterilis peperit me fructus amoris. Rupold te, propter te maledicam, et facti duorum stooge!",* schrie sie ihren Peinigern zu. „Mein Tod wird den Fluch nicht brechen, er wird ihn erst entzünden in den Flammen, die ihr für mich bereit haltet, aber meine Worte werden euch von nun an verfolgen, jeden Tag und jede Nacht und die Frucht meines Leibes und die aus ihr geborenen Töchter werden eure Nachfahren und die Nutznießer meines unschuldigen Todes verfolgen für zwei mal zehn Generationen. Ich bin weder eine Buhle des Satans noch dessen Tochter gewesen, aber die Macht, die ich in mir habe und die immer nur dem Guten gedient hat, wird sich gegen euch wenden, weil ihr das Böse seid, dass das Gute vernichten will!"

Gisela blickte noch einmal kurz in die Menge und schien jemanden zu erblicken und – unglaublich – sie schien zu lächeln und leise etwas zu sagen. Jetzt lehnte sie ihren Kopf gegen den Pfahl und schloss die Augen. Die Menge aber war vor Entsetzen stumm geworden und ein bleicher Vitus von Oggersheim gab Rupold das Zeichen zum Entzünden des Scheiterhaufens.

40. Kapitel

Gegenwart

In dieser Nacht schlief Sarah schlecht. Sie träumte und in ihrem Traum befand sie sich wieder auf dem Linzer Marktplatz, der von Fackeln gespenstisch erleuchtet wurde. Es schneite und sie spürte die Kälte der schmelzenden Flocken auf ihrer Haut. Sie roch das brennende Harz der Fackeln um sich herum und sie roch die ranzigen, stinkenden Leiber der Bauern, Fuhrleute und Pferdeknechte, unter denen sie sich befand. Sie wollte weglaufen, aber es gab kein Durchkommen, es schien so, als ob die Menschenmasse um sie herum immer dichter wurde und sich geradezu um sie drängte. Die Menge schrie und johlte. In der Mitte des Platzes war ein Scheiterhaufen errichtet worden und an den Pfahl, der sich auf dem Haufen befand, war eine Frau gebunden. Die Frau hatte durchdringend grüne Augen und obwohl ihr Haar weiß war, schien sie noch jung zu sein. Jetzt drehte sich der Mann, der vor Sarah stand, zu ihr um und zwei übriggebliebene Zähne grinsten sie aus einem stacheligen Gesicht mit nur einem gelblich verschleierten Auge an. „Da vorne!", rief er ihr mit fauligem Atem ins Gesicht und deutete auf den Scheiterhaufen. „Siehst du es denn nicht? Sie spricht zu dir, nur zu dir." Sarah schaute auf die Frau am Pfahl. Ihre Worte konnte sie angesichts des Lärms der Menge nicht verstehen, aber sie schien keine Angst zu haben und die grünen, durchdringenden Augen leuchteten heller als die Flammen, die sich langsam ihren Weg nach oben bahnten. Die Frau schien sie anzusehen und ihr immer wieder etwas zuzurufen. Sarah konnte nicht verstehen, was sie sagte, aber sie war sich sicher, dass die Worte nur ihr galten, ihr ganz allein.

Sie drehte sich auf den Rücken. Ihre Hände öffneten sich und schlossen sich zu Fäusten, so als ob sie nach etwas greifen würde. Ihre Lippen bewegten sich und im Schlaf flüsterte sie „Du bist ich und ich bin du, und dein Schicksal ist mein Schicksal."

41. Kapitel

DIE SÜNDEN DES GRAFEN

Von Bernd Böhme

Immer mehr Licht kommt ins Dunkel um den grausamen Foltertod des Grafen Gero von Wolkenfels. Allerdings ist noch nicht klar, inwieweit die zahlreichen Affären, die der in mehrfacher Hinsicht offenbar potente Adelige bis zu seinem Foltertod am vergangenen Samstag hatte (die *Fast* berichtete), diesen zu einer Zielscheibe für seinen oder seine Mörder gemacht haben. Wie wir aus sicherer Quelle erfahren haben, haben sich die sexuellen Aktivitäten Geros von Wolkenfels nicht ausschließlich auf Frauen beschränkt, sondern auch viele Männer sollen zu seinem Liebeszirkel gehört haben. Außerdem scheint der umtriebige Graf außerhalb der „normalen" zwischenmenschlichen Spiele ein Freund ominöser und bizarrer Sexpraktiken gewesen zu sein, wobei er nach den vorliegenden Erkenntnissen seine Rolle als herrschsüchtiger Despot auch im heimischen Bett und anderswo ausgelebt hat. Nach außen hin war Gero von Wolkenfels ein vorbildlicher Charakter, der sich in Teilen der Linzer Bürgerschaft großer Beliebtheit erfreute. Zusammen mit seiner Frau Xynthia, die seit einigen Jahren ein eigenes Haus in Königswinter bewohnt, war er gern gesehener Gast bei den zahlreichen kulturellen, gesellschaftlichen und sportlichen Events in Linz. Die beiden wurden erst vor wenigen Tagen anlässlich des Linzer Weinfestes gemeinsam gesehen. Stellt sich also die Frage: Wusste die Gräfin tatsächlich nichts von den Verhältnissen ihres Mannes oder ist in dessen außerehelichen Aktivitäten die Antwort für seinen grausamen Pyramidentod zu finden? Lesen Sie weiter im Innenteil, Seite 8.

Über dem Montagsleitartikel der Fast befand sich ein Bild, das Gero und Xynthia gemeinsam auf dem im Text angedeuteten

Weinfest zeigte. Die Mundwinkel der beiden waren nach oben gezogen und beide zeigten strahlend weiße Zähne, aber während Geros Augen blitzten, wirkten die der Gräfin kalt und tot.

42. Kapitel

„Also gut, der Graf hat also geschnackselt vor seiner Auffahrt in den Himmel oder seiner Abfahrt in die Hölle. Da stelle ich mir doch die Frage, wann hat er geschnackselt und mit wem und hat es ihm überhaupt Spaß gemacht? Aber das wird es ja wohl, obwohl, wenn ich an das Gesicht denke, das er auf dem Holzgestell gemacht hat." Fabian legte seine Stirn in Falten. „Aber immerhin hat seine Zunge noch herausgehangen, aber das hatte wahrscheinlich andere Ursachen."

„Fabian, es reicht." Das Gesicht Gerd Handkes ließ keinen Zweifel, dass er es ernst meinte.

„Okay, okay, aber mir erscheint das tatsächlich wichtig, denn wahrscheinlich ist diese Frau die Person, die am Abend mit Gero zusammen war und vielleicht kann sie uns ja näheres dazu sagen, wer oder was den Grafen in diese unbequeme und ungesunde Stellung gebracht hat, denn so richtig gesund sah der eigentlich nicht mehr aus, als ich ihn gefunden habe."

„Raus". Der Kriminalhauptkommissar wies mit dem Finger zur Türe.

„Sachte, sachte", beschwichtigte Sarah, die sich kaum ein Lachen verkneifen konnte. „Also, Fabian, du hast recht, wir müssen uns tatsächlich die Frage stellen, mit wem der Graf vor seinem Tod Geschlechtsverkehr hatte."

Gerd Handke blickte Fabian noch immer ernst an. „Ein wenig mehr Respekt gegenüber dem Toten würde ich mir schon wünschen, aber lassen wir das. Wir sollten uns tatsächlich noch einmal mit den Personen beschäftigen, die den Grafen zuletzt lebend gesehen haben und vielleicht auch mit der, die ihn zuerst entdeckt hat. Und mir erscheint auch wichtig, dass wir den Schmierfink finden, der das hier geschrieben hat." Er hielt die neueste Ausgabe der Fast mit der Titelseite in die Runde.

„Wir werden ihn bald haben, die Kollegen in Kiel bearbeiten gerade den für die gestrige und heutige Ausgabe zuständigen Redakteur", sagte Sarah. „Nach meinen Informationen kennt der auch nicht den richtigen Namen des Verfassers, aber dass der hier vor Ort oder in der Nähe sein muss, liegt auf der Hand. Wir vermuten, dass es Jens Thielmann vom *Rhein-Express* ist, denn wir hatten eben einen Anruf von seinem Redakteur, den die Kollegin von unten weitergeleitet hat, und er hat uns den Hinweis gegeben; offenbar hat der versucht, Jens Thielmann anzurufen, konnte ihn aber nicht erreichen. Er hat auch gesagt, dass ihn der Stil der Sprache in den Artikeln der *Fast* sehr an Jens Thielmann erinnern würde."

„Wer ist wir?", fragte Gerd Handke, als er seine Finger von den Lippen nahm und die Kommissarin anschaute.

„Das sind Sarah und ich", antwortete Fabian Lauer. „Wir haben kurz miteinander gesprochen, als der Anruf hereinkam. Ich kenne den Redakteur und ich hatte ihn auch an der Strippe."

„Dann ist dieser Thielmann derjenige, der mit Peter Sinner aus dem Burghof geflohen ist", sagte Gerd Handke in die Runde. „Ich brauche ja nur die beiden Texte von gestern und heute zu lesen und es ist klar, dass der geheimnisvolle Zeuge nur Peter Sinner sein kann. Also werden wir unsere Fahndung ab sofort auch auf diesen Jens Thielmann ausweiten. Ich werde die Kollegen anweisen, dass sie auch von ihm Fotos beschaffen, die wir mit den Daten unserer Videokameras vergleichen können."

Eine Etage tiefer erschien kurze Zeit später ein Foto auf dem Bildschirm, der rechts vor der Polizeikommissarin Karin Feld auf deren Schreibtisch stand. Es zeigte einen etwa 30-jährigen blonden Mann mit einem 3-Tage-Bart, der lächelnd und selbstbewusst in die Kamera schaute. Auf dem linken Bildschirm liefen in vier verschiedenen Abschnitten zeitgleich Sequenzen der Aufnahmen, die tags zuvor in der Innenstadt gemacht worden waren. Mit einem Klick auf einen Button verband die Kommissarin die beiden Geräte und aktivierte die Gesichtserkennungssoftware.

43. Kapitel

Xynthia saß an dem großen Glastisch in ihrem Salon und hatte die Zeitung vor sich aufgeschlagen. Natürlich las sie eigentlich nicht die *Fast*, derart vulgäre und reißerische Druckerzeugnisse (*Dreckerzeugnisse*, wie sie sie nannte), wären ihr unter normalen Umständen nicht ins Haus gekommen, aber was war schon normal in diesen Tagen? Sie betrachtete das Bild in der Sonntagsausgabe, das ihren toten Ehemann zeigte, und ein Seufzer kam über ihre Lippen: „Gero, Gero, so musste es einmal enden mit dir", sagte sie leise vor sich hin und ihr liefen Tränen übers Gesicht. Sie blätterte weiter und stutzte plötzlich. Auf Seite 8 war ein Foto abgebildet, das einen Mann zeigte, der aus dem Kellerverlies der Burg nach oben kam. Seine schwarzen Haare standen ihm struppig vom Kopf ab, aber das war es nicht, was Xynthia erstarren ließ. Es war die Nase. Wie oft hatte sie sich geekelt, wenn Gero sie mit seinem Riechorgan von oben bis unten abgeschnuppert hatte, wie oft hatte sie gesehen, wie die Nüstern sich in tierischer Witterung blähten, wenn eine junge Angestellte ins Zimmer kam. Sie spürte wieder den alten Ekel in sich aufsteigen. *Diese Nase kenne ich, diese Nase, seine Nase, seine Nase, seine, seine, seine, eine unter tausenden, ach was, eine unter Millionen, so eine gibt es nicht oft, eigentlich nur einmal, es sei denn…*

Es gab keinen Zweifel mehr für sie. Es war Geros Nase. Und der Mann, der aus dem Keller kam, war dessen Sohn.

Xynthia, die zwar unter zeitweisen psychischen Problemen litt, ansonsten aber über einen wachen Verstand verfügte, stellte im Bruchteil einer Sekunde eine Verbindung her: *Gero, Ansgar, Mann auf Foto. Wie hängen diese drei zusammen? Ich muss es wissen, ich muss es wissen, wissen, wissen, wissen!* Plötzlich schoss ein Gedanke so hell und klar und präzise wie ein Blitz in ihren Kopf. *Ansgar wusste, dass er einen Halbbruder hat, hier ist eine riesige Verschwörung im Gange, eine Verschwörung, die mich vernichten soll, eine Verschwörung, bei der Gero nur das Bauernopfer ist.* Ihr Herzschlag beschleunigte sich, ihr Kopf wurde heiß und ihr Gehirn lief jetzt auf Hochtouren. „Wie konnte ich nur so blind sein!", rief sie und sie fuhr sich mit beiden Händen in ihre Frisur. Sie riss die diamantbesetzen Spangen heraus, zerrte an ihren Haaren und drehte sie immer wieder zwischen ihren Fingern, so, als ob sie im Turbotempo Zöpfe flechten wolle. Ihre Augen nahmen einen gehetzten Blick an und jetzt schrie sie: „Wie konnte ich nur so blind sein, blind, blind, blind!", und sie fing an, ihre Haare büschelweise auszureißen. Diejenigen, die Xynthia näher kannten, hätten sowohl den Blick als auch das Gebaren erkannt; es waren exakt der Blick und genau das Gebaren der Frau, die vor sieben Jahren wegen Paranoia und nach einem Selbstmordversuch in die renommierte *Dr. Hallwachs-Klinik* am Chiemsee eingeliefert worden war, die sie erst nach beinahe neun Monaten als „bedingt geheilt" verlassen hatte.

44. Kapitel

Das Pre-Paid-Handy von Jens Thielmann klingelte.

„Böhme."

„Guten Morgen, Herr Böhme, hier Stefan Feierabend von der *Fast*. Die Polizei war gestern Nachmittag bei mir und hat mir die Hölle heiß gemacht. Ich habe mich eben in der Redaktion besprochen und wir sollten die Sache abbrechen oder zumindest zu einem schnellen Ende bringen. Die Beamten wollten wissen, wer hinter der Berichterstattung steckt."

„Was haben Sie ihnen gesagt?"

„Nur, dass ich Ihren richtigen Namen nicht kenne, aber die wollten natürlich auch wissen, wie wir Ihr Honorar entrichten. Ich habe gesagt, dass ich darüber keine Auskunft geben würde, aber sie haben mir gedroht, mit einem richterlichen Beschluss wiederzukommen. Also musste ich die Bankverbindung preisgeben."

Jens Thielmann überlegte. Er hatte bisher erst 1.000 Euro seines beginnenden neuen Vermögens abheben können, aber das war kein Problem. Dass sie ihn über kurz oder lang schnappen würden, war ihm von Anfang an klar gewesen, aber das Katz- und Mausspiel, das er sich mit der Polizei lieferte, war nur Teil einer größeren Inszenierung, einer Inszenierung, die erst jetzt begann. Vor seinem inneren Auge schwebten bereits neue Schlagzeilen, Schlagzeilen wie **WARUM ICH DEN VERMEINTLICHEN MÖRDER VERSTECKTE** und **WIE ICH DER POLIZEI HALF, DEN WAHREN TÄTER ZU FINDEN**, alle Artikel groß aufgemacht und mit den Worten „von unserem Reporter Jens Thielmann" eingeleitet.

„Danke, dass Sie mich informiert haben", sagte er jetzt, „bitte stellen Sie die Überweisungen vorläufig ein, ich vertraue Ihnen, dass Sie mir den gesamten Betrag, sagen wir noch insgesamt

20.000 Euro, nach Abschluss dieser Aktion zukommen lassen werden; im Gegenzug bekommen Sie von mir sämtliches Material. Es wird von heute an jeden Tag ein neuer Bericht folgen; am Freitag haben Sie die Lösung auf ihrem PC."

Nachdem der Redakteur sich mit den Bedingungen einverstanden erklärt hatte, packte der Reporter seinen Laptop in die Sporttasche, in der er auch die Verkleidungsutensilien und andere Dinge wie Zahncreme, Duschgel und Unterwäsche aufbewahrte. Einen zweiten Laptop hatte er im Kofferraum seines schwarzen 3-er BMW aus dem Jahre 1995 deponiert. Jens war klargeworden, dass er sich nicht mehr lange vor der Polizei verstecken konnte, schon gar nicht mit einem Zeugen, der sich in einem psychisch äußerst bedenklichen Zustand befand. Jens Thielmann hatte einen leichten Anflug von Panik verspürt, als er die Entschlossenheit in Peter Sinners Augen bei dessen Worten: „Ich werde mich stellen, das hier ist vorbei!" gesehen hatte. Seine Serotonin- und Adrenalinspiegel, die seit seinem Ausflug nach Linz deutlich gefallen waren, sanken noch weiter in den Keller. Dennoch wollte er wieder den Kick verspüren, der ihn beim Anblick der Massen, die seinen Bericht gelesen hatten, wie eine machtvolle Glücksflut überrollt hatte. *Was kann ich nur machen, was kann ich nur tun, damit ich diese Sache hier zu einem Ende führe, bei dem ich einerseits mein Ziel, mir als Journalist einen Namen zu machen, erreiche und andererseits nicht ins Gefängnis muss?*, hatte er sich wieder und wieder gefragt und unter Aufbietung aller Willenskräfte war es ihm gelungen, Peter Sinner zu beruhigen und ihn davon zu überzeugen, dass es für ihn das Beste wäre, wenn er ihm seine ganze Geschichte erzählen würde. „Wenn die uns dann kriegen, kann ich sagen, dass du mir quasi alles gebeichtet hast, das wird dann deine Glaubwürdigkeit erhöhen und ich werde sagen, dass du dich stellen wolltest", hatte er zu seinem Zimmergenossen gesagt und im gleichen Augenblick war ihm die Erleuchtung gekommen. Selbst wenn sie geschnappt würden, mussten die Informationen nach Kiel weiterlaufen und mit einem Schlag hatte er die rettende Idee. Seine Glückshormonspiegel stiegen wieder und er fühlte, wie sie seinen Körper fluteten. Es würde eine Inszenierung geben, eine *Thielmann-Inszenierung*, die er für die spätere Bericht-erstattung; die *Aufmacher nach dem Fall* verwenden konnte, denn auch wenn der erste Akt des Dramas sich seinem Ende näherte, war es nicht vorbei; im Gegenteil, in dem neuerdings mit Allmachtsphantasien vollgestopften Kopf des Jens Thielmann fing es gerade erst an.

45. Kapitel

Er fuhr mit seinem Wagen zu einem etwa zwei Kilometer entfernten Waldstück, auf dem sich auf einer Lichtung eine kleine Holzhütte befand, die ihm als gelegentlicher Unterschlupf diente und die er von seinem Vater geerbt hatte. Da Jens´ Vater Mitarbeiter der Stadtwerke gewesen war, war es ihm ein Leichtes gewesen, sein Wochenenddomizil mit einem Stromanschluss auszustatten. Die Gebühren hierfür, es handelte sich um weniger als 50 Euro im Jahr, wurden in regelmäßigen Abständen von Jens Thielmanns Konto einbehalten. Die Holzhütte sah von außen einigermaßen verwahrlost aus, aber im Inneren verfügte sie über die meisten Annehmlichkeiten, die sich Menschen, die nach einem langen Wochenende Erholung in der Natur suchen und nicht vollständig auf ihren gewohnten Komfort verzichten wollen, nur wünschen können. Eine Küche, ein Schlafzimmer mit Doppelbett und eine Dusche waren hier vorhanden. Jens Thielmann hatte diesen Unterschlupf nur deswegen nicht als sein Versteck und das von Peter Sinner gewählt, weil er den Verdacht hegte, dass die Polizei hier nach im suchen könne. Allerdings glaubte er nicht, dass sie sich die Mühe machen würden, die Behausung, die seit längerer Zeit offensichtlich nicht benutzt worden war, einer eingehenden Untersuchung zu unterziehen. Er nahm den Laptop aus dem Kofferraum seines Wagens und trug ihn ins Schlafzimmer, wo er ihn an eine Steckdose unmittelbar neben dem Bett anschloss. Da diese Steckdose sich in Bodennähe befand, war das Kabel, das jetzt unter das Bett führte, kaum zu sehen. Jens hatte sich gestern noch lange mit Peter Sinner unterhalten und nachdem er diesen unter Zuhilfenahme einiger weiterer Flaschen Kirschwasser beruhigt hatte, hatte er die ganze Nacht geschrieben. Die vier einzelnen Berichte, die er aus den ihm vorliegenden Informationen angefertigt hatte, hatte er mit Bildern aus dem Internet angereichert und einem, dass er im Hotel von Peter Sinner gemacht hatte. Er hatte Peter gesagt, das brauche er erst dann, wenn alles vorbei sei, damit er beweisen könne, dass es ihm in der Zeit seines Abtauchens nicht gut gegangen sei. „Das wird dann deine Aussage, dass du dich nur aus Verzweiflung versteckt hast und nicht, weil du etwas vertuscht hast, stützen", hatte er Peter beruhigt. Dann hatte er das Ganze auf einen Stick gezogen, der jetzt im Laptop unter dem Bett angebracht war. Ab sofort würde das Gerät von heute Nachmittag an jeden Tag um Punkt 16 Uhr einen einzelnen Bericht nach Kiel senden. Er hätte natürlich auch alle Berichte einfach zusammen versenden können, aber ihm war klar, dass die Polizei den Eingang der Berichte in Kiel überwachen würde; sollte er ihr die Lösung des Falles mit einem Schlag präsentieren, wäre seine Rolle in diesem Spiel spätestens ab diesem Zeitpunkt überflüssig.

46. Kapitel

„Wenn dein Auge dich ärgert, so reiße es heraus." Diesen Satz hatte Xynthia von Wolkenfels einmal in der Kirche gehört, als der Pfarrer von der Kanzel herab davon predigte, dass man sich von Dingen befreien solle, die einen vom rechten Weg abbringen könnten.

Jetzt überlegte die Gräfin, warum ihr ausgerechnet dieser Satz in den Kopf geschossen war, als sie mit Ansgar gestern Morgen zusammen über den Tod Geros und die zu regelnden Dinge gesprochen hatte. Ein listiger, verschlagener Ausdruck erschien auf ihrem Gesicht. Sie schien zu überlegen, wobei ihr Kopf immer hin und her schwang wie das Pendel einer großen Standuhr. Ihre Haare hatten sich gelöst und hingen ihr in wirren, grauen Strähnen ins Gesicht. Ihr Make-up war verlaufen und ihr fleckiger Bademantel roch säuerlich nach Erbrochenem. Ihre Augen schienen ins Leere zu blicken, als sie mühsam aus ihrem Lehnsessel aufstand, jetzt so gar nicht mehr die edle, erhabene Adelige, die sie noch gewesen war, als die Kommissarin und der Polizist sie besucht hatten.

Aber sie musste sich zusammenreißen. Sie hatte noch etwas zu erledigen, etwas, das keinen Aufschub duldete. Xynthia ignorierte das Durcheinander zwischen den leeren Wein- und Whiskyflaschen und ging langsam die Treppe hinauf. Sie stand mehr als eine halbe Stunde unter der heißen Dusche, ehe sie zurück in ihr Arbeitszimmer ging, sich vor den Schreibtisch setzte und die Schublade öffnete. Als sie gefunden hatte, wonach sie suchte, ging sie die Treppe hinauf zu ihrem Schlafzimmer, wo sich ein großer Vorrat an *Chloraldurat*-Tabletten befand, einem Schlafmittel, das ihr aufgrund ihrer latent psychisch labilen Verfassung kein Arzt der Welt verordnet hätte und an das sie nur durch ihren Sohn Ansgar gekommen war, der es bei seinem letzten Besuch vor einigen Wochen mitgebracht hatte.

„Ich weiß, dass du schlecht schläfst, Mutter", hatte er damals gesagt, sie umarmt und auf die Wange geküsst, „die habe ich von meinem Arzt und sie werden dir helfen."

Und ich weiß, warum du mir die Tabletten besorgt hast, dachte sich Xynthia jetzt und ihr kam bei der Erinnerung an die Umarmungsszene das Wort „Judaskuss" in den Sinn, *du hast gesagt, sie werden helfen.*

Sie nahm die Tablettendose in ihre rechte Hand, führte sie zum Mund und gab ihr einen Kuss. Ihre Haare waren noch nass und ihr Körper, der in einen weißen Bademantel gehüllt war, befand sich mitten im Schlafzimmer vor dem großen Spiegel, aber ihr entrückter Blick verriet, dass sie schon nicht mehr hier war, als sie leise und mit verträumter Stimme sagte:

„Ja, sie werden helfen, ganz sicher werden sie helfen, und wie sie helfen werden."

47. Kapitel

In der Polizeiwache hatte der Computer von Karin Feld einen Treffer verzeichnet. Auf dem Standbild, das jetzt den linken Monitor ausfüllte, war ein Mann mit einem rötlichen Bart zu sehen, der eine Kappe mit dem Aufdruck *I love London* trug. Der etwa 40-jährige Mann, der sich zusammen mit vielen anderen Touristen auf dem Weg in Richtung Kastenholzplatz befand, hatte offenbar einen Bierbauch, der sich unter einem Pullover mit der englischen Flagge abzeichnete. Obwohl der Mann dem Bild auf dem rechten Schirm auf den ersten Blick nicht ähnlich sah, wies der Computer eine Übereinstimmung von 92 Prozent aus. Das reichte Karin Feld völlig, um den Telefonhörer in die Hand zu nehmen und Kriminalhauptkommissar Gerd Handke, ihren Chef, zu informieren.

Kurze Zeit später leuchteten in allen Einsatzfahrzeugen der Polizei rund um Linz die Monitore auf und es erschienen drei Bilder mit Fahndungshinweisen. Die ersten beiden zeigten Jens Thielmann mit und ohne Verkleidung und das dritte war mit dem Namen Peter Sinner gekennzeichnet. Auch die Marke und das Kennzeichen des Fahrzeuges, mit denen die beiden wahrscheinlich unterwegs waren, wurden mitgeteilt: Auf den Bildschirmen erschien: BMW 3er, schwarz, BJ 1995, Kennzeichen NR-JT 9389.

48. Kapitel

Inzwischen war der vollständige gerichtsmedizinische Bericht aus Koblenz eingetroffen. Sarah Winkler hielt das etwa fünfseitige Schreiben in ihren Händen. Obwohl sie entspannt und mit übereinandergeschlagenen Beinen auf ihrem Stuhl saß, las sie die Worte des obduzierenden Mediziners mit größter Konzentration.

„Also gut", sagte sie schließlich in die Runde. „Der Graf ist nicht unmittelbar an den Verletzungen, die ihm das Foltergerät zugefügt hat, gestorben. Diese hätte er möglicherweise überlebt, aber er litt laut Dr. Fellner an Herzinsuffizienz und seine Pumpe hat die Belastung, die durch einen Schock ausgelöst wurde, offenbar nicht verkraftet. Was aber mindestens ebenso interessant ist, ist, dass er zum Zeitpunkt seines Todes 2,6 Promille Alkohol im Blut hatte und natürlich, dass er vor seinem Tod Geschlechtsverkehr mit einer Frau hatte. Stellt sich also die Frage: Hat er sich freiwillig so die Kante gegeben oder wurde ihm das Zeug eingetrichtert, um ihn gefügiger zu machen? Und wenn es ihm von jemand anderem verabreicht wurde, dann von wem und vor allem, mit wem hatte er Sex, das war ja auch die Frage, die dich am meisten interessierte." Sie schaute Fabian an. Dieser zuckte mit den Schultern. „Ja, das interessiert mich auch, aber wirklich nur, damit wir weiterkommen. Ob er dabei Spaß hatte, ist natürlich nicht so wichtig, obwohl das trotzdem mal eine interessante Frage wäre, ich meine, es ist doch ein Unterschied, ob jemand quasi bis zum Schluss aktiv ist oder ob er einsam und Alleine abtritt. Na ja, einsam scheint er jedenfalls nicht gestorben zu sein", fügte er versonnen hinzu. Sarah schüttelte den Kopf, aber ihr Gesicht verriet ein Schmunzeln. „Wissen wir inzwischen, mit wem der Graf am Abend vor seinem Tode sonst noch Kontakt hatte, was hat er gemacht am Abend, wer war bei ihm, wer hat mit ihm gesprochen?"

Sie blickte in die Runde. Gerd Handke blickte auf den Notizblock vor sich und räusperte sich. „Also", sagte er, „ich war heute

Morgen noch einmal in der Burg und habe mir die Angestellten vorgenommen. Sie alle sagen aus, dass sie nicht wissen, ob der Graf noch Besuch hatte. Die letzte von ihnen, Frau Müller, ist nach ihrer Aussage um 21 Uhr gegangen. Ihr ist nichts Außergewöhnliches am Verhalten des Mannes aufgefallen, er sei so gewesen wie immer, hat sie zu mir gesagt."

„Bleibt noch Frau Gaspari", sagte Sarah. „Ich glaube, es wird Zeit, dass wir ihr noch einmal einen Besuch abstatten. Wie sieht's aus, Fabian. Begleitest du mich?"

„Aber gerne", erwiderte dieser, als er lässig seine Uniformjacke über die Schulter warf und der Kommissarin hinterhereilte.

Kriminalhauptkommissar Gerd Handke hatte wieder seine Finger über die Lippen gelegt.

49. Kapitel

Auf der Kreisstraße 11 bewegte sich ein schwarzer BMW mit auffallend hoher Geschwindigkeit aus Richtung Bad Honnef kommend auf Linz zu. Neben dem Fahrer mit dem roten Bart und der weißen Kappe mit Aufdruck saß ein Mann, der den Kopf auf die Brust gelegt und der für die Reize des malerischen Rheins zu seiner Rechten offenbar keinen Blick hatte. Als die beiden etwa zwei Kilometer vor Linz eine Einbuchtung passierten, sprangen die beiden Polizeibeamten, die aufmerksam die Straße beobachtet hatten, in ihren Wagen und nahmen mit quietschenden Reifen die Verfolgung auf.

50. Kapitel

Manuela Gaspari richtete sich in ihrem Bett auf. Heute ging es ihr besser, viel besser und sie hatte die beiden, die vor fünf Minuten zur Türe hineingekommen waren, sofort erkannt. Einerseits freute sie sich, die Kommissarin und den Polizisten in der Uniform zu sehen. Sie erinnerte sich an das warme, wohlige Gefühl, als die Frau mit den grünen Augen sie angesehen und ihre Hände genommen hatte, ein unbeschreibliches Gefühl von Wärme und Geborgenheit. Andererseits hatte sie aber ein Geheimnis, ein Geheimnis, das sie eigentlich nicht preisgeben konnte, nicht preisgeben durfte. Am Abend, bevor sie Gero gefunden hatte, hatte sie noch mit ihrer besten Freundin telefoniert. Sie hatten nie etwas voreinander verbergen können, ganz im Gegenteil, manchmal war es beinahe so, als könnten sie ihre jeweiligen Gedanken lesen. Manuela hatte gemerkt, dass Caro aufgeregt war. „Raus mit der Sprache, was ist los?", hatte sie ihre Freundin aufgefordert und jetzt hörte sie die Antwort noch einmal deutlich in ihrem inneren Ohr: „Ich war gestern in Koblenz, und dort habe ich einige wirklich exotische Dinge gekauft", hatte sie gesagt und ihr flüsternd erklärt, um was es sich handelte. „Du darfst mich aber nicht verraten, Süße", hatte sie noch lachend angefügt, aber Manu hatte in der Stimme ihrer Freundin noch mehr gehört als Fröhlichkeit. Sie hatte Angst gehört und sie hatte sie so stark gespürt, als ob es ihre eigene Angst sei. Manu erinnerte sich wieder an ihren Alptraum von Freitagnacht und jetzt fragte sie sich, ob ihr Caro noch etwas erzählt hatte, etwas, das ihr erst im Schlaf bewusst geworden war.

Außerdem hatte sie, als sie Gero gefunden hatte, etwas auf dem Boden der Kammer erblickt, etwas, dass ihr einen heißen Schrecken eingejagt hatte und das untrennbar mit Caroline verbunden war. Beim ersten Besuch der beiden war es ihr gelungen, dieses Geheimnis für sich zu behalten, aber sie hatte eine Ahnung, dass ihr dies kein zweites Mal gelingen würde.

„Sagt Ihnen der Name *Racheengel* irgendetwas?", fragte jetzt die Kommissarin. Manuelas Blick richtete sich für den Bruchteil einer Sekunde auf das silberne Kreuz auf ihrem Nachttisch.

„Nein, dieser Name sagt mir nichts", antwortete sie. Gleichzeitig kam ihr das Bild ihrer Freundin ins Gedächtnis. Aber wie passte das zusammen? Caro konnte zwar bisweilen aufbrausend werden, aber sie war nie lange böse. Sie beide hatten jahrelang eine lose Beziehung gehabt, ehe sich Caro dann doch wieder den Männern zugewendet hatte. Jetzt war sie, soweit Manuela wusste, mit einem Reporter liiert, der für den *Rhein-Express* schrieb.

Sie blickte die Kommissarin offen an. Diese blickte offen und freundlich zurück, ihre grünen Augen schienen jedoch zu blitzen. „Frau Gaspari, wir glauben, dass Sie uns gestern nicht die ganze Wahrheit gesagt haben, genauer: Ich glaube, dass Sie die Person, die den Grafen umgebracht hat, kennen."

„Aber", begann Manuela „sie kann es nicht gewesen sein, sie ist nicht der Typ für so etwas, ich würde meine Hand für sie ins Feuer legen."

„Für wen würden sie Ihre Hand ins Feuer legen?" Genau wie gestern nahm Sarah die Hände von Manuela in die ihrigen und genau wie gestern überkam Manuela ein Gefühl von Sicherheit und Frieden. Gegen ihren Willen begann sie zu erzählen und wenige Minuten später machten sich eine Polizistin und ein Polizist auf dem Weg, um einer jungen Frau namens Caroline Stettner einen Besuch abzustatten.

51. Kapitel

Der schwarze BMW mit dem Kennzeichen NR-JT 9389 befand sich auf der K11 in Höhe von Leutesdorf. Der Polizist am Steuer des hinter ihnen herjagenden Wagens registrierte aus dem Augenwinkel, dass sich die Nadel seines Tachos gefährlich nahe an der 150 Stundenkilometer-Marke befand.

„Wir brauchen Verstärkung!", rief sein Beifahrer in das Funkgerät und gab dem Beamten in der Polizeiinspektion Linz zur Sicherheit seine Daten durch, obwohl dieser auf seinem Monitor genau sehen konnte, wo sich das Polizeifahrzeug befand. Er hatte bereits alle notwendigen Maßnahmen in die Wege geleitet und die Strecke in Richtung Koblenz war seit etwa fünf Minuten vollständig gesperrt. Kurz vor Neuwied legten zwei Beamte einen gürtelähnlichen Gegenstand auf die Straße, einen Gegenstand, dessen mehrere hundert Spitzen im Sonnenlicht dieses frühherbstlichen Oktobernachmittags glänzten.

Jens Thielmann wusste, dass die Flucht für ihn und Peter Sinner bald vorbei sein würde. Aber je später und spektakulärer sie ihn fassten, desto besser würde sich seine Geschichte verkaufen lassen. Er fuhr jetzt mit mehr als 150 Stundenkilometern in Richtung Koblenz, der Rhein auf seiner rechten Seite war kaum mehr als ein blaues, schmales Band in seinem Augenwinkel. Sein Beifahrer saß in der gleichen Haltung wie am Samstagmorgen neben ihm, der Kopf ruhte auf der Brust und nur gelegentlich schaute er hoch, wobei er wieder unverständliche Sätze vor sich hinmurmelte. Der Reporter sah die Kurve auf sich zukommen und stieg leicht auf die Bremse. Als er den schwarzen Gegenstand etwa 100 Meter vor sich bemerkte, war es zu spät. Er nahm noch eine Art Glitzern wahr, ehe die vier Reifen seines BMW mit kurzen „Plopps" signalisierten, dass hier für ihn die Fahrt zu Ende war.

Die Polizeibeamten näherten sich dem Wagen mit ihren Dienstwaffen im Anschlag. „Aussteigen, sofort, und die Hände auf den Kopf!"

Peter Sinner kroch aus dem BMW und ließ sich auf die Straße fallen. Er war bleich im Gesicht, aber gleichzeitig schien er sichtbar erleichtert. „Gott sei Dank, es ist vorbei, endlich", flüsterte er, als der Polizist ihm die Handschellen anlegte.

Auch Jens Thielmann ließ sich widerstandslos festnehmen. „Okay, ihr habt gewonnen", sagte er und schaute dem Beamten ins Gesicht: „Vorerst."

52. Kapitel

Der große Saal des Rathauses war bis auf den letzten Platz belegt. Vor dem mittelalterlichen Gebäude selbst standen zahlreiche Übertragungswagen von mehreren öffentlichen und privaten Sendern. Sogar ein Fahrzeug aus Holland mit der Aufschrift NN, was für „Netherland News" stand; sowie eines des englischen Senders „BCB" hatten sich zwischen die anderen Wagen gedrängt und der Platz mit seinen vielen Cafés, Gaststätten und den beiden Brunnen glich eher einem Campingplatz als dem malerischen Mittelpunkt der sonst so romantischen Rheinstadt.

Im Inneren des Rathauses ergriff jetzt Sarah Winkler das Wort: „Guten Abend, meine Damen und Herren. Ich darf Sie heute herzlich begrüßen zu unserer Pressekonferenz, die wir anlässlich der jüngsten Ereignisse hier in Linz einberufen haben. Wir werden Ihnen im Laufe der nächsten Stunde einen Einblick in die Ergebnisse der bisherigen Ermittlungen geben, die mit dem Tode Graf Geros von Wolkenfels in Zusammenhang stehen. Ich bitte Sie, uns während unserer Ausführungen nicht zu unterbrechen, für Fragen stehen wir Ihnen im Anschluss noch gerne einige Minuten zur Verfügung. Ich darf das Wort zunächst an den hiesigen Kriminalhauptkommissar Gerd Handke geben."

Handke berichtete in den folgenden zehn Minuten von dem Anruf, der am Samstag in der Polizeidienstelle eingegangen sei und von dem ersten Angriff, wie es im Polizeijargon heiße, durch den Kollegen Fabian Lauer. Er schilderte in allgemeinen Worten die Vorfindesituation, wobei er auf Details verzichtete, von der Benachrichtigung der K11 in Koblenz und der Sicherung der Spuren. Danach erzählte er, dass es aufgrund der Berichterstattung einer großen deutschen Tageszeitung zu einer erheblichen Beunruhigung der Stadt aufgrund einsetzenden Sensationstourismus gekommen sei, die nicht hilfreich für die Ermittlungen gewesen sei und die diese zumindest behindert hätte. „Dennoch", so schloss Handke seine Ausführungen „ist es uns vor einer Stunde gelungen, zwei Personen festzunehmen, die wir mit dem Tathergang in Verbindung bringen. Inwieweit sie mit dem eigentlichen Tötungsdelikt in Verbindung stehen, werden unsere weiteren Ermittlungen klären."

Sarah Winkler richtete sich wieder an die Journalisten. „Wir haben heute Abend auch Herrn Lauer hier, der den toten Grafen gefunden hat. Er kann Ihnen jetzt mit eigenen Worten berichten, was sich am Samstagmorgen zugetragen hat." Sie blickte Fabian an und blinzelte verschwörerisch mit ihrem linken Auge. Sofort meldete sich die Stimme in seinem Kopf *Chance, Chance, Chance* und die Stimme fügte noch etwas hinzu: *Enttäusch Sarah bloß nicht!*

„Also", begann er, „ich bin kein Freund großer Worte, deswegen werde ich mich kurz fassen. Ich erhielt am Samstagmorgen einen Anruf in der Inspektion, der mich veranlasste, unverzüglich mit meinem Kollegen zur Burg zu fahren. Der Anrufer hatte sehr aufgeregt geklungen und deswegen bin ich mit ihm zusammen in das Gebäude gegangen. Nach kurzer Suche entdeckten wir im

Folterkeller den toten Grafen, der splitterfasernackt auf einen seltsamen Gerät, Judaswiege heißt das wohl, aufgespießt war. Ich habe mich natürlich gefragt, was er dort oben machte und wie er überhaupt darauf gekommen ist, er war ja ein schwerer Mann, mindestens 100 Kilo, habe ich mir gedacht und ich habe mir noch gedacht: Mann o Mann, da hat sich aber jemand Mühe gegeben, um den Grafen dort hinaufzubugsieren. Früher war das wohl einfacher, die haben da noch Flaschenzüge benutzt, aber so einer war weit und breit nicht zu sehen, also habe ich mich gefragt, wie haben die das wohl gemacht?" Fabian sah die erwartungsvollen Gesichter der Journalisten. Offenbar hatte er den richtigen Ton getroffen und er fühlte sich jetzt in seinem Element. „Also wollte ich mir den Grafen erst einmal von allen Seiten ansehen, um zu erkunden, ob irgendwo Seile oder Schlaufen angebracht waren. Dafür musste ich erst einmal über die Absperrung klettern, die ziemlich hoch war. Dann bin ich langsam um den Grafen herumgegangen. Allerdings konnte ich ihn natürlich nur von unten betrachten, von oben ging ja nicht, weil das Ding, auf dem er saß, mindestens zwei Meter hoch war. Und während ich dann so um ihn herumgegangen bin, habe ich mir vorgestellt, wie das sich wohl anfühlt, wenn man auf so einer Spitze sitzt und ich habe noch gedacht, also bequem kann das jedenfalls nicht sein. Ich bin dann weiter um den Grafen herum. Schlaufen oder ähnliche Dinge konnte ich jedenfalls keine entdecken, dafür habe ich aber seinen…" Die weiteren Worte Fabians gingen im lauten und teilweise entsetzten Geraune unter, das jetzt den Saal beherrschte.

Gerd Handke, der neben Fabian saß, wurde auf einmal bleich im Gesicht. Ihm waren schon vorher Bedenken gekommen, den jungen Kollegen mit zur Pressekonferenz zu nehmen, und er beschloss, die Veranstaltung zu verlassen. Mit einem Taschentuch vorm Gesicht bahnte er sich einen Weg durch die Menge und stürmte nach draußen.

Im Anschluss hieran brach - trotz der anfänglichen Aufforderung Sarah Winklers - unter den anwesenden Journalisten ein unbeschreiblicher Tumult aus; viele bestürmten Fabian, noch weitere Details preiszugeben, während andere wissen wollten, wer die beiden seien, die die Polizei in Gewahrsam hätte. Einige gingen noch weiter und fingen an, die Worte des Kommissars und Fabians zu interpretieren, etwa indem sie sagten: „Hat einer der beiden heute Festgenommenen den Grafen auf die Pyramide gehoben oder waren es beide?", oder: „Frau Kommissarin, ist der Sohn des Grafen der Mörder?", während ein anderer auf Fabian einschrie: „Herr Lauer, erzählen Sie uns mehr, wie genau hat das Ganze von unten ausgesehen?"

Sarah Winkler war kurz davor, die Pressekonferenz an diesem Punkte abzubrechen, aber sie besann sich gerade noch rechtzeitig, weil sie ahnte, dass dann morgen die wilden Spekulationen noch weiter ins Kraut schießen würden.

Jetzt stand sie auf und schaute mit ihren grünen, funkelnden Augen in den Saal. „Meine Damen und Herren, wir können Ihnen über die Namen der von uns festgenommenen Personen im Augenblick noch keine Auskunft geben, ich kann Ihnen aber versichern, dass der Sohn des Grafen derzeit nicht zu unseren Verdächtigen gehört und sich auch nicht in unserem Gewahrsam befindet. Wir drei, äh zwei, Herr Lauer und auch ich stehen Ihnen jetzt noch für Fragen zur Verfügung, die unsere Vorgehensweise betreffen, wir werden aber keine weiteren Fragen zu Personen oder dem Tathergang beantworten."

Die meisten der Anwesenden stellten noch einige mehr oder weniger belanglose Fragen und machten sich Notizen, nur ein Redakteur der *Fast*, der in der äußersten rechten Ecke der hinteren Reihe gesessen hatte, erhob sich unauffällig und verließ leise den Saal.

53. Kapitel

Während im Rathaus eine überaus lebhafte Pressekonferenz stattfand, befanden sich die etwas weniger lebhaften Peter Sinner und Jens Thielmann in exakt den beiden Vernehmungszimmern, in denen am Morgen Xynthia von Wolkenfels und ihr Sohn Ansgar vernommen worden waren.

Jens Thielmann lächelte Claudia Mehren an, ein Lächeln, von dem er glaubte, dass es die Kriminalkommissarin von seiner Unschuld, zumindest was den unmittelbaren Tod von Gero von Wolkenfels anging, überzeugen könne.

Claudia Mehren hatte in ihrer Zeit als Kommissarin schon mehrere hundert Menschen verhört und bisher war es ihr immer gelungen, früher oder später die Wahrheit herauszufinden. In dem vor sich sitzenden Mann erkannte sie den Prototyp des arroganten Täters oder zumindest Mitwissers, der sich aufgrund seiner Intelligenz der Polizei und insbesondere den weiblichen Polizisten überlegen fühlte. Sie wusste, dass genau dies seine Schwäche war und sie wollte ihn in seiner Arroganz zu bestärken; je sicherer er sich fühlen würde, umso leichter würde es für sie werden, ihn aufs Glatteis zu führen.

Jens Thielmann beschloss, einiges preiszugeben. „Also, ich war durch Zufall am Samstagmorgen früh in der Stadt", begann er, „ich bin ein Frühaufsteher und wollte einige Fotos von Linz schießen, die ich in einer Reportage verwenden möchte. Als ich dann zum unteren Platz kam, wo ich das untere Stadttor in dem herbstlichen Morgenlicht fotografieren wollte, hörte ich plötzlich die Schreie aus der Burg. Ich sah, wie ein Mann aus der Menge sein Smartphone hervorholte und anrief. Kurze Zeit später sah ich dann, wie er mit dem Polizisten in der Burg verschwand." Er schaute Claudia Mehren treuherzig an. „Na ja, ich bin Reporter, also bin ich den beiden hinterher und als ich kurze Zeit später Herrn Sinner, da wusste ich natürlich noch nicht, dass er so heißt, aus dem Keller kommen sah, habe ich mich seiner angenommen und ihn erst einmal beruhigt. Ich habe ihn dann erstmal mit zu mir nach Hause genommen und später sind wir dann nach Linz zurückgekehrt. Aber Herr Sinner hatte Angst vor der Polizei, also habe ich mich mit ihm versteckt."

„Ach, und das haben Sie nur aus Nächstenliebe getan?"

„Ich hatte doch gesehen, in welch schlimmem Zustand er sich befindet und da wollte ich helfen."

„Helfen, so, so. Und Sie versprachen sich nicht zufällig eine dicke Story?"

Claudia Mehren holte mehrere Zeitungsartikel aus einer Mappe, die vor ihr auf dem Tisch gelegen hatte. „Hier: Grausame Hinrichtung im Folterkeller! Die Sünden des Grafen! Familiendrama oder Racheakt? Muss ich noch deutlicher werden?"

„Ist ja schon gut". Die Figur, die vor der Kommissarin saß, hatte jetzt kaum noch Ähnlichkeit mit dem Mann, den ihre Kollegen vor einigen Stunden festgenommen hatten und der sich noch im Augenblick seiner Verhaftung arrogant und selbstbewusst gezeigt hatte.

„Aber ich habe mit dem Mord am Grafen wirklich nichts zu tun."

„Wirklich nicht? Wer dann? Vielleicht Herr Sinner? Sie wissen doch mehr, also erzählen Sie es mir." Die Stimme Claudia Mehrens war immer lauter geworden.

„Ja, der Sinner war´s, er hat jedenfalls damit zu tun, aber alles hat er mir auch noch nicht alles erzählt, am besten, Sie fragen ihn selbst."

„Gut", sagte Claudia Mehren, „für heute solls genug sein, aber Sie werden in den kommenden Stunden noch Gelegenheit haben, darüber nachzudenken, was Sie mir noch nicht erzählt haben."

Fünf Minuten später wanderte Jens Thielmann wegen Flucht- und Verdunkelungsgefahr in eine Zelle im Keller der Linzer Polizeiinspektion und wenig später hatte sich zu den Schildern mit den Namen, die an der Grafik eine Etage höher befestigt waren, ein weiteres hinzugesellt. *Jens Thielmann*, stand auf diesem Schild, und der Pfeil, der die Verbindung mit Gero von Wolkenfels herstellte, trug die Unterschrift: **Wusste vorher schon, dass der Graf in der Tatnacht im Folterkeller war.**

54. Kapitel

Peter Sinner hatte im Nebenzimmer unterdessen ganz andere Sorgen. Er war sich sehr wohl bewusst, dass er den Fragen des Kommissars Roger Meinbauer nichts entgegenzusetzen hatte, er spürte vom ersten Augenblick an, dass er hier nur mit einigermaßen heiler Haut herauskäme, wenn er die Wahrheit sagte, und zwar die reine, unverfälschte Wahrheit.

Roger Meinbauer hatte natürlich - ebenfalls wie Claudia Mehren nebenan - sein Gegenüber klassifiziert. Auch er blickte auf eine langjährige Erfahrung und auf eine große Anzahl von Verhören zurück und er war sich sicher, dass dieser Mann vor ihm innerhalb kürzester Zeit alles beichten würde, was er über diesen Fall wusste und dass er darüber hinaus auch seine Rolle im Zusammenhang mit dem Tode des Grafen preisgeben würde.

„Herr Sinner", begann er daher vorsichtig, „ich sehe Ihren derzeitigen Zustand und ich möchte Ihnen gerne helfen. Vielleicht beruhigt es Sie ein wenig, wenn ich Ihnen sage, dass wir nicht glauben, dass Sie Herrn von Wolkenfels ermordet haben und dass Sie mehr oder weniger unbeabsichtigt in diese Situation gekommen sind, in der Sie sich jetzt befinden. Aber vielleicht erzählen Sie mir ganz einfach mal Ihre Sicht der Dinge."

„Gott sei Dank", dachte sich Peter Sinner, „Herr Meinbauer hält mich wenigstens nicht für den Mörder." Und er begann zu erzählen.

55. Kapitel

„Komm mit!", sagte Sarah Winkler, als sie gemeinsam mit Fabian das Rathaus gegen 21 Uhr verließ. Fabian fühlte sich nicht wohl in seiner Haut, die Journalisten hatten ihn zwar bedrängt, noch mehr preiszugeben, aber die Kommissarin hatte ihren Finger über die Lippen gelegt. Jetzt fragte er sich, ob er nicht vielleicht doch etwas über das Ziel hinausgeschossen war. *Du hattest deine Chance, und du hast sie vergeigt*, dachte er bei sich, als sie ihn am Arm nahm und gemeinsam mit ihm in den *Minnesänger* ging. Sie gingen in den ersten Stock. Der Raum war leer und sie nahmen an einem kleinen Tisch in der Ecke Platz. Sarah schaute ihn ernst an: „Mann o Mann, was hast du dir nur dabei gedacht?", fragte sie ihn jetzt. Sie nahm ihr Glas Bier und trank einen Schluck. Ihr Blick war immer noch ernst und ihre Stirn hatte sie in Falten gelegt. Dann veränderte sich ihre Miene und sie prustete das Bier, das sie gerade im Mund hatte, in einer Wolke über den Tisch: „Ich konnte ihn nur von unten betrachten, von oben ging ja nicht, das hast du gesagt", lachte sie, „und *hochbugsiert*, du hast *hochbugsiert* gesagt und das hat der Meute dort unten gefallen, *hochbugsiert*, *hochbugsiert*", rief sie erneut und Fabian fühlte sich plötzlich frei und glücklich und jetzt lachte auch er.

56. Kapitel

Gerd Handke hatte die Pressekonferenz vom vergangenen Abend noch nicht verdaut und ihm traten jetzt noch Schweißperlen auf die Stirn, wenn er daran dachte, mit welch makabrer Detailversessenheit sein junger Kollege das Geschehen geschildert hatte. Allerdings glaubte er nicht, dass diese besondere Art der Polizeiberichterstattung seinem Team schaden würde, er hatte – ganz im Gegenteil – den Verdacht, dass viele der Journalisten die frische, humorvolle und unbekümmerte Art Fabians als Indiz für eine moderne Polizei sehen würden. Dennoch konnte er das Verhalten seines Mitarbeiters natürlich nicht tolerieren, in der Absprache vor der Konferenz hatten sie sich darauf verständigt, nur das wiederzugeben, was die Medien ohnehin wussten und von eventuellen Fahndungsergebnissen zu berichten. Vom Gewicht des Grafen war dabei keine Rede gewesen, noch viel weniger davon, wie man ihn dahin bekommen hatte, wo er gefunden worden war.

Als er jetzt in seinem Büro saß, hatte er die neueste Ausgabe der *Fast* auf dem Tisch vor sich liegen. Er schob das Blatt beiseite und drückte auf einen Knopf an seinem Telefon. „Sag dem Fabian, er soll zu mir kommen und zwar sofort!", rief er in den Hörer.

Eine Minute später stand ein verlegener Kriminaloberkommissar Lauer vor seinem Chef.

„Setz dich!", sagte dieser kurz. Gerd Handke stand vor dem Fenster und blickte nach draußen. „Fabian, Fabian, was soll ich mit dir nur machen?", fragte er in Richtung des Hofes. Fabian saß auf seinem Stuhl und wusste nicht so recht, was er von der Situation halten sollte. „Okay, okay, Chef, ich gebe ja zu, dass ich etwas mehr gesagt habe, als ich eigentlich sagen sollte, aber dem Grafen konnte es doch nichts mehr schaden und unseren Ermittlungen doch eigentlich auch nicht. Ich habe gesehen, dass die Journalisten etwas Aufregendes hören wollten und ich dachte, vielleicht bringt es mal etwas Leben in die Sache, wenn ich das so schildere, wie ich es empfunden habe."

Der Kriminalhauptkommissar drehte sich um. So wie er jetzt dastand, erinnerte er Fabian irgendwie an Napoleon, der sich daranmachte, in eine große Schlacht zu ziehen.

„Du hast dir also Gedanken darüber gemacht, wie der Graf da hoch gekommen ist; als du ihn gesehen hast, hast du dir wirklich in dem Augenblick darüber Gedanken gemacht, wo es doch deine erste Pflicht war, den Tatort zu sichern und diese Fragen mir und den Koblenzern zu überlassen?", fragte Handke. Seine Miene war ernst und in seiner Stimme lag eine gefährliche Ruhe.

„Ja, ich konnte nicht anders, als ich den Grafen so gesehen habe, ist mir tatsächlich als erstes dieser Gedanke gekommen."

„Gut, Fabian, du weißt, dass ich immer große Stücke auf dich gehalten habe, aber was zu weit geht, geht zu weit. Ich werde es für diesmal bei einer Ermahnung belassen, aber solltest du dich nochmals gegenüber der Öffentlichkeit in derartige Schilderungen versteigern, wird es nicht bei einer Ermahnung bleiben. Und jetzt kannst du rübergehen, die anderen warten schon."

Als Fabian die Tür hinter sich geschlossen hatte, machte er sich eine Notiz auf dem vor sich liegenden Schreibblock: *FL für Beförderung vorschlagen, evtl. Eignungstest KRIPO.*

Er stand auf, nahm die *Fast* in die Hand und begab sich in die Einsatzzentrale. Er wusste, dass die anderen bereits auf ihn warteten und er wollte sich keine Blöße geben, sein überstürzter Rückzug von der gestrigen Pressekonferenz würde sich herumgesprochen haben. Jetzt galt es, das Heft wieder in die Hand zu nehmen.

57. Kapitel

Mit einem fröhlichen „Guten Morgen, Herrschaften" begrüßte er das Ermittlerteam. Er legte die Zeitung vor sich auf den Tisch, auf der ein Porträtfoto Geros zu sehen war, das seine durchdringenden Augen und seine markante Adlernase betonte. Sein schmaler aristokratischer Kopf lag halb im Schatten. Die hervorstehenden Jochbeine, die buschigen Augenbrauen, das kantige Kinn und die streng zurückgekämmten schwarzen Haare deuteten einen Hang zur Brutalität an; ein Eindruck, der durch die zusammengepressten Lippen noch verstärkt wurde. Gerd Handke begann zu lesen:

Die dunkle Seite des Mustergrafen. Von Stefan Feierabend und Benjamin Böhme. Endlich scheint die Polizei im Fall des gefolterten und getöteten Grafen Gero von Wolkenfels einen Schritt weiter zu sein. Wie Kriminalhauptkommissar Gerd Handke, Kriminalkommissarin Sarah Winkler und Polizeioberkommissar Fabian Lauer während einer Pressekonferenz am gestrigen Abend erläuterten, sind inzwischen zwei Tatverdächtige festgenommen worden. Zu weiteren Einzelheiten diesbezüglich wollten sie sich jedoch nicht äußern. Bemerkenswert ist allerdings, dass der POK Fabian Lauer noch einmal plastisch und deutlich die Auffindesituation des Grafen schilderte. Er könne sich nicht erklären, wie der Graf auf das Foltergerät gekommen sei, das immerhin eine Höhe von etwa zwei Metern habe, sagte der POK. Lauer vermutet daher, dass es mehrere Täter gewesen sein müssen. Indes liegen uns weitere Informationen von einem Zeugen vor, der sich zum Vorleben des Grafen äußern konnte. Seinen Worten zufolge hat Gero von Wolkenfels neben seinen zahlreichen Affären und außergewöhnlichen Praktiken (die *Fast* berichtete) auch Prostituierte beiderlei Geschlechts in seiner Burg empfangen. Außerdem hat der Graf nach Aussage unseres Zeugen weibliche Angestellte

zum Verkehr gezwungen. Wo also liegt das Motiv für seine Er-
mordung? Waren es die Prostituierten oder war es eine seiner
Untergebenen, die sich für eine Vergewaltigung rächen wollte?
War der Graf ein Vergewaltiger? Es scheinen nur noch wenige
Teile im Kriminalpuzzle zu fehlen und das gesamte Bild wird
sichtbar und damit wohl auch der Täter. Fortsetzung folgt.

„Abgesehen von den Ereignissen des gestrigen Abends, die
sich sicherlich schon bei euch herumgesprochen haben", sagte
Handke ruhig und blickte in die Runde, „habe ich auch heute
Morgen auf dem Weg hierher wieder eine Menge Menschen gesehen, die diese neueste Ausgabe in den Händen hielten. Ich darf
sagen, dass ich einigermaßen verwundert war, insbesondere angesichts der Tatsache, dass einer der angeblichen Schreiber bei
uns unten im Gewahrsam ist. Kann mir vielleicht irgendjemand
erklären, wie er von hier aus seine Artikel verfassen kann?"

„Ich habe Herrn Thielmann gestern Abend noch vernommen
und er hat gestanden, dass er Peter Sinner mehr oder weniger ent-
führt hat, um aus diesem eine Story herauszukitzeln", sagte jetzt
Claudia Mehren. „Anscheinend auch mit einigem Erfolg, denn
die bisher erschienenen Artikel beruhen alle auf dem, was Peter
Sinner ihm erzählt hat. Allerdings ist auch mir nicht klar, wieso
heute noch ein Artikel erscheint, bei dem er zumindest Mitverfas-
ser ist. Vielleicht hat er mir noch nicht alles gesagt."

„Ich wollte ihn mir später sowieso vorknöpfen, weil mir Peter
Sinner, den *ich* gestern vernommen habe, einiges über die letzten
Tage zusammen mit Jens Thielmann erzählt hat", sagte jetzt Roger Meinbauer. „Ich möchte gerne die beiden Versionen abglei-
chen. Aber, was mir viel wichtiger erscheint, ist, dass Peter Sinner
beinahe alles über den Grafen weiß, er scheint sich in den letzten
Wochen sehr umfangreich mit dessen Leben beschäftigt zu haben."

Gerd Handke hatte seine Denkerhaltung eingenommen und aufmerksam zugehört. „Wieso denn das?", fragte er jetzt

Es war Sarah Winkler, die die Bombe platzen ließ: „Gero von Wolkenfels war Peter Sinners Vater."

58. Kapitel

Dieser selbst saß in seiner Zelle und fragte sich zum wiederholten Male, wie das hier alles nur hatte geschehen können. Alles hatte wohl damit angefangen, dass er spätestens im Alter von fünf Jahren wissen wollte, wer sein Vater war. Seine Mutter, in seinen Augen die schönste Frau der Welt, war die einzige, die immer da war. Bis zu diesem Zeitpunkt war es Peter kaum aufgefallen, dass in seiner kleinen, heilen Welt praktisch kein Mann vorkam und es fehlte ihm auch keiner, denn seine Mutter war immer für ihn da, sie erzählte ihm schöne Geschichten von der Vergangenheit, von der Burg und wer dort einmal alles gelebt hatte. Ab und zu hatte sie ihn auch dorthin mitgenommen und ihm auch einmal dem Grafen vorgestellt, einem großen, furchteinflößenden Mann. Peter hatte Angst vor dem Mann gehabt, wie er sich jetzt erinnerte. Und damals hatte seine Mutter eine seltsame Bemerkung gemacht, die er aber gar nicht richtig wahrgenommen hatte, weil er im Burghof einige interessante Dinge entdeckt hatte und weil ihn insbesondere die ins Dunkel hinabführende Treppe zu dem unheimlichen Keller gereizt hatte. Er hatte von oben in den finsteren Abgrund geschaut und sich gefragt, welches Geheimnis sich dort unten wohl verstecke. Wie aus weiter Ferne hatte er das Gespräch seiner Mutter mit dem Grafen gehört, die zu ihm sagte: „Wenn du die Zahlungen einstellst, werde ich einen Vaterschaftstest verlangen, aber der wird eigentlich kaum nötig sein, du kannst ihn nicht verleugnen, er ist dein Sohn". Und sie hatte flüsternd hinzugefügt (aber Peter hatte es dennoch gehört): „Du brauchst dir nur seine

Nase anzuschauen". Sehr viel später war Peter die Bedeutung dieser Worte aufgegangen, aber erst als er zehn Jahre alt gewesen war, hatte er den Mut aufgebracht und sie direkt gefragt: „Mama", hatte er damals gesagt, „ist der Graf mein Vater?" Seine Mutter hatte ihn darauf liebevoll umarmt und gesagt: „Nein, mein Sohn, jedenfalls nicht, wenn man seinen Charakter mit deinem vergleicht". Peter hatte sich mit dieser Antwort zufrieden gegeben. Als jedoch seine Mutter vor fünf Wochen gestorben war, hatte er in ihrem Schließfach bei der Bank einen Brief gefunden, der zumindest einen wesentlichen Teil (wenn man es genau nahm, sogar *den* wesentlichen Teil) ihrer Aussage in ein völlig anderes Licht rückte. Auf dem Umschlag war sein Name in der großen, runden Schrift geschrieben, die er von seiner Mutter kannte.

Peter hatte diesen Brief seither die meiste Zeit bei sich getragen und erst letzten Freitag in einem Versteck in seinem Haus deponiert. *Sicher ist sicher,* hatte er sich gedacht, *wenn irgendetwas schiefläuft, ist es besser, wenn das nicht bei mir gefunden wird.* Seinen Inhalt aber kannte er mittlerweile auswendig, so oft hatte er ihn gelesen. Jetzt schloss er die Augen und er konnte sie ganz deutlich vor sich sehen, seine Mutter, wie sie vornübergebeugt an ihrem Schreibtisch saß. Sie hatte den weißen Bademantel an, der in den letzten Monaten nahezu das einzige Kleidungsstück gewesen war, das sie noch trug. Die blonden, langen Haare fielen auf das weiße Papier und mit Tränen auf ihrem immer noch schönen Gesicht begann sie zu schreiben.

„Lieber Peter, wenn du diesen Brief liest, werde ich nicht mehr auf dieser Erde sein. Bitte sei nicht traurig, denn du hast meinem Leben alles Glück gegeben, das man sich als Mutter nur wünschen kann. Ich weiß, dass es dich seit längerer Zeit beschäftigt, wer dein Vater ist und ich habe es dir bisher nur nicht anvertraut, weil der

Mann, der dein Erzeuger ist, in mancherlei Hinsicht nichts Menschliches an sich hat. Leider muss ich dir mitteilen, dass auch der Akt deiner Zeugung nicht aus Liebe geschehen ist, sondern dass der Graf sich gegen meinen Willen mit mir vereinigt hat. Ich war damals Angestellte in der Burg und wusste, dass er mir nachstellt, doch ich konnte mich lange gegen die Werbungsversuche erwehren, bis zu jenem Abend im Jahre 1985, als er ohne mein Wissen alle anderen Angestellten nach Hause oder zu Besorgungen außerhalb der Burg geschickt hatte. Er war an diesem Abend betrunken und ich war nicht in der Lage, mich seiner körperlichen Überlegenheit zu erwehren. Aber auch wenn ich diese Nacht wegen der Schmerzen, die er mir damals zugefügt hat, oftmals gerne vergessen wollte, so warst doch du, der du in dieser Nacht entstanden bist, mir mehr Lohn als alle Schmerzen, die er mir jemals hätte zufügen können. Ich habe nach dem Vorfall gekündigt und der Graf hat mir jeden Monat einen bestimmten Betrag überwiesen, damit ich mit meinem Wissen nicht an die Öffentlichkeit gehe. Das allerdings hätte ich sowieso nicht getan; es hätte meinen Ruf ebenso ruinieren können wie deine Zukunft gefährden, daher habe ich Stillschweigen bewahrt bis zu jenem Tag, an dem du mit mir in der Burg warst und den Grafen getroffen hast. Er hat abgestritten, dein Vater zu sein, aber nachdem ich ihn auf die Ähnlichkeit zwischen dir und ihm hingewiesen habe, hat er sich bereit erklärt, auch *weiterhin für unseren Unterhalt aufzukommen. Was die Merkmale angeht, so versichere ich dir, dass ich Gott dafür danke, dass du nur sein Äußeres geerbt hast; im Inneren bist du von ihm so verschieden, wie es der Tag von der Nacht ist, wobei er der dunkle Teil ist und du die helle Seite verkörperst. Bitte sei mir nicht böse, dass ich dir nie etwas davon erzählt habe, aber glaube mir, es geschah alles zu deinem Besten und weil ich dich liebe."*

Peter vergrub das Gesicht in seinen Händen und die Gedanken schossen durch seinen Kopf, Gedanken von einem Leben, das vergangen war, Gedanken von schönen, freudigen und unbeschwerten Zeiten, Gedanken vom Ende und vom Leid. Wieder fühlte er sich grenzenlos allein *(warum nur, warum hast du mich verlassen; wenn du mich jetzt sehen könntest, Mutter, was würdest du von mir denken?).* Er rief sich ihr Bild ins Gedächtnis und plötzlich war er wieder drei Jahre alt und er tollte mit ihr im Garten ihres kleinen Hauses, sie schwenkte ihn herum und ihre blonden, langen Haare umrahmten ihr schönes Gesicht in der Sonne wie ein Heiligenschein und mit ihrem herzlichen Lachen rief sie ihm zu: „Mach dir keine Sorgen, Junge, zeig Ihr den Brief, zeig der Frau mit den grünen Augen den Brief!"

59. Kapitel

Caroline Stettner hatte verweinte Augen. Bis vor fünf Minuten hatte sie auf der schmalen Pritsche in ihrer Zelle im Keller der Linzer Polizeiinspektion gelegen, in die sie nach einem ersten Verhör gestern Abend gebracht worden war. Die Kommissarin, die zuvor mit ihr gesprochen hatte, war sehr freundlich gewesen, Claudia Mehren hieß die, aber die sympathische Art der Beamtin hatte

Caroline auch nicht sonderlich trösten können. Sie hatte kein klares Wort hervorbringen können und Frau Mehren hatte ihr gesagt, dass sie die Nacht in der Zelle verbringen müsse. „Sie müssen erst einmal hier bei uns bleiben", hatte sie gesagt, „vielleicht geht es Ihnen morgen besser und dann sehen wir weiter."

Caroline hatte wieder und wieder überlegt, genau wie Peter Sinner einige Stunden zuvor, wer oder was sie in diese Lage gebracht hatte; aber entgegen Sinner begannen ihre Überlegungen nicht in ihrer Kindheit, sondern setzten erst in der unmittelbaren Vergangenheit ein. Nach dem anfänglich vielversprechenden Abend, der sich zu der schrecklichen Nacht in der Folterkammer entwickelt hatte, war sie nach Hause gefahren, hatte sich ihre Verkleidung vom Leib gerissen und danach erst einmal heiß geduscht. Sie hatte an den toten und schrecklich zugerichteten Gero gedacht. *Was habe ich da nur gemacht, wie konnte, konnte, konnte ich nur?*, hatte sie sich gefragt und sie hatte zum ersten Mal nach dieser furchtbaren Nacht ihren Tränen freien Lauf lassen können. Gleichzeitig hatte sie gemerkt, dass ihre Kette fehlte, jene Kette, die ihr Manu, mit der sie lange Jahre in einer mehr oder weniger festen Beziehung lebte, zum dreißigsten Geburtstag geschenkt hatte. Und genau in dem Moment kam die Panik wieder, *hoffentlich haben die meine Kette nicht gefunden, wo ist die Kette, verdammt noch mal, hoffentlich haben die die nicht gefunden, hoffentlich nicht…*

Als die Polizistin und der Polizist dann gestern Morgen vor ihrer Tür standen, war sie beinahe erleichtert gewesen. Sie hätte nicht gewusst, wem sie diese abstruse Geschichte anvertrauen könnte, außer vielleicht Manu, aber bei der ging immer nur die Mailbox an. *Wieso meldest du dich nicht, gerade jetzt, wo ich dringend jemanden zum Reden brauche?*

Sie wollte es sich nicht eingestehen, aber sie vermisste ihre Seelengefährtin, Freundin, Geliebte. „Wo bist du nur Manu, bitte, bitte hilf mir", wie oft hatte sie diesen Satz während der letzten Stunden in ihrer Zelle leise vor sich hin geflüstert.

Wo bist du nur, Manu, wo nur, wo?, bitte hilf mir, bitte, bitte, hilf mir, ich weiß nicht, was ich tun soll, dachte sie verzweifelt, als sie erneut im Vernehmungszimmer saß. Sie wusste beim besten Willen nicht, wie sie der Kommissarin mit den grünen Augen, die ihr gegenübersaß und die sich mit dem Namen Sarah Winkler vorgestellt hatte, das erklären konnte, was sich wirklich am Samstagabend abgespielt hatte. *Sie wird mir nicht glauben, niemand wird mir glauben, das Ganze ist doch ein Wahnsinn, viel zu absurd, als dass DAS ein vernünftiger Mensch überhaupt glauben könnte und wie nur, wie nur konnte ich mich auf diesen Wahnsinn einlassen?* Ein alter Spruch fiel ihr ein: *Wer andern eine Grube gräbt, fällt selbst hinein.* Ja, sie war hineingefallen, in eine Grube, die tiefer und grausamer und monströser war als alles, was sie in ihrem bisherigen Leben gesehen hatte, *ach was*, monströser als alles, was man sich nur vorstellen konnte. Wieso also sollte gerade die Frau mit den grünen Augen ihr glauben, und doch, in den Augen war etwas, etwas, das mehr sah als die scheinbare Oberfläche, da war etwas Geheimnisvolles, etwas, das tief in ihre Seele zu leuchten schien und das die Wahrheit erkannte. *Ja, sie wird mir glauben,* der Gedanke breitete sich angenehm in ihrem Kopf aus und ein tiefes warmes Gefühl schien ihren Körper zu fluten; innerlich lächelte sie jetzt, *sie wird mir glauben, ganz, ganz sicher…*

„Also", begann Sarah jetzt mit ihrer samtenen, einschmeichelnden Stimme, „wir wissen, dass Sie in der Nacht in der Folterkammer gewesen sind." Sie blickte ihr Gegenüber an, wobei ihre Mundwinkel zu einem leichten Lächeln hochgezogen waren. Die grünen Augen schienen immer tiefer und wärmer zu werden: *grün, grüner, tief, tiefer, warm, wärmer,* dachte Caro. Sie fühlte sich wie eine Ertrinkende, aber sie war gerne bereit, in diesem grünen, dunklen See zu ertrinken und ihm - gleichsam als letztes Geschenk - ihr Innerstes zu offenbaren. Gerade als sie die Lippen öffnen wollte, um ihr *Kellergeheimnis* preiszugeben, wurde die Tür zum Zimmer geöffnet und Kriminalhauptkommissar Gerd Handke trat ein. Das Gefühl wohliger Wärme und Geborgenheit wich einem Schwall eisiger Kälte. Der Kommissar entschuldigte sich mit einem Nicken: „Frau Winkler, könnten Sie bitte einen kurzen Moment herkommen?" Als Sarah mit ihm zusammen vor der Türe stand, sagte dieser in ernstem Ton: „Es tut mir leid, aber wir haben einen zweiten Toten."

„Wer ist es?"

„Es ist Ansgar von Wolkenfels; er wurde vor wenigen Minuten in der Burg gefunden."

„Aber doch nicht auch im Folterkeller?" Sarah schaute Gerd Handke fragend an.

„Nein, die Burgangestellte, Frau Müller, hat vom großen Saal gesprochen."

„Ich nehme an, es war kein natürlicher Tod?"

„Ich weiß es ehrlich gesagt nicht, aber ich denke, angesichts der Umstände ist es besser, wenn wir die gesamte Mannschaft anrücken lassen."

„In Ordnung, ich fahre sofort runter. Wo ist Fabian? Ich würde ihn gerne dabeihaben." Sie wendete sich an den Beamten, der Caroline wenige Minuten zuvor in das Zimmer gebracht hatte und der ebenfalls vor der Türe stand. „Bitte bringen Sie Frau Stettner in ihre Zelle, ich werde mich dann später wieder mit ihr befassen."

60. Kapitel

Ansgar von Wolkenfels saß vor dem noch knisternden Kamin im großen Saal der Burg zusammengesunken in dem schweren Eichen-Ledersessel, der vormals seinem Vater gehört hatte. Der Kopf lehnte am Oberrand des Sessels und seine markante schwarze Haarsträhne hing ihm ins Gesicht. Mehr denn je wirkte sie wie eine Trauerflagge, die jetzt allerdings ihre Bestimmung gefunden hatte und die dem bleichen, seelenleeren Gesicht Ansgars eine makabre Würde verlieh. Seine Augen waren geschlossen und vor sich auf dem großen, ausladenden Glastisch mit Eichenholzumrandung stand ein Glas mit einem Rest roten Weines. Daneben befand sich ein umgekippter Kunststoffbehälter, auf den die Bezeichnung *Chloraldurat* aufgedruckt war und eine beinahe leere Flasche *Geisenhahner Wurzelstein*, ein teurer, erlesener Wein eines nahe gelegenen Weingutes. In der rechten Hand, die auf der Lehne des Sessels lag, hielt der Grafensohn einen Brief. Das weiße Hemd war geöffnet und an Ansgars Brust hing ein Kreuz, das sich aufgrund seiner schwarzen Farbe kaum von der dunklen Körperbehaarung abhob. Und es war umgedreht, so dass die kleine silberne Heilandfigur mit dem Kopf nach unten hing. Sarah Winkler sah die Situation und ordnete sie blitzschnell in ihrem Kopf. *Tablettenbehälter, Flasche, Glas mit Rotweinresten, Brief, offenes Hemd, umgedrehtes Kreuz, knisternder Kamin.* „Wo ist der Arzt?", fragte sie jetzt. Im Hintergrund räusperte sich jemand und ein Mann, etwa 40 Jahre alt, trat auf sie zu. „Werner, Dr. Werner, guten Tag. Frau Müller hat mich gerufen, als sie den Herrn gefunden hat. Ich habe auf den ersten Blick gesehen, dass es für Wiederbelebungsversuche zu spät war."

„Woran ist er gestorben?"

„An Herz-Kreislaufversagen infolge eines toxischen Schocks, würde ich sagen." Er zeigte auf die leere Tablettendose. „*Chloraldurat*, mit dem Zeug können Sie Elefanten einschläfern. Wenn er alle Tabletten genommen hat, die in diesem Behälter waren, ist er sanft, aber ohne die Möglichkeit, eine Rückfahrkarte zu lösen, hinübergefahren."

„Sie gehen also von Selbstmord aus?"

„Na, ja, aus meiner Sicht jedenfalls sieht alles danach aus."

„Wann haben Sie seinen Tod festgestellt?"

Der Arzt schaute auf seine Uhr. „Um 8 Uhr 24, vor zweiundzwanzig Minuten. Aber dem Zustand nach ist er ist schon sehr viel länger tot. Frau Müller (dabei nickte er in Richtung der Angestellten, die unauffällig neben ihn getreten war) hat mich um 7 Uhr 50 angerufen und ich bin gleich hergekommen. Sie hat Sie dann auf meine Bitte hin informiert."

„Danke", sagte Sarah und sie schaute zunächst die Angestellte und anschließend den Arzt an, „bitte halten Sie sich zu unserer weiteren Verfügung. Aber jetzt muss ich Sie ersuchen, das Zimmer zu verlassen."

Kurze Zeit später hatte sie von der Linzer Wache zwei weitere Beamte herbeigeordert und sie mit der Aufgabe betraut, keinen Unbefugten in das Zimmer zu lassen. Danach rief sie die Kollegen in Koblenz an. Die würden innerhalb von etwas über einer Stunde hier sein. Sarah schloss die Augen und konzentrierte sich auf das Bild, das sie gesehen hatte: *Tablettenbehälter, Flasche, Glas mit Rotweinresten, Brief, offenes Hemd und vor allem: umgedrehtes Kreuz!*
Sie ging nahe an den Brief heran, betrachtete ihn eine Weile und drehte ihren Kopf dann so, dass sie ein paar Zeilen von dem Geschriebenen sehen konnte. Leise flüsterte sie die Worte vor sich hin: *Er ist kein Mensch*, konnte sie in einer eckigen, nach links geneigten Schrift lesen, *ich wollte immer so sein, wie er sich seinen Sohn wünscht, aber ich habe immer nur seine Knute gespürt, er ist ein Tyrann.* Mehr konnte sie nicht entziffern, da das Schriftstück teilweise gefaltet war und die Hand Ansgars einen Großteil des Geschriebenen verdeckte, aber sie war sich sicher, dass der Brief von Ansgar selbst stammte.

„Was meinst du?", fragte sie Fabian, der neben ihr stand. Obwohl er bei Fragen von Sarah nie wusste, wohin diese zielten, war er sich diesmal mit seiner Antwort sicher: „Alles klar", sagte er, „er hat sich umgebracht, weil er garantiert bei dem Tode seines Vaters seine Hand im Spiel hatte und weil ihn vielleicht seine Schuld selbst so sehr mitgenommen hat, dass er mit dieser Schuld nicht mehr leben konnte. Oder vielleicht hatte er auch nur Angst, dass wir ihm bald auf die Schliche kommen." Diesmal war Fabian sich sicher, dass er den Nagel gewissermaßen auf den Kopf getroffen hatte. Er schaute Sarah herausfordernd an. „Und?", fragte er erwartungsvoll.

Sarah schaute ihn mit einer neutralen Miene an. „*Fast* richtig, aber er hat sich nicht selbst umgebracht, er wurde ermordet."

Als sie zwei Stunden später den Tatort verließen, fasste Sarah Fabian am Arm. „Ich fahre jetzt erst einmal zu Frau von Wolkenfels, um sie über den Tod ihres Sohnes zu informieren. Kommst du mit?"

61. Kapitel

Sie mussten mehrmals klingeln, ehe sich eine verschliffene Stimme in der Sprechanlage am schmiedeeisernen Tor meldete. „Ja, was ist?," sagte Xynthia, aber es klang eher wie: „Jaah, waas isch?"

Sarah schaute Fabian fragend an und zuckte mit den Schultern, ehe sie sagte: „Guten Tag, Frau von Wolkenfels. Hier sind Fabian Lauer und Sarah Winkler von der Polizei. Wir müssten Sie noch einmal sprechen."

Wenig später standen Fabian und Sarah einer Frau gegenüber, die das genaue Gegenteil von dem zu sein schien, was sie noch vor drei Tagen verkörpert hatte. Ihre vormals ordentlich nach oben toupierten Haare hingen ihr jetzt in wilden Fransen über blutunterlaufene Augen, ihr Make-up war verlaufen und sie strömte den unverkennbaren Geruch von Alkohol aus. Auch die Stimme hatte sich merklich verändert; hatte Xynthia noch bei ihrer ersten Begegnung am Samstag mit einem klaren, melodischen

Ton gesprochen, so war an dessen Stelle das mindestens zwei Oktaven tiefere Brummen einer alten Frau getreten. Als sie die beiden mit einem lapidaren „Hallo", begrüßte, schlug Fabian und Sarah eine Wolke von Wein- und Whiskygeruch entgegen. Xynthia bemühte sich sichtlich, einigermaßen gerade zu gehen, als sie vor den beiden durch die große Halle in das Zimmer schwankte, in dem sie auch während ihrer ersten Begegnung miteinander gesprochen hatten.

Das Zimmer, das noch am Samstag mit seinem einladenden, duftenden Charme die Eleganz und Weltläufigkeit seiner Besitzerin betont hatte, hatte offenbar mit einem Schlag seine aristokratische Fassade abgelegt. Überall standen leere Flaschen. Briefe, Papiere, Kissen und Decken lagen wild verstreut auf dem Boden und auf einem Teller mit Essensresten hatten sich einige grünlich-schimmernde Fliegen versammelt und machten sich mit wütendem Summen über die angetrocknete Mahlzeit her. Verschiedenste Zeitungen mit Artikeln über den Mord an Gero von Wolkenfels und der Pressekonferenz (Sarah erkannte im *Rheinexpress* deutlich ein Bild, auf dem Fabian und Gerd am Konferenztisch saßen und auf dem sie anhand der im Hintergrund gezeigten Projektion die bisherigen Ermittlungsergebnisse erläuterte) lagen ungeordnet herum und auf der *Fast* vom Sonntag, auf der Gero in der letzten Stellung seines Lebens oder der ersten seines Todes - je nachdem, wie man es interpretierte - zu sehen war, klebte eine breiige, grünlich-gelbe Masse, von dem sowohl Fabian als auch Sarah vermuteten, dass sie den Rückwärtsgang aus dem Magen der Gräfin genommen hatte. Es roch nach Alkohol, Erbrochenem und Urin.

„Frau von Wolkenfels", begann Sarah, die ihre Eindrücke in weniger als fünf Sekunden in ihrem Gehirn abgespeichert hatte, „wir sind heute zu Ihnen gekommen, weil sich eine weitere schlimme Sache ereignet hat."

Xynthia nahm ein Glas, in dem eine braune Flüssigkeit schimmerte, in die rechte Hand und schaute die Kommissarin verständnislos an. „Schlimm?", sagte sie, „das glaube ich nicht, sehen Sie sich um, ich habe ein wenig gefeiert, weil ich ihn jetzt endlich los bin, ein für alle Mal, dieses Scheusal wird nie wieder mein Leben bestimmen." Dann fing sie an zu lachen und sie sagte: „Kommen Sie, feiern Sie mit mir", und sie lachte erneut und plötzlich hob sie ihren Kopf und während sie unsicher durch das Zimmer tanzte, sang sie zu der Melodie eines alten Kinderliedes: „Der Graf ist tot, der Graf ist tot, der Graf ist tot, der Graf ist tot, er wird nichts mehr tun, tirili, tirila, er wird nichts mehr tun, tirili, tirila."

Fabian hätte beinahe mitgesungen, er kannte die Melodie vom Lied „Der Hahn ist tot", schon seit seinen Kindertagen und die Gräfin wirkte trotz ihres wenig attraktiven Äußeren irgendwie verrückt fröhlich. Gerade noch rechtzeitig besann er sich, dass sie aus einem traurigen Anlass hier waren. Dennoch musste er sich ein Lachen verkneifen und es kostete ihn einige Anstrengung, ein ernstes Gesicht zu bewahren.

„Wir sind nicht wegen Ihrem verstorbenen Mann hier", sagte Sarah jetzt, die das gesamte Schauspiel mit der ihr eigenen Systematik interpretierte. In ihrem Gedächtnis speicherte sie: *Gräfin lässt sich gehen, trinkt übermäßig Alkohol, freut sich über Tod des Grafen, Gräfin ist verunsichert.*

„So?", die Gräfin schaute Sarah fragend an. „Ich dachte, Sie wollten mir wegen dem toten Scheusal noch ein paar Fragen stellen?"

„Nein", sagte Sarah, „wir sind hier, weil wir Ihnen mitteilen müssen, dass Ihr Sohn Ansgar sich offensichtlich das Leben genommen hat."

Die Gräfin ließ ihr Glas fallen, ihre Augen wurden groß und sie schlug sich beide Hände vors Gesicht. Die braune Flüssigkeit ergoss sich über den Boden aus hell gebeizten Ahorndielen.

„Bitte", sagte sie, „bitte, sagen Sie, dass das nicht stimmt." Sarah schaute Xynthia fest in die Augen. Nach wenigen Sekunden ergänzte sie in ihrer inneren Liste: *Gräfin wusste vom Tod ihres Sohnes.*

62. Kapitel

Als sie gemeinsam mit Fabian wieder den Rhein entlangfuhr, schaltete sie ihr Radio ein und drückte ein, zwei Tasten. „Forever young", der Hit von Alphaville aus den 80ern schallte erneut aus den Lautsprechern. Sie lachte und schien die frische Herbstluft zu genießen, als sie ihren Beifahrer durch ihre verspiegelte Sonnenbrille anschaute: „Hast du heute Abend schon etwas vor?" Fabian wurde es heiß und kalt zugleich. Beinahe wünschte er sich, Sarah hätte keine Sonnenbrille auf, obwohl, wenn er direkt in die grünen Augen gesehen hätte, wäre seine Unsicherheit möglicherweise noch größer. Er bemühte sich, sich seine Freude nicht allzu sehr anmerken zu lassen. „Nein, wieso?" Noch immer lächelte die Kommissarin, als sie sagte: „Ich möchte dir gerne etwas zeigen."

63. Kapitel

„Entschuldigung, Frau Stettner, aber wir wurden heute Morgen unterbrochen." Sarah goss sich eine Tasse Kaffee ein. „Auch einen?", fragte sie Caroline. „Danke, ich könnte jetzt wohl einen gebrauchen."

Caroline Stettner schaute wieder in diese faszinierenden Augen. Sie wollte es eigentlich nicht, aber sie musste es, es war wie ein Zwang. Selbst wenn es ihr gelang, das Gesicht für ein-zwei Sekunden abzuwenden, schien irgendetwas ihren Kopf wieder in die Richtung der Kommissarin zu drehen und damit ihren Blick auf das unglaubliche Grün zu richten. Jetzt wo sie hier saß, war das Gefühl von heute Morgen wieder da, ein unbeschreibliches

Gefühl von Wärme und Geborgenheit. Sie sah die grünen Augen: *grün, grüner, warm, wärmer, tief, tiefer.*

Sarah schaute Caroline tief in die Augen und mit einem Mal wusste sie, dass diese sich schuldig fühlte, aber ebenso deutlich sah sie, dass sie den Grafen nicht umgebracht hatte, zumindest nicht mit eigenen Händen.

Und Sarah fühlte noch mehr. Sie fühlte, dass Caroline Stettner ein Geheimnis in sich trug, ein Geheimnis, von dem sie nicht wusste, ob sie es preisgeben sollte. Sarah überlegte. Schon seit ihrer Kindheit hatte sie eine Gabe besessen, eine Gabe, von der nur wenige Menschen wussten und die sie nur dann anwendete, wenn es ihr absolut notwendig erschien. Diese Gabe war für sie zugleich Segen wie auch Fluch, denn Sarah konnte sich in andere Menschen hineinversetzen und das im wahrsten Sinne des Wortes.

Jetzt schaute sie Caroline tief in die Augen. „Vertrauen Sie mir?", fragte sie.

„Ja", flüsterte diese zurück, „ich vertraue Ihnen."

Sarahs Stimme war jetzt sanft und einschmeichelnd. „Dann vergessen Sie alles, es gibt kein hier und kein jetzt, es gibt nichts mehr außer Sie selbst. Sie befinden sich im Hof der Burg und es ist Samstagnacht."

Sarah nahm ihre Hände und legte sie sanft an Carolines Kopf. Deren Pupillen weiteten sich augenblicklich, die Lider flatterten noch einmal kurz, ehe sie in geöffneter Stellung verharrten. Sarahs Augen schienen wie von einem inneren Feuer zu leuchten, als sie Caroline noch intensiver anblickte und plötzlich befand sie selbst sich im Burghof, sie schaute auf ihr Handgelenk und ihre Uhr zeigte viertel nach eins.

Alles war dunkel, nur aus dem Kaminzimmer drang das unruhige Flackern spärlicher Flammen nach draußen. *Hoffentlich ist er noch auf,* dachte sie sich, *heute Nacht muss es geschehen, heute Nacht oder nie.* Sie ging über den Hof und dann links die Treppe zur Folterkammer hinab. Sie öffnete die Drehtüre mit einer der Münzen, die sie seit einigen Tagen bei sich trug und leuchtete mit ihrer Taschenlampe in die dunkle Kammer. Sie fühlte unter ihrer schwarzen Kutte, die sie sich ebenso wie Handschellen und Peitsche in Koblenz besorgt hatte, den dünnen, angenehmen Stoff der Reizwäsche, die sie trug, und sie spürte beim Gedanken an das, was diese Nacht noch bringen sollte, ein warmes, erregendes Gefühl in sich aufsteigen.

Dennoch lief ihr jetzt ein kalter Schauer über den Rücken, als sie die dunklen Schatten der schrecklichen Instrumente sah. Sie hörte ein schabendes Geräusch. Ihre Nerven waren zum Zerreisen gespannt. Sie drehte sich um und lauschte, aber nur das Echo ihres Atems hallte in ihren Ohren wider. Ansonsten lag alles in tiefster Stille. Schon am Tage war es hier unheimlich, aber sie war ganz allein und im Schein ihrer Taschenlampe schienen die grausamen Geräte zu einem morbiden Leben zu erwachen. Wieder das leise Rascheln im Gang, ganz nahe. Ihr Herz setzte für einen Moment aus. Als sie mit der Taschenlampe in die Richtung leuchtete, aus der das Geräusch gekommen war, sah sie, dass eine große graue Ratte auf dem Boden hockte und sie mit schwarzen, kalten Augen anblickte. Ihr langer, nackter Schwanz peitschte obszön auf den Boden und verursachte dabei schlangenartige, schabende Laute. *Schnell jetzt, ganz schnell, schnell, schneller Caro, schneller!* Sie steckte die mitgebrachten Fackeln in die Ständer, die sie bereits am vorigen Nachmittag hier heruntergebracht hatte. Die Kamera postierte sie hinter dem Hexenaufzug, so, dass das das Objektiv auf die spanische Leiter, ein weiteres scheußliches Foltergerät aus dem Mittelalter, gerichtet war.

Sie leuchtete auf ihre Armbanduhr. Es war jetzt schon nach halb zwei, sie musste sich beeilen, wenn sie den Plan noch in dieser Nacht zur Ausführung bringen wollte.

O Gott, worauf habe ich mich hier eingelassen? Am besten, ich breche das Ganze einfach ab, dachte sie sich. Dann aber wieder überwog die Aussicht auf das schnelle Geld.

„Hau ab", zischte sie der Ratte zu, aber diese fixierte sie weiterhin mit ihren knopfartigen Augen. Caroline wollte schnell von hier fort. Innerhalb kürzester Zeit hatte sie alles so arrangiert, wie sie es in ihrem Geiste die vergangenen Tage wieder und wieder durchgegangen war. Bevor sie die Treppe hoch zum Hof stürmte, sah sie noch einmal hinter sich. Die Ratte war weg.

In rasendem Tempo und schlaglichtartig spielten sich nun gleichzeitig Szenen in Carolines und Sarahs Kopf ab. Hätte jemand die beiden bei ihrem intimen Gedankenaustausch, der allerdings nur in einer Richtung lief, beobachtet, er hätte vermutlich an seinem Verstand gezweifelt. Er hätte zwei Frauen gesehen, die sich im Vernehmungszimmer I 103 gegenübersaßen und die sich mit weit geöffneten Augen anstarrten. Und immer wieder drangen Worte aus deren Mündern, aber es war keine Unterhaltung, es waren Worte, die absolut synchron und auf die hundertstel Sekunde genau gleichzeitig ausgesprochen wurden; Worte wie: „Das wird die Nacht deines Lebens", „das wolltest du doch schon immer" und „heute Nacht bin ich deine Herrin." Auch die Gesten, mit denen die beiden ihre Worte kommentierten, waren absolut identisch.

Der passende Film zu diesen Worten und Gesten lief im Inneren von der Senderin Carolin und der Empfängerin Sarah ab, beide sahen, wie sie den Grafen in seinem Kaminzimmer vorfanden und ihn gezielt erregten und das Ganze wurde quasi authentisch in das Verhörzimmer transportiert. Während beispielsweise Caroline im Kaminzimmer ihre Hände in ihren Schritt legte und sich vor den Augen Geros sanft zu reiben begann, fuhren die Hände von ihr und Sarah während der sonderbaren Vernehmung an genau die gleichen Stellen.

Die weiteren Szenen liefen nun in rascher Abfolge: Gero trank Wein und begann sich zu entkleiden. Gero trank Wein und fasste an ihr Geschlecht. Gero trank Wein und lief hinter ihnen her. Sie spielten jetzt ein Spiel und das Spiel war eine besonders erotische Version von „Fang die Maus".

Sarah sah vor sich den schweren Stoff eines großen Vorhangs und hörte sich mit der Stimme Carolines rufen „Find mich doch!"

„Verfluchtes Miststück!", schallte es zurück, „ich werde dich schon kriegen."

Kurz darauf befand sie sich im großen Saal vor einem hohen, goldumrandeten Spiegel. Sie sah die silberne Kette mit dem Kreuz, die Manu ihr geschenkt hatte, im Glas glitzern. Sie spürte die kräftigen Hände Geros und roch den alkoholgeschwängerten Atem des Grafen, als er sie an den Haaren packte und herumriss. Sie sah, dass der Graf jetzt vollkommen nackt war. Und er war sichtlich erregt. „Du gehörst mir, mir ganz allein", sagte er mit seiner rauen, tiefen Stimme. Sie riss sich los und im nächsten Augenblick befanden sie sich in der Folterkammer, die nur im Eingangsbereich von dem hereinfallenden Mondlicht fahl beleuchtet wurde.

Ein kurzer Blick auf die Uhr. Schon kurz vor halb drei. Ein Anflug von Panik schien sie beinahe zu lähmen, aber sie hatte sich schnell wieder unter Kontrolle. *Gerade noch so im Plan, aber jetzt muss alles funktionieren,* dachte sie. Sie ließ Gero an sich herankommen und küsste ihn sanft. Sarah schmeckte den Wein auf seinen Lippen und die Zunge Geros stieß mit Gewalt in ihren Mund. „Pst, ganz leise, jetzt wirst du die Nacht deines Lebens erleben", hauchte sie ihm zu. „Warte, warte noch einen Moment." Sie bückte sich und holte ein Feuerzeug, das sie neben der untersten Stufe der Treppe deponiert hatte, hervor und zündete eine Fackel an. Mit dieser entfachte sie elf weitere Fackeln, die die Kammer in ein gespenstisches Licht tauchten und den Geräten ein makabres

Eigenleben verliehen. Sie befand sich jetzt im hinteren Bereich der Folterkammer. Gero schaute sich das Ganze staunend an, aber so langsam wurde er ungeduldig. „Soll ich dich etwa noch weiter jagen?", fragte er, halb amüsiert, halb ärgerlich. Seine Stimme war kaum mehr als ein heißeres Krächzen, aber dennoch hallte sie gespenstisch von den kalten Gewölbewänden wider. „Nein", hauchte sie ihm entgegen, „aber ich habe dir die Nacht deines Lebens versprochen, und sie beginnt jetzt." Sie kam auf Gero zu und schmiegte sich eng an ihn. Während sie ihn küsste, drehte sie ihn so, dass die Kamera in seinem Rücken war. Eine weitere halbe Drehung und sie hatte mit ihrer linken Hand den Auslöser erreicht. Ab jetzt würde die Kamera, die mit einem W-Lan-Sender ausgestattet war, alle zwanzig Sekunden ein Bild schießen, das sofort an einen Computer, dessen Adresse sie von Ansgar von Wolkenfels erfahren hatte, weitergeleitet wurde.

Caroline führte den Grafen sanft zur spanischen Leiter, unter der sie Handschellen und eine Peitsche deponiert hatte. Sie klimperte mit den Handschellen und sah, dass Geros Augen groß wurden. „Wahnsinn, was hast du mit mir vor?"

„Warte es ab und lass dich überraschen."

Wieder spielten sich die Bilder in rascher Reihenfolge vor den inneren Augen Carolines und Sarahs ab: Der Graf lag auf der spanischen Leiter. Dunkelrote Striemen erschienen auf seinem Körper, als sie ihn auspeitschte. Sie löste die Fesseln und er drehte sich auf den Rücken. Caroline/Sarah fragte sich kurz, ob ihn das nicht schmerzte, aber es schien ihn nur noch mehr erregt zu haben und jetzt war auch sie mehr als bereit, seine Begierde zu befriedigen. Sie öffnete ihre Kutte und setzte sich auf ihn. Wenige Minuten später sank der Graf erschöpft zusammen, nur um sich kurz danach aufzurichten. Er blickte sie an und sie sah die Gier in seinen rotgeäderten Augen. *Wie ein Vampir, der Blut saugen will*, dachte sie und sie fühlte Angst in sich aufsteigen. Er ging langsam den Gang entlang, wobei er in jede einzelne Nische, in der sich jeweils ein Foltergerät aus dem Mittelalter befand, blickte. Vor einer Ausbuchtung zögerte er, dann zog er sich mit den Armen an der Absperrung hoch und kletterte mit unsicheren Schritten hinüber. Er nahm einen runden, schmiedeeisernen Gegenstand von der Wand. „Hier habe ich eine Halskette für dich, eine wunderwunderschöne Halskette, hä, hä, hä, hi, hi, hi", lachte er irre. Caroline/Sarah lief es eiskalt den Rücken herunter. „Obwohl", sagte er jetzt, „vielleicht steht sie mir auch ganz gut." Er öffnete das Scharnier des grausigen Gerätes, mit dem früher Menschen erdrosselt wurden und legte es sich um den Hals. Dann streckte er seine Zunge heraus und machte Geräusche, als ob er am Ersticken sei. Caroline/Sarah fühlte Ekel und Abscheu in sich aufsteigen. Was war das nur für ein Mensch? *Er hat vor nichts Respekt, nicht einmal vor dem Leiden anderer Menschen*, dachte sie sich. *Raus hier, raus, raus, raus, genug ist genug.* Gero stieg wieder zurück, torkelte weiter und begutachtete im unruhigen Fackelschein weitere Dinge. Als er im hinteren Teil der Kammer angelangt war, blieb er plötzlich stehen und seine Augen wurden groß. Er kletterte über die Glasbrüstung *(das hätte ich nicht gedacht, dass der das schafft in seinem Zustand*, dachte sich Caroline/Sarah*)* in die Nische und Caroline/Sarah nutzte die Gelegenheit, um die Kamera auszuschalten und diese mitsamt Stativ hinter seinem Rücken in Richtung Ausgang zu transportieren. Als sie an der Treppe zum Ausgang angekommen war, war er gerade dabei, ein mannhohes pyramidenartiges Holzgestell mit drei Beinen bis an die Brüstung zu schleifen. *Okay, vielleicht noch eine Szene, Job ist Job und lange wird es nicht mehr dauern*, dachte sie sich, als sie die Kamera mit Stativ in den Schatten des Treppenaufgangs stellte und erneut den Aufnahmemodus aktivierte.

„Das ist es!", rief Gero und seine Augen blitzen abenteuerlustig auf, als er auf die metallene Spitze der Pyramide blickte, die im Licht der Flammen gefährlich zu glühen schien. „So, mein Täubchen, erst war ich dran, jetzt du." Caroline/Sarah glaubte zwar nicht, dass die relativ breite Spitze großen Schaden anrichten könnte, wenn man sich behutsam auf ihr niederließ, aber sie hatte auch keine Lust, diese Theorie mit ihrem eigenen Körper zu beweisen. „Nein, ich komme nicht über die Absperrung! Du vergisst, wer heute Nacht hier das Sagen hat!", fuhr sie ihn in genau dem herrischen Ton an, der den Grafen auf der spanischen Leiter offenbar so erregt hatte. „Wenn einer da rauf muss, dann bist du es, also los."

Gero ließ sich nicht bitten. Er stellte unsicher den rechten Fuß auf die untere Querstrebe, die die spitz zulaufenden Balken miteinander verband. „Yippi ja yeh!" schrie er, als er Anlauf holte und das linke Bein in einer gewaltigen Kreisbewegung über die Pyramide schwang. Pures Adrenalin schoss in Carolines/Sarahs Körper und Gedanken zuckten wie Blitze in ihr Gehirn, als sie vor und über sich das muskulöse linke Bein Geros sah, dass einen Augenblick in der Luft zu schweben schien. *Das hier geht zu weit, ich muss die Kontrolle behalten, Abbruch, Abbruch, Abbruch*, dachte sie noch, als der rechte Fuß, der dem Grafen Halt und Sicherheit geben sollte, plötzlich abrutschte und sein Körper, mitten in voller Bewegung, mit Wucht auf die Eisenspitze fiel, die sich mit erschreckendem Tempo in sein Hinterteil bohrte. Geros Augen traten augenblicklich aus ihren Höhlen, er schrie wie am Spieß und die an seinem Hals befestigte Garotte vollführte an seinem Hals einen makabren Reigen, als er den Kopf im Todeskampf nach oben und unten, nach links und rechts schleuderte, wobei kalte Schweißperlen einen feinen Sprühnebel um sein Haupt legten, was ihm im Fackelschein das Aussehen eines heiligen Märtyrers verlieh. Caroline/Sarah spürte, wie blanke Panik sie ergriff. Ihr wurde heiß und kalt. Ihr gesamtes Blut schien aus ihrem Gehirn zu strömen und sich in ihrem Magen zu sammeln. Ihr wurde schlecht und sie spürte, dass sie sich gleich übergeben würde. Der atavistische Teil ihres Gehirnes, der, mit dem Menschen schon seit Urzeiten auf Gefahr reagieren, wollte sie zwingen, wegzulaufen, aber ihr anerzogenes Pflichtgefühl hielt sie am Ort des Geschehens. *Oh Gott, oh Gott, was soll ich denn jetzt machen, hilf mir, hilf mir, hilf mir.* Sie umklammerte verzweifelt den linken Fuß Geros, um ihm Halt zu geben. Aber dessen Bein zuckte so stark, dass sie weggeschleudert wurde und auf den Boden fiel. Das Geschrei von Gero wurde immer schwächer und er rief nur noch leise: „Hilfe, Hilfe, so hilf mir doch." Aber es war zu spät. Mit einem letzten verzweifelten Schrei bäumte der Graf sich vor ihr auf, bevor er tot zusammenbrach.

Das nackte Grauen hatte Caroline (und somit natürlich auch Sarah) erfasst, als sie das schreckliche Ende Geros sah und sie wünschte sich erneut, sich niemals auf diese Sache eingelassen zu haben. Die Kommissarin fühlte, wie ihr das Herz im Halse schlug, als sie Stativ, Kamera und Tasche packte und fluchtartig das Gewölbe verließ.

Das Talent, das Sarah von ihrer Mutter geerbt hatte und das ihr als Kind so viel Angst eingejagt hatte (sie hatte viele Dinge in anderen Menschen gesehen, auch Dinge, die nicht für ein Kind bestimmt waren), hatte sie im Laufe der Jahre immer besser kontrollieren können. Hatte sie anfangs warten müssen, bis die „Phasen", wie sie die Beobachtungen, die sie in anderen Menschen machte, nannte, von selbst vorübergingen, war es ihr nach und nach möglich gewesen, dieses Eindringen an jedem gewünschten Punkt zu beenden, so wie es Menschen gibt, die ihre Träume bewusst beenden können.

Jetzt löste sie sich langsam innerlich von Caroline. Sie milderte die Intensität ihres Blickes und nahm ihre beiden Hände von Carolines schweißnassem Kopf. Auch ihre eigenen Haare fühlten sich nass und zerzaust an.

„Was für ein Höllenritt", sagte sie jetzt, als sie ihr Gegenüber anschaute.

„Was..., was ist passiert?", fragte Caroline, die keine Ahnung davon hatte, dass sie in den letzten achteinhalb Minuten Regisseur und gemeinsam mit Sarah Winkler Hauptdarstellerin eines Filmes gewesen war, den nur sie und die Kommissarin sehen konnten.

„Das zu erklären, wäre sehr schwierig, und vermutlich würden Sie mir nicht glauben", sagte Sarah und während sie die Aufnahmegeräte anschaltete, lächelte sie Caroline an. „Aber bitte, schildern Sie mir kurz in Ihren Worten, was sich in der Nacht in der Burg zugetragen hat."

Nach einer weiteren halben Stunde schaltete die Kommissarin die Geräte wieder ab. „Und, muss ich jetzt ins Gefängnis?", fragte die ehemals verdächtige und nunmehr doppelt entlastete Caroline.

Jetzt lachte Sarah und es war ein offenes, herzliches Lachen. „Nein, keine Angst, Frau Stettner, ich weiß, dass das, was Sie mir gesagt haben, der Wahrheit entspricht, und Sie werden nicht ins Gefängnis müssen. Aber um eine Anklage wegen unterlassener Hilfeleistung werden Sie nicht herumkommen. Und ich habe noch etwas für Sie." Mit diesen Worten zog sie eine silberne Kette mit einem Kreuz hervor und überreichte sie Caroline. „Hier, ich glaube, die gehört Ihnen."

Und jetzt verwandelte sich auch Carolines Gesicht in ein Lächeln. Sie hatte ihre Kette wieder und wenn das kein gutes Zeichen war...

64. Kapitel

Fabian wartete bereits seit 20 Uhr vor der Buchhandlung *Cafitz* am Marktplatz. Zwar hatten sie sich erst für halb neun an diesem Ort verabredet, aber lieber wollte er eine halbe Stunde vor der Zeit hier sein, bevor er noch einen Anruf erhielt oder anderweitig aufgehalten wurde. Um nichts in der Welt wollte er dieses Treffen verpassen. Zwar weigerte er sich, sich seine Gefühle für Sarah einzugestehen, aber in seinen Tag und Nachtträumen (und nicht nur in den anständigen) spielte sie eine nicht unerhebliche Rolle. Eigentlich hätte es zum Verrücktwerden sein müssen, wenn nicht, ja wenn nicht die Begleiterscheinungen alles andere als unangenehm wären. Da waren diese „Schmetterlinge im Bauch" (irgendwo hatte er mal ein Lied gehört, das davon handelte) und eine gewisse Appetitlosigkeit und manchmal, nein, sogar ziemlich oft, die Unmöglichkeit, sich auf Dinge zu konzentrieren, besonders, wenn sie in der Nähe war. Aber andererseits schien die Sonne heller zu leuchten und die Sterne schienen noch strahlender zu funkeln. Die ganze Welt hatte mehr Farbe und die Menschen um ihn herum waren alle edel und gut, mit Ausnahme vielleicht des toten Grafen und dessen Verwandtschaft, aber bestimmt hatten auch die in ihrem Herzen einen guten Kern. Jedenfalls machte Fabian das Leben endlich Spaß, ja, richtig Spaß. Andererseits durfte er sich gegenüber Sarah natürlich nicht allzu viel anmerken lassen, er hatte so ein unbestimmtes Gefühl, dass sie nicht auf schmachtende Jünglinge stand, sondern vermutlich eher auf Männer, die mit beiden Beinen fest im Leben standen. Deswegen hatte er seine Garderobe so gewählt, dass sie ihr (hoffentlich) gefallen würde. Er hatte seine Dienstuniform gegen ein weißes Hemd und eine legere Jeans ausgetauscht. Seine Sonnenbrille baumelte lässig im Kragen des *Lacoste*-Designerhemdes und an seinen Füßen trug er elegante Schnürschuhe der Marke *Melvin & Hamilton*. Jetzt sah er, wie Sarah das Hotel neben dem Café *Lohners* verlies, in dem sie sich einquartiert hatte. Sie lächelte, als sie ihn sah und winkte. Mit leichten, beschwingten Schritten kam sie auf ihn zu. „Hallo Fabian", sagte sie, als sie näher kam. Er roch das verführerische Parfum an ihr. „Schön, dass du da bist, wartest du schon lange?" Fabian beschloss, ihr nicht die ganze Wahrheit zu sagen; womöglich hätte sie dann gedacht, er wolle sie überwachen. „Nein, erst seit etwa fünf Minuten", sagte er ein wenig heißer. „Du wolltest mir etwas zeigen?"

„Genau", sagte sie und nahm Fabian an der Hand. Sarah führte ihn einige Meter von der Buchhandlung weg. Dann drehte sie sich um und zeigte auf die Inschrift, die sich an dem alten, schmucken Fachwerkhaus befand. „Lies das", sagte sie zu ihm, „und lies es mir laut vor!" Fabian hätte ihre Worte beinahe gar nicht wahrgenommen, so sehr war er vom herrlichen Klang ihrer Stimme gefangen; erst als er seinen Kopf zwang, sich gegen die Flut der Endorphine, die sein Körper jetzt zweifellos ununterbrochen produzierte, zu wehren, konnte er den Sinn einigermaßen erfassen. „Lies das", hatte sie gesagt, „und lies es mir laut vor!" Er wunderte sich ein wenig, aber vielleicht gehörte das ja zu ihrer Art, ihm seine Zuneigung zu zeigen, jedenfalls hoffte er es. Also las er: „Der alten Kunst gar lang versteckt, hab ich hier wieder aufgedeckt, dass sie nun lacht in wahrer Pracht und mir und anderen Freude macht." Er schaute sie fragend an: „Na und?" „Interpretier den Spruch!" Fabian dachte eine Weile nach. „Wenn ich das richtig sehe, war vielleicht vorher irgendetwas verborgen?"

„Exakt", sagte Sarah, ich habe heute Nachmittag mit der netten Buchhändlerin gesprochen, und sie hat mir erzählt, dass das Fachwerk einige Zeit verkleidet war und die Fassade erst später wieder entfernt worden ist, so dass man jetzt wieder das wahre, und in diesem Falle schöne Gesicht des Hauses sehen kann. Aber lies auch noch den anderen Spruch!"

„Ich kann aber kein Latein."

„Ich auch nur ein wenig, aber lies ihn trotzdem!" Fabian las:

„Situs vilate in ise te vernit. Und was soll das heißen?"

Jetzt fing Sarah an zu lachen. Die Schmetterlinge in Fabians Bauch verwandelten sich augenblicklich in Blei. Er fand das nicht komisch, für ihn war es keine Schande, kein Latein zu verstehen. Das hier schien gar nicht so zu laufen, wie er es sich erhofft hatte, ganz und gar nicht! Er wollte als ganzer Mann dastehen und nun? Sie stellte ihm eine einzige Frage und er fühlte sich wie ein Schuljunge, der seiner Lehrerin nicht die richtige Antwort geben konnte. Dennoch zwang er sich zu einem Lächeln, das seine Züge allerdings ein wenig verzerrte.

„Würde die Frau Professorin Winkler die Güte besitzen, mir das Ganze zu übersetzen?"

„Gib mir deine Hand!"

Fabian reichte ihr seine rechte Hand und ehe er sich versah, hatte sie mit einem Kugelschreiber in seine Handinnenfläche geschrieben: „sit us vi latein, iset ever nit."

„So, jetzt lies das noch einmal!" forderte sie ihn auf. Und er las es laut vor: „Sieht us wie Latein, is et ever nit". Er schaute noch einmal ungläubig auf seine Hand und das Blei in seinem Bauch wurde erneut zu Schmetterlingen. Dann prustete er los. „Sieht aus wie Latein, ist es aber nicht; da hast du mich aber ganz schön reingelegt", lachte er und jetzt traute er sich sogar, Sarah zu umarmen. Und jetzt lachte auch Sarah, ihre Augen strahlten und es schien, als wolle sie ihn mit ihrem Grün hypnotisieren, als sie ganz dicht an ihn herantrat und ihm einen flüchtigen Kuss auf die Lippen gab.

„Nein, das habe ich nicht, es ist der kölsche Humor, der in diesem Spruch zum Tragen kommt und auch ich habe das nicht gleich begriffen", sagte sie mit ihrer sanften, aber jetzt auch sehr fröhlichen Stimme. „Erst als mir die Frau in der Buchhandlung die Sache erklärt hat, bin ich darauf gekommen. Aber, was viel wichtiger ist, was haben diese beiden Sprüche mit unserer Arbeit zu tun?" Wieder sah sie ihm in die Augen und spätestens jetzt war es vollends um ihn geschehen. Er sah nur noch Worte vor sich.

Lateinische Worte und deutsche Worte, geheimnisvolle und seltsame Worte: vitus, iset, ever, nit und sit, Worte, deren verrückte Bedeutung er jetzt kannte, die sich aber in ihren Augen zu verlieren schienen und die ihn hinabzogen in einen grünen, unendlich tiefen Strudel, hinab in eine Welt voller Schönheit und Wunder.

„Du brauchst mir nicht gleich darauf zu antworten", hörte er wie aus weiter Ferne, „wir sollten jetzt vielleicht in den *Minnesänger* zum Essen gehen; vielleicht treffen wir dort einen neuen Bekannten von mir."

65. Kapitel

Seit den Ereignissen vom Samstag hatten auch viele der Linzer Bürger, die bisher lieber in der Abgeschiedenheit ihrer eigenen vier Wände den Abend verbracht hatten, wieder die kommunikativen Vorteile von Kneipen und Gaststätten entdeckt, die in den letzten Jahren und Jahrzehnten vorwiegend dem Tourismus vorbehalten waren. Demzufolge ging es auch im *Minnesänger* hoch her, alle Plätze waren belegt und die Menschen vor und in der Gaststätte diskutierten über nichts anderes, als über den Mord am Grafen und der damit in Zusammenhang stehenden Berichterstattung in der *Fast*. Und schon schien wieder ein neues Thema die Runde zu machen, nach Informationen einiger Beobachter war heute erneut die gesamte Mannschaft der Polizei, viele von ihnen mit weißen Kunststoffanzügen bekleidet, an der Burg angerückt.

Als Sarah und Fabian jetzt den *Minnesänger* betraten, steuerte die Kommissarin direkt auf einen Tisch zu, an dem vier Männer und zwei Frauen in angeregtem Gespräch miteinander saßen.

„Hallo, Henry", lächelte sie den kräftigen Mann an, der am Kopfende des Tisches saß. „Dürfen wir uns zu euch setzen?"

Der Mann schien verlegen. „Na ja, wenn es denn sein muss", sagte er. Heute schien er wesentlich nüchterner zu sein als noch vor zwei Tagen, aber er traute sich offensichtlich nicht, nein zu sagen.

Als die beiden sich zwei Stühle organisiert hatten, mit denen sie sich zwischen die anderen drängten, wandte sich Sarah wieder Henry zu. „Und, was gibt´s Neues?"

Henry schaute zu seinen Begleitern, als wolle er sich Unterstützung sichern, aber die sahen nur verlegen in andere Richtungen. Also wandte er sich zunächst dem Bier zu, das er vor sich stehen hatte. Als er einen kräftigen Schluck genommen hatte, schaute er Sarah fest ins Gesicht. In seiner Mimik war das Misstrauen deutlich zu lesen, wahrscheinlich konnte er sich diffus daran erinnern, dass die Kommissarin am Samstag seinen betrunkenen Zustand ausgenutzt und ihn unter der Vorspiegelung falscher Tatsachen ausgehorcht hatte.

„Das müssten Sie doch eher wissen als wir, immerhin sind Sie die Kommissarin."

„Okay, erwischt, ich habe am Samstag natürlich etwas geflunkert, aber wenn ich direkt mit der Sprache herausgerückt wäre, hättet ihr doch gar nicht mit mir geredet und außerdem habt ihr ja ohnehin nichts verraten." Sie zwinkerte Henry verschwörerisch zu.

„Da gab´s ja auch nichts zu verraten, wir hatten doch selber nur erfahren, dass der Graf tot ist."

„Er war wohl nicht allzu beliebt hier in Linz, was?"

Henry räusperte sich und schaute erneut in die Runde, als wolle er sich das Einvernehmen der anderen sichern, bevor er etwas sagte:

„Na ja, es wurde gesagt, dass er mit seinem Personal sehr rücksichtslos umgesprungen sei und dass kein Weiberrock vor ihm sicher war."

„Und seine Familie, haben die anderen Mitglieder die Angestellten besser behandelt?"

„Ach, seine Familie." Er winkte verächtlich ab. „Seine Frau hat ihn schon vor Jahren verlassen, weil sie es mit ihm nicht mehr ausgehalten hat und sein Sohn ist irgendwo in Spanien; ein Glück, wenn sie mich fragen."

„Für wen ein Glück?" Sarah war jetzt sehr aufmerksam, aber sie stellte die Frage so beiläufig, als ob sie sich nach dem Wetter von morgen erkundigen wolle.

„Na, ein Glück für die Mädchen hier im Ort und auch für die Mädchen in der Burg, denn der war keinen Deut besser als sein Vater."

Als Sarah und Fabian eine Stunde später den *Minnesänger* verließen, nahm sie seine Hand. Fabian hatte während des gesamten Abends kaum ein Wort gesagt, aber die Schmetterlinge in seinem Bauch hatten unentwegt ihre Kreise gezogen. Er konnte nicht anders, er musste sie einfach ansehen, wie sie da saß, ganz locker, das schöne, ebenmäßige Gesicht unter den braunen, kurzen Haaren leicht zur Seite geneigt. Er hatte sie beobachtet, als sie mit Henry sprach, er hatte ihre anmutigen Bewegungen gesehen und das Spiel ihrer vollen, formvollendeten Brüste unter ihrer Bluse. Er hatte den betörenden Duft ihres Parfums gerochen und das Aroma ihrer wilden, braunen Haare wahrgenommen. *Sie ist magisch*, hatte er sich gedacht, *und diese Magie ist in ihr wie ein Feuer; sie würde sogar einen Eisblock zum Schmelzen bringen.*

Jetzt schaute er sie nachdenklich an. *Augenmagnete*, dachte er erneut. *Das sind tatsächlich grüne Augenmagnete.*

Er sagte heißer: „Die Leute werden reden".

„Lass sie reden", sagte sie und sie gab ihm einen sanften Kuss. „Du hast doch eben wieder gesehen, je mehr sie reden, desto besser."

„Wie meinst du das?", fragte er jetzt. Statt einer Antwort stellte sie eine Gegenfrage.

„Glaubst du noch immer, dass Ansgar sich umgebracht hat?"

„Ehrlich gesagt, nein."

„Siehst du."

66. Kapitel

Am nächsten Morgen saßen sie alle wieder gemeinsam im Besprechungsraum. Sarah hielt ein Schriftstück in einer Klarsichthülle hoch, bei dem es sich offensichtlich um die Kopie des vermeintlichen Abschiedsbriefes von Ansgar von Wolkenfels handelte. Sie ließ den Brief herumgehen und alle sahen ihn sich eindringlich an. Als das Papier wieder bei ihr gelandet war, fragte sie in die Runde:

„Und, was fällt euch auf?"

„Ist der Brief von Ansgar selbst geschrieben worden?", fragte Claudia Mehren.

„Zweifelsfrei, der Graphologe in Koblenz hat die Echtheit bestätigt."

„Dann scheint es ein Abschiedsbrief zu sein. Er schreibt, dass er eine schlimme Kindheit hatte und dass sein Vater ein Tyrann war. Er schildert auch allerlei Einzelheiten; wenn ihr mich fragt, ist das zugleich das Geständnis an der Beteiligung der seltsamen Videoaktion, die zum Tode des Grafen geführt hat wie auch die Begründung dafür, dass er sich das Leben nehmen wollte."

„Seht ihr anderen das auch so?" Sarah schaute einen nach dem anderen fragend an.

„Ich habe da so meine Zweifel." Es war Gerd Handke, der das Wort ergriff. Jetzt stand er auf und ging im Raum hin und her, wobei er seine Finger in der für ihn typischen Haltung vor den Lippen hielt. Als er nach etwa einer Minute stehen blieb, blickte er in die Runde:

„Die Schrift ist nicht das, was mich irritiert", sagte er. „Vielmehr scheint mir das Geschriebene nicht recht zu einem Abschiedsbrief zu passen. Gut, er beklagt sich, dass er unter der Knute des Vaters gelitten habe und schildert auch viele Einzelheiten, aber es steht mit keinem Wort darin, dass er sich deswegen umbringt, also kurzum, an dem Brief scheint noch einiges zu fehlen."

„Genau, Gerd, das war auch mein erster Gedanke, also bleibt die Frage, wo ist der Rest des Briefes, wer hat ihn und zu welchem Zweck? Und wir haben noch drei, vier andere Fragen."

Sie legte die neueste Ausgabe der *Fast* auf den Tisch, die in großen Lettern die provokante Frage stellte: **NAHM DER UNEHELICHE SOHN GRAUSAME RACHE?** Darunter war ein Bild von Peter Sinner abgedruckt, auf dem dieser mit roten Augen, Stoppeln im Gesicht, wirren Haaren und verdreckter Unterwäsche von einem fleckigen Bett aus in die Kamera starrte. Der Artikel deutete an, dass es außer Ansgar von Wolkenfels, dem gemeinsamen Sohn von Gero und Lydia von Wolkenfels, mindestens noch einen unehelichen Sohn des Grafen gebe, der aber erst vor kurzem erfahren habe, dass er adeligen Blutes sei. **Hat der Vater ihn verleugnet und nahm der Sohn deshalb grausame Rache?**, waren die letzten Zeilen, die die Leser dazu animieren sollten, auch die nächste Ausgabe der Zeitung zu kaufen.

„Wieso ist heute schon wieder ein neuer Artikel erschienen", fragte Sarah jetzt, „obwohl Jens Thielmann sich in unserem Gewahrsam befindet? Was Peter Sinner mit der Sache zu tun hat, wissen wir ja inzwischen ziemlich genau, auch wenn es da noch das eine oder andere zu klären gibt. Roger, ich denke, es wird Zeit, dass du dir Herrn Thielmann mal vornimmst, er hat zwar Claudia schon einiges erzählt, aber ich habe das Gefühl, als würde das eine oder andere wichtige Detail noch fehlen. Claudia, versuch du bitte rauszukriegen, wie weit die in Koblenz mit der Obduktion sind und ob es im Zusammenhang mit dem Brief neue Erkenntnisse gibt." Sarah kam ein weiterer Gedanke. „Und die von der Forensik sollen auch mal das schwarze Kreuz auf Fingerabdrücke untersuchen, ich habe da so einen Verdacht. Gerd, vielleicht möchtest du hier bleiben und die Ergebnisse und Untersuchungen koordinieren?" Sie blickte den Kriminalhauptkommissar an. Der schien sich in seine geistige Fallanalyse zurückgezogen zu haben, seine Augen waren geschlossen und wieder waren seine Finger über die Lippen gelegt, aber als er die Worte Sarahs gehört hatte, öffnete er die Augen und nickte. „Ich befasse mich noch einmal mit Herrn Sinner", fuhr Sarah fort, „ich wüsste zu gerne, was er von seinem Foto und dem Bericht hält. Fabian, würdest du mich begleiten?"

67. Kapitel

„Gibt es in der Folterkammer eigentlich auch Pressen?" Die beiden schauten Peter Sinner verständnislos an, der die *Fast* vor sich liegen hatte, auf der er mit roten Augen und wirrem Haar auf einem Bett abgebildet war. „Wieso?", fragte jetzt Fabian.

„Na, weil der Jens Thielmann, der dieses Foto hier von mir gemacht hat, doch für die Presse arbeitet und da würde es sich doch anbieten…"

„Also, Herr Sinner." Sarah tat empört. Als sie am Tatort gewesen war, hatten sie und Fabian in einer der Nischen tatsächlich eine sogenannte Kopfpresse gesehen und sie fröstelte, als sie daran dachte, was man früher mit diesem Gerät angestellt hatte. Andererseits merkte sie, dass Peter Sinner wütend war und seine Wut richtete sich gegen seinen vermeintlichen Freund. Vielleicht war das der Schlüssel, um das Rätsel um den toten Grafen endgültig zu lösen.

Sie blickte Peter in die Augen. „Möchten Sie uns vielleicht etwas sagen?" Peter merkte, wie er rot wurde, aber dieses Rot war nicht nur äußerlich, dieses Rot war tief in seinem Inneren und es fraß sich durch seine Eingeweide und durch seinen Verstand wie ein glühendes Feuer. *Was war dieser Jens Thielmann gewesen, als was hatte er sich ausgegeben, als Freund?*, überlegte Peter und die Verzweiflung, die er in all den Stunden zuvor gefühlt hatte, wich einer grenzenlosen Wut. *Dieser sogenannte Freund hat mich benutzt, so wie alle anderen mich benutzt haben, benutzt und verhöhnt. Der Graf hat mich ausgelacht, als ich ihm von meiner Mutter erzählte und ihm den Brief zeigte und mein Bruder hat mich vorgeschoben, damit ich für ihn die Drecksarbeit erledige. Sie alle haben nur an sich gedacht, an sich, an sich, an sich, niemand hat sich darum geschert, wie es mir dabei ging.* Er merkte, dass er Gefahr lief, in Selbstmitleid zu verfallen. Er schaute die Kommissarin und den Polizisten an.

„Nein, ich habe nichts zu sagen."

Fabian hatte eine Idee.

68. Kapitel

In dem Nachbarzimmer der Polizeiwache erging es Jens Thielmann kaum besser als seinem ehemaligen Informanten nebenan und obwohl er nichts von dem ahnte, was Peter mit ihm hatte an-

stellen wollen, spürte er langsam so etwas wie Angst in sich aufsteigen. Der Kommissar, den er vor sich hatte, hatte so gar nichts
von der Art an sich, die er gestern bei Frau Mehren so angenehm
und irrtümlich zu Anfang für Naivität gehalten hatte. Roger
Meinbauer hatte ihm ein Exemplar der *Fast* auf den Tisch ge-
knallt. „Was haben Sie dazu zu sagen?", hatte er ihn gefragt und
Jens Thielmann hatte sich angesichts der Tatsache, dass der Kommissar sich drohend neben ihn gestellt und ihm die Worte mit einer beachtlichen Dezibelstärke ins Ohr geschrien hatte, die Frage
gestellt, ob nicht vielleicht jetzt der richtige Zeitpunkt sei, alles
auszupacken.

„Die Öffentlichkeit hat ein Recht, informiert zu werden", begann er, aber Roger Meinbauer schnitt ihm das Wort ab.

„Informiert ja, in die Irre geführt, NEIN! Haben Sie überhaupt
eine Ahnung, was Sie mit ihrem Geschmiere hier angerichtet haben? Sie deuten in dem Artikel an, dass Herr Sinner den Grafen
umgebracht haben könnte, obwohl Sie es besser wissen müssten.
Und wie überhaupt kommt dieses Ding heute noch in die Zeitung? Sie sind seit gestern hier in Gewahrsam!"

„Na ja, ich hatte bestimmte Vorsichtsmaßnahmen getroffen,
für den Fall, dass Sie mich vor der Beendigung meiner Mission
erwischen."

„Mission?" Die Stimme Roger Meinbauers überschlug sich beinahe. „Sie nennen dieses Geschmiere Mission? Ich will Ihnen mal
sagen, was Ihnen Ihre Mission einbringen wird, nämlich einige
Jahre wegen Irreführung der Polizei, Vortäuschung falscher Tatsachen, Behinderung der Ermittlungen und Entführung von Peter
Sinner."

Jens Thielmann war plötzlich sehr blass geworden.

„Aber, aber das wollte ich doch nicht", begann er.

„Also gut", sagte Roger Meinbauer. „Sie haben eine einzige Chance, aus dieser ganzen Angelegenheit mit einigermaßen heiler Haut herauszukommen", und er schaute Jens scharf an. „Nutzen Sie sie!"

Dreißig Minuten später hatte sich ein weiterer entscheidender Teil in das Puzzle eingefügt. Roger Meinbauer war zufrieden. Er ging zum Wachdienst und beorderte zwei Beamte in ein nahe gelegenes Waldstück, wo sie in einer Hütte einen Laptop ausfindig machen sollten. Sodann begab er sich in das Einsatzzimmer, wo er an dem Schaudiagramm auf das Schild mit Namen Peter Sinner schrieb: **Wurde vermutlich durch Vergewaltigung gezeugt**; danach brachte er einen weiteren Pfeil zwischen Peter Sinner und dem inzwischen verstorbenen Ansgar von Wolkenfels an, über dessen Linie er schrieb: **Waren beide Geros Söhne**, und darunter: **Wollten gemeinsam den Vater erpressen**.

69. Kapitel

„Hereinspaziert, hereinspaziert", rief Fabian, als sie erneut den Ort des Grauens betraten. Peter Sinner schaute ihn nervös an, als er jetzt anfing, *Spiel mir das Lied vom Tod* zu pfeifen. „Was sollen wir hier, warum bringen Sie mich wieder hier runter?" Fabian hörte kurz auf zu pfeifen. „Na, weil ich Ihren Vorschlag in Erwägung gezogen habe."

Peter Sinner zitterte wieder. „Welchen Vorschlag?"

„Na, den, den Sie uns eben in der Inspektion gemacht haben. Kommen Sie mit."

Er legte dem eingeschüchterten Verdächtigen die Hand um die Schulter und führte ihn durch die Kammer. „Schauen Sie", sagte er, „alles nette Sachen, die früher dabei geholfen haben, den Menschen Geständnisse zu entlocken. Möchten Sie vielleicht auch einmal in den Genuss kommen?"

Peter Sinner wurde noch bleicher, als er ohnehin schon war.

„Nnnnnein, nnnnnein, ganz bestimmt nicht."

Fabian ging mit ihm weiter, ohne auf dessen Worte zu achten. Plötzlich blieb er vor einer Einbuchtung stehen. Seine Augen weiteten sich, als ob er gerade etwas völlig Überraschendes entdeckt hätte und seine Stimme nahm einen erstaunten Tonfall an. „Und schauen Sie, was wir hier haben."

Er deutete auf einen Gegenstand, der aussah wie eine große Schraubzwinge. Das untere Ende wurde von einer Art Teller gebildet, während das obere einer umgedrehten metallenen Schale ähnlich sah. „Eine *Kopfpresse*", sagte er, wobei er das Wort genüsslich dehnte. „Genau das, was Sie gesucht haben." Er ging hinter die Absperrung und machte sich an dem Folterwerkzeug zu schaffen. „Sie würden also Herrn Thielmann gerne in dieses Gerät spannen, weil er doch auch für die Presse arbeitet", sagte er und schaute Peter Sinner aufmunternd an, während er das Scharnier hochklappte.

Dieser stand im Gewölbegang und hatte den Mund geöffnet, wie um ein langgezogenes „OOOOO" zu formen. Seine Haare standen ihm zu Berge und seine Lippen zitterten.

„Würden Sie mal bitte Ihren Kopf hier hereinlegen?", fragte Fabian und fing wieder an, die Melodie zu pfeifen. Peters Augen weiteten sich vor Grauen und jetzt zitterte auch der Rest seines Körpers.

„Nnnnnein, Nnnnnein, lieber nicht, bitte, bitte nicht", flüsterte er mit vibrierender Stimme. Fabian schaute den vermeintlichen Delinquenten an. „Okay, okay, war nur ein Scherz", sagte er und hantierte weiter an dem Gerät. Er wandte sich an die Kommissarin, die sich das makabre Schauspiel im Hintergrund anschaute. „Würdest du mir bitte mal den *Kopf* geben?" Der *Kopf* war eine Melone, die Sarah unterwegs beim Gemüsehändler gekauft hatte. Als sie anhielten, hatte sich Peter Sinner kurz gefragt, wofür um alles in der Welt die Kommissarin eine Melone bräuchte. Jetzt dämmerte es ihm so langsam. Fabian nahm die Melone. „Also, das ist der Kopf von Herrn Thielmann", sagte er. „Ich lege ihn jetzt auf den unteren Teil dieser Vorrichtung." Fabian legte die Melone in die Presse und schloss das Scharnier, so dass die Melone fest fixiert war. Er bückte sich, schaute die Frucht an und gab ihr einen Kuss. Dann stellte er sich hinter das Gerät und streichelte den *Kopf* liebevoll mit beiden Händen. „Am Anfang wird Herr Thielmann Sie nur verzweifelt anschauen." Er blinzelte Peter Sinner verschwörerisch zu und drehte langsam an dem T-förmigen Gegenstand auf dem Gerät. Die Frucht dehnte sich in der Mitte. „Aber wenn Sie an der großen Schraube schön kontinuierlich drehen, dann wird auch er den Druck einmal spüren, den Sie gespürt haben." Er drehte weiter. Die Melone zeigte erste Risse und Fruchtsaft lief an der grünen Schale hinab. „Sie sehen, dass er Angst hat, aber sie sind wütend; wütend, weil er keine Rücksicht auf Sie genommen hat und jetzt wollen Sie auch keine Rücksicht mehr nehmen. Also drehen sie noch ein Stück weiter, das Gesicht von Herrn Thielmann verändert sich, es bekommt Risse." Jetzt zeigte auch die Melone erhebliche Schäden, aber Fabian war wieder mal in seinem Element. „Er beißt sich die Zunge ab, die zwischen seinen Zähnen war", sagte er, während er weiterdrehte. „Das Stück Zunge fällt da vorne auf den Boden und vielleicht zuckt sie noch, zuck, zuck, zuck, aber sie drehen weiter und es beginnt so langsam zu knacken, knack, knack, knack…" Fabian machte eine weitere Umdrehung. Mit einem „Pflupp" zerplatzte die Melone und saftiges, rotes Fruchtfleisch flog in alle Richtungen. Ein unterer, zermatschter Teil blieb auf der Vorrichtung liegen.

Peter Sinner war der Ohnmacht nahe. Seine Wut war vollständig verraucht. Ihm war schlecht. „Okay, okay, schon gut, aber wie konnte ich nur so blind sein?", sagte er jetzt leise und seine tränenerfüllten Augen sahen Sarah hilfesuchend an. „Ich sage Ihnen alles, was ich weiß, aber ich habe zuvor eine Bitte. Fahren Sie mit mir nach Remagen in meine Wohnung, ich habe dort etwas, das Sie unbedingt sehen sollten."

70. Kapitel

Als sie auf der Fähre nach Remagen waren, schaute Sarah in die sanften, sonnendurchfluteten Wellen des Rheins, doch von dieser Schönheit um sie herum nahm sie kaum etwas wahr. Sie dachte noch kurz an die Szene von vorhin und schüttelte mit einem stummen Lächeln ihren Kopf. Dann fiel ihr wieder der tote Ansgar ein. Das mit dem schwarzen, umgedrehten Kreuz passte nicht ins Bild. Ansgar war kühl und berechnend gewesen, aber sicherlich kein Anhänger irgendwelcher obskuren Teufelsanbetungen. *Da will uns jemand aufs Glatteis führen,* dachte sie sich, *genau wie mit dem Brief, auch mit dem stimmt etwas nicht, aber was nur ist es, was stimmt mit dem Brief nicht?*

Sie sah in die Wellen und sie sah den Brief und die Worte vor sich: *Ich wollte immer so sein, wie er sich seinen Sohn wünscht, aber ich habe immer nur seine Knute gespürt, er ist ein Tyrann.* „Ist ein Tyrann", flüsterte sie den Wellen zu, deren Gischt im Fahrwasser der Fähre immer größer wurde. „...IST EIN TYRANN, IST EIN TYRANN, IST EIN TYRANN", schienen die Wellen zurückzuflüstern, und plötzlich erhellte sich ihr Gesicht. Ihre grünen Augen leuchteten, als sie sich zu Fabian umdrehte, der zusammen mit Peter Sinner im Polizeifahrzeug saß und sie aus dem offenen Fenster beobachtete. „Ich hab´s", sagte sie, „ich weiß, was mich an dem Brief gestört hat."

71. Kapitel

Caroline Stettner war ratlos. Nachdem Herr Handke ihr noch einmal bestätigt hatte, dass sie nicht wegen Mordes an dem Grafen angeklagt werden würde, weil es sich offensichtlich um einen Unfall gehandelt habe, hatte er ihr eröffnet, dass nunmehr auch Ansgar von Wolkenfels tot sei.

„Frau Stettner", hatte er gesagt, „wir müssen auch den Tod Ansgars aufklären und wir glauben, dass seine Videoaktion mit dessen Tod in Zusammenhang steht. Da Sie selbst zum Zeitpunkt seines Todes hier bei uns waren, kommen Sie natürlich nicht als Täterin in Frage. Ich muss Sie aber bitten, mir alles zu sagen, was im Zusammenhang mit der Aktion steht, die sie zusammen mit Ansgar von Wolkenfels durchgeführt haben."

In Carolines Kopf drehte sich alles. Was war denn das jetzt wieder für ein Wahnsinn? Sie dachte an den Grafen. Dass es ihn irgendwann einmal erwischen müsste, war ihr klar gewesen. Gero hatte jeder weiblichen Angestellten, die unter 80 war und nur im Entferntesten so aussah, als könne man mit ihr Spaß haben (was auch immer er unter Spaß verstand) nachgestellt. Sie war sich sicher, dass beinahe keine ihrer Kolleginnen auf Dauer dem Grafen entkommen war, von Manuela zum Beispiel wusste sie, dass sie schon mehrere Nächte mit Gero verbracht hatte. Ihr hatte das nichts ausgemacht, sie waren immer gute Freundinnen und ab und an Bettgenossinnen gewesen, sie liebten beide das Leben und sie hatten nichts dagegen, ihrer Lebensfreude auch in sexueller Betätigung Ausdruck zu verleihen, ob mit Mann oder mit Frau war dabei für sie nicht das entscheidende Kriterium. Entscheidend war, dass es Spaß machte. Als sie beide über zwei Jahre hin so etwas wie eine engere Beziehung hatten, hatte ihr Manu von den Nächten mit dem Grafen erzählt. Sie hatte seine Gier geschildert und seinen unstillbaren Drang, mal dominant, mal unterwürfig zu sein. Caroline wusste, dass der Graf es auch auf sie abgesehen hatte, aber so weit wollte sie nicht gehen, sich demütigen zu lassen und dominantes Gehabe hielt sie beim Liebesspiel fehl am Platze, jedenfalls bis zu dem Tage, als Ansgar sich bei ihr gemeldet und ihr die 10.000 Euro angeboten hatte. Und genau dieser Ansgar sollte jetzt auch tot sein? Hatte er die gleichen Vorlieben gehabt wie sein Vater, hatte er die gleichen Dinge praktiziert und war es vielleicht einer *seiner* Gespielinnen zu viel geworden?

Erneut drehten sich die Bilder in ihrem Kopf. Da war Manu, wie sie nackt und lachend die Tür öffnete, da war Manu, die neben ihr nackt auf ihrem Wasserbett lag, und da war der Graf, der jetzt die beiden beim Liebesspiel beobachtete und sie mit den Augen zu verschlingen schien und da war plötzlich auch Ansgar, der jetzt neben seinem Vater stand, die Augen ebenfalls weit geöffnet und die sabbernde Zunge an seinen Lippen leckend. Was auch immer Ansgar zugestoßen sein sollte, eines war in jedem Falle gut: Er war tot!

Caroline wendete ihr Gesicht dem Kommissar zu. Nichts an ihr verriet die innere Freude, die sie bei ihrem letzten Gedanken empfunden hatte:

„Aber ich habe Ihrer Kollegin, Frau Winkler, bereits alles erzählt. Ansgar hatte mit mir Kontakt aufgenommen, damit ich die Sache mit seinem Vater durchziehe, er hat mir gesagt, dass er sich *einen Scherz mit dem Alten* machen wollte und ich habe ihm geglaubt."

„Haben Sie sonst noch irgendjemandem von Ihrer Aktion erzählt oder hat vielleicht irgendjemand etwas mitbekommen oder geahnt?"

„Nein, ich glaube nicht."

„Glauben Sie es oder wissen Sie es?"

„Ich weiß es nicht, aber vielleicht hat Jens etwas mitgekriegt, ich dachte, ich hätte ihn an dem Abend im Flur gehört, aber als ich nachschaute, war er nicht da."

„Jens Thielmann?"

„Ja, genau der, wir waren seit einigen Monaten mehr oder weniger ein Paar."

72. Kapitel

Nachdem Sarah Winkler, Fabian Lauer und Peter Sinner in die Inspektion zurückgekehrt waren, saßen sie alle drei ein weiteres Mal im Vernehmungszimmer I 103. „Ihre Mutter wurde also vom Grafen vergewaltigt und sie ist damals schwanger geworden", begann Sarah vorsichtig, nachdem sie den Brief gelesen hatte, den Peter Sinner aus einem Versteck in seiner Wohnung geholt hatte. „Genau", sagte dieser jetzt und er schaute Sarah offen an. „Und neun Monate später war ich dann da."

Sarah überlegte kurz und sah ihm dann in die Augen. Gleichzeitig nahm sie Peter Sinners rechte Hand. Mit einem Male fühlte er, dass dies hier alles nicht so schlimm war, alles schien sich vor ihm aufzulösen, das ganze Chaos, in dem er sich die letzten Tage und Stunden befunden hatte, schien zu verschwinden und einer unglaublichen Sanftheit und Ruhe Platz zu machen. Er fühlte sich sicher und frei und gelöst, als er Sarah in die unendlich tiefen grünen Augen blickte.

Sarah löste ihre Hand von der seinen. „Herr Sinner", sagte sie, „möglicherweise wird Ihnen das, was ich jetzt tun werde, seltsam vorkommen und sie müssen mir vertrauen, wenn es funktionieren soll. Also, vertrauen Sie mir?"

„Ja", sagte Peter, „ich vertraue Ihnen."

Die Kommissarin nahm ihre beiden Hände und legte sie an den Kopf von Peter. Ihre grünen Augen schienen zu leuchten, als sie ihn intensiv ansah.

Fabian nahm wahr, wie Peters Blick starr wurde. Seine Lider schlossen sich nicht mehr, sondern sie schienen wie festgeklebt unter seinen Augenbrauen zu haften. *Wo habe ich so etwas schon einmal gesehen?*, fragte er sich, als es ihm einfiel. Es war eine Hypnoseshow gewesen, die er als Achtjähriger mit seinen Eltern auf einem Jahrmarkt besucht hatte. Im Unterschied zur jetzigen Situation war der Hypnotiseur allerdings Magier gewesen und sein Gegenüber eine Frau.

Weder Peter Sinner noch Sarah Winkler ahnten etwas von den Gedankengängen des Polizisten, der sich mit ihnen noch immer im gleichen Raum befand, denn innerlich waren die beiden auf eine Reise gegangen; auf eine Reise in Peter Sinners Vergangenheit.

Sarah sah jetzt mit den Augen ihres Gegenübers und sie sah den inneren Film, der sich in Peters Gedanken abspielte. Sie bezahlte gerade an der Kasse eines Ladens. Neben der Kasse lagen bedruckte Flyer, die das schmucke mittelalterliche Haus, in dem sie sich augenscheinlich befand, von außen zeigten. In grünen Buchstaben verkündeten sie *Cafitz hat´s*. Die freundliche Buchhändlerin mit den blonden Haaren lächelte ihr zu. Als sie sich umdrehte, sah sie Bücher; viele Bücher und in der kräftigen Männerhand hielt sie Briefumschläge. Als sie durch das große Schaufenster auf den Platz blickte, sah sie einen Mann, der ihr bekannt vorkam und sie wusste sofort, dass es sich um Ansgar von Wolkenfels handelte. Natürlich kam er ihr bekannt vor; er musste ihr bekannt vorkommen, denn sie hatte in den vergangenen Wochen, seit sie den Brief ihrer Mutter aus dem Bankschließfach geholt hatte, kaum etwas anderes getan, als sich um die familiäre Umgebung des Grafen, dessen Sohn sie nachweislich war, zu kümmern. Er hatte zwar deutlich weniger Haare als auf dem Foto, das ihn zusammen mit Xynthia und dem Grafen zeigte, aber er war es: Eindeutig! Das Herz schlug ihr bis zum Hals, als sie die Briefumschläge hastig in die Tasche ihres Sakkos steckte und auf den Platz rannte. Ansgar war offensichtlich in Gedanken vertieft, er schaute in das plätschernde Wasser des Marienbrunnens und murmelte etwas vor sich hin. Sie berührte ihn am Arm und mit Sinners Stimme sprach sie: „Entschuldigung, bitte entschuldigen Sie, aber ich muss mit Ihnen reden." Ansgar drehte sich um und sie sah, dass sein Blick gehetzt wirkte. Gleichzeitig spürte sie die Verachtung, die ihr Gegenüber ausstrahlte. „Und wie sollte ich wohl zu dieser Ehre kommen?" Die Stimme Ansgars triefte vor Arroganz, aber sein Blick schien auf ihrem Gesicht zu haften. Seine Augen begannen beinahe zu schielen, so sehr konzentrierte er sich. „Es ist nur", hörte sie sich mit der Stimme Peter Sinners sagen, „weil Sie mein Bruder sind, Sie und ich haben den gleichen Vater." Noch einmal schien sich Ansgars Blick in ihrem Gesicht festzufressen, ehe sich seine Miene plötzlich aufhellte und dieser sagte: „Ja, gibt es denn so etwas, da habe ich doch wahrhaftig einen Bruder. Wenn das so ist, sollten wir uns erst mal kennenlernen, wie wäre es, wenn wir etwas trinken würden, gleich hier, im Marktcafé?"

Sarah sah in rascher Abfolge weitere Szenen, sie sah sich vor einem Computer sitzen und sie sah zahlreiche Bilder aus dem Burgverlies eintreffen, die den Grafen mit einer attraktiven Frau in einer Kutte (Caroline Stettner, wie sie jetzt wusste), bei bizarren Liebesspielen auf einem Foltergerät zeigten. Sie sah sich diese Fotos an die Adresse Ansgar von Wolkenfels@spainmobile.com weiterleiten und sie/Peter dachte *alles läuft perfekt*. Dann änderten sich die Szenen und der Graf befand sich mit einem Male auf einem hohen Gestell und offensichtlich hatte er Schmerzen, jedenfalls war der Mund wie zu einem Schrei geöffnet. Sie dachte an die Anweisung und leitete auch diese vier Bilder automatisch weiter an Ansgar von Wolkenfels@spainmobile.com. Danach kamen keine neuen Fotos mehr an. Als kurze Zeit später wieder die letzten vier Bilder von der Adresse *Ghost@hond.com* zurückkamen, folgte sie den Anweisungen und leitete das Ganze noch einmal an Ansgar von Wolkenfels@spainmobile.com und diesmal auch an Waldfee@gerbox.com und erst in diesem Augenblick realisierte Peter/Sarah, dass der Graf sich im Todeskampf befand. Peter/Sarah fühlte blankes Entsetzen in sich aufsteigen und Peter/Sarah dachte *das läuft völlig falsch, was soll ich denn jetzt machen, um Gottes Willen, was soll ich tun, was kann ich tun?* Sie/Peter wollte handeln, etwas unternehmen, aber obwohl es für den Grafen offensichtlich zu spät war, musste sie an den Ort des Geschehens, wenigstens, um zu sehen, ob Caroline noch in der Nähe war und ob sich möglicherweise noch verräterische Dinge in der Kammer befanden. Sie sah sich auf der ersten Fähre nach Linz übersetzten und sie sah, wie sie versuchte, in die Folterkammer zu gelangen. Sie roch den Rauch und sah den Fackelschein. Sie rüttelte an der Drehtüre, aber diese ließ sich nicht öffnen. Sie versteckte sich im Eingangsbereich der Burg. Lange verharrte sie dort. Sie zitterte und sie hatte Angst. Dann sah sie, wie eine schwarzhaarige Frau in den Burghof ging und die Treppe zum Keller hinunterstieg. Sie kam gleich darauf zurück und rannte in das Gebäude mit der römischen Glashütte, nur um kurze Zeit später mit einer Taschenlampe wieder aufzutauchen und im Folterkeller zu verschwinden. Kurz darauf hörte Sarah die lauten, abgehackten Schreie aus der Kammer. Sie sah ihre Chance gekommen. Jetzt könnte sie in die Kammer und nachsehen, der Polizei würde sie erklären, dass sie die Schreie gehört habe und helfen wollte. Sie rannte auf den Hof und, so schnell sie konnte, die Treppe hinunter. Sie warf sich gegen das Drehgitter. Verschlossen. „Verdammt noch Mal", sagte sie mit der Stimme Sinners. Sie hatte natürlich nicht daran gedacht, dass man zum Öffnen die passenden Chips brauchte. *Was jetzt?* fragten die Gedanken von ihm in ihrem Kopf. Sie lief die Treppe hinauf und so schnell sie konnte auf den Vorplatz der

Burg, um zwischen den Menschen unterzutauchen, die sich dort versammelt hatten. Sie fühlte die Panik in sich aufsteigen und sie überlegte fieberhaft, wie sie noch vor der Polizei in die Kammer gelangen könnte, ohne dass es auffiel. Dann hatte sie den rettenden Einfall. Erneut spürte Sarah, wie sie mit der fremden Stimme leise und hektisch sprach: „Ich muss die Polizei rufen, es ist meine einzige Chance."

Fabian hatte der Szene vor und neben sich fasziniert zugeschaut. Die beiden hatten kaum ein Wort gesagt und wenn, dann hatten sie gemeinsam gesprochen, so, als ob sie zusammen von einem Manuskript ablesen würden. Er hatte beispielsweise gehört, wie beide am Anfang sagten: „Entschuldigung, bitte entschuldigen Sie, aber ich muss mit Ihnen reden." Zwischendurch waren auch immer wieder einige gemeinsame Monologe gefolgt wie: „Gut, wenn es nicht anders geht, dann müssen wir es so machen und ich bin bereit. Aber bist du dir auch sicher, dass nichts passieren kann?" Und dann hatten sie noch einmal gesagt: „Bis bald, Bruder. Es ist schön, dass ich dich endlich kennen gelernt habe." Nach einer kurzen Pause war dann noch eine gemeinsame Aussage gekommen und sowohl Peter Sinner als auch Sarah hatten rote, hektische Flecken auf ihren Gesichtern, als sie unisono mit leiser, aber hörbar gestresster Stimme sagten: „Ich muss die Polizei rufen, es ist meine einzige Chance…"

Sarah löste ihre Hände von Peter Sinners Kopf. Sie wirkte jetzt erschöpft. Ihre Augen hatten ihre Strahlkraft verloren und sie schaute ihn müde an. „Entschuldigung", sagte sie zu ihm, „aber jetzt kenne ich zumindest einen Teil von Ihrer Geschichte. Allerdings ist es für mich sehr anstrengend, so etwas zu machen und ich mache es auch nur sehr selten. Was mir jetzt klar ist, ist, dass Ihr Bruder Sie überredet hat, den Grafen mit einem Video zu erpressen. Jetzt müssen Sie uns allerdings noch einmal die ganze Geschichte mit Ihren Worten erzählen, das brauchen wir fürs Protokoll."

Peter war schockiert. *Woher weiß die das plötzlich?*, fragte er sich. Er erinnerte sich undeutlich, dass er eine Art Wachtraum hatte, aber an Einzelheiten konnte er sich nicht erinnern. Ihm war, als seien Ansgar, der Graf und die Folterkammer Elemente dieses Traumes gewesen und irgendwie glaubte er, dass die Frau mit den grünen Augen teilgehabt hatte an diesem Traum. Wie auch immer, er hatte ihr gesagt, dass er ihr vertraue und jetzt erzählte er alles. Er erzählte, dass Ansgar ihn dazu überredet habe, den Grafen zu erpressen, er erzählte von den Videos der Nacht, die er von dessen Computer in Spanien zugesendet bekommen habe, um sie an diesen zurückzuleiten und auch Xynthia zuzuspielen. Das Ganze war von ihm unter dem Namen *Racheengel* versendet worden und die Weiterleitung an die Gräfin sollte den Grafen von der Ernsthaftigkeit der Drohung überzeugen. Niemand hatte mit dem Tod des Grafen gerechnet und dass Peter von seinem Computer aus die Bilder auch an Ansgar zurückgesendet hatte, sollte Xynthia davon überzeugen, dass dieser nichts mit der Sache zu tun habe. „So konnte er seiner Mutter den Laptop zeigen und ihr beweisen, dass auch er das Video von außerhalb bekommen hat", schloss er seine Ausführungen.

Fabian saß neben Sarah und schaute Peter nachdenklich an.

„Und Sie sind nie auf die Idee gekommen, dass Ansgar nur einen Sündenbock brauchte, für den Fall, dass etwas schiefgehen sollte?"

Sarah berührte Fabian leicht am rechten Arm. Aus den Augenwinkeln nahm dieser wahr, dass sie lächelte.

Peter blickte erschöpft vor sich hin.

„Ich habe ihm vertraut, immerhin hat er mich Bruder genannt."

Sarah hatte wieder seine Hand genommen: „Ja, und er hätte Sie ohne Zögern ans Messer geliefert, wenn es hart auf hart gekommen wäre; alle Verbindungen hätten zu Ihnen geführt und er hätte sich damit rausgeredet, dass er auf Menorca gewesen sei, als das Ganze passierte. Natürlich hatte er nicht mit dem Tode seines Vaters gerechnet, aber er hat sich - so oder so - für alle Fälle abgesichert. Aber schließlich hat ihm dies auch nichts genützt."

„Wie meinen Sie das?"

„Ihr Halbbruder ist tot."

Sarah löste ihre Hand von der seinen. „Sie dürfen jetzt nach Hause zurückkehren, aber Sie müssen sich weiterhin zu unserer Verfügung halten und ich muss Sie darauf aufmerksam machen, dass ein Verfahren wegen versuchter Erpressung auf sie zukommen wird, aber ich glaube, wenn der Richter die Umstände kennt und Sie alles so darlegen, wie Sie uns geschildert haben, haben Sie eine gute Chance, mit einer Bewährungsstrafe davonzukommen." Sie gab ihm die Hand und wünschte ihm alles Gute und Fabian begleitete ihn zu der Zelle, wo er die wenigen Habseligkeiten, die er mitgebracht hatte, an sich nahm. Kurze Zeit später verließ er das Gebäude.

73. Kapitel

„So, Fall eins ist endgültig geklärt", sagte Sarah, als sie am Abend in der Abschlussrunde beisammen saßen, „bleibt noch der Tod von Ansgar. Haben wir inzwischen weitere Erkenntnisse aus Koblenz?"

„Ja, die haben wir". Roger Meinbauer hielt einen Bericht hoch, auf dem zu lesen war **Gerichtsmedizinisches Gutachten**. „Ansgar von Wolkenfels hatte jede Menge Alkohol im Blut, genau 1,8

Promille, aber, was wesentlich interessanter ist, er starb an einer Überdosis Schlaftabletten."

„Genau, wie Dr. Werner gesagt hat", kommentierte Fabian.

„Waren die Tabletten verdaut?" Sarah wollte jetzt jedes Detail wissen.

Roger schaute auf das Papier vor sich: „Das geht nicht aus dem Bericht hervor."

„Dann soll der Pathologe das bitte noch einmal ganz genau darstellen", sagte Sarah.

„Aber warum denn?" Diesmal war es Claudia Mehren, die Sarah fragend anblickte.

„Weil Ansgar definitiv umgebracht wurde." Sarah zog die Kopie des Briefes, den sie bei Ansgar gefunden hatte, noch einmal hervor und hielt sie hoch. „Ich habe mich vom ersten Moment an gefragt, was mich störte, ich war mir zwar sicher, dass Ansgar den Brief persönlich geschrieben hat, aber ich wusste, dass etwas nicht stimmt und heute Nachmittag auf der Fähre nach Remagen ist es mir eingefallen."

Alle in der Runde schauten sie erwartungsvoll an.

„In dem Brief steht, ich zitiere: *Ich wollte immer so sein, wie er sich seinen Sohn wünscht, aber ich habe immer nur seine Knute gespürt, er ist ein Tyrann.* Na, fällt euch was auf?"

Niemand sagte etwas, nur die Blicke waren jetzt noch neugieriger auf Sarah gerichtet.

„Ansgar schreibt: Er *ist* ein Tyrann, aber zu dem Zeitpunkt, an dem er den Abschiedsbrief angeblich geschrieben hat, war sein Vater schon tot.

Noch immer schwiegen alle, aber auf allen Gesichtern machte sich plötzlich so etwas wie Erkenntnis breit.

„Ja, sicher", sagte Gerd Handke jetzt und tippte sich mit Zeige und Mittelfinger der rechten Hand kurz gegen die Stirn, „das ist es, was auch mich gestört hat, wie konnte ich nur so blind sein, es ist doch klar und eindeutig. Ansgar hat den Brief nicht unmittelbar vor seinem Tod geschrieben und wenn es auch seine Handschrift ist, so muss das Schriftstück doch älter sein."

Sarah nickte ihm zu und wandte sich dann an Roger. „Wenn du morgen noch einmal in Koblenz wegen der Obduktion anfragst, dann erkundige dich auch bitte, ob die von der Forensik rauskriegen können, wann der Brief geschrieben wurde. Claudia, weißt du inzwischen, von wem die Fingerabdrücke auf dem Kreuz stammen?"

Die Beamtin sprang auf. „Nein, noch nicht, aber ich werde mich sofort darum kümmern."

74. Kapitel

Anno 1397-März

Stadtschreiber Margelius Fidus blickte von seinem Pergament auf. „Warum bist du zu mir gekommen, Hilde?"

Hilde kannte Margelius zwar schon lange; als Kinder hatten sie gemeinsam den Pfarrunterricht besucht, der immer am Sonntag nach der heiligen Messe stattgefunden hatte, aber sie war sich bewusst, das Margelius im Rang weit über ihr stand; er war der Sohn des Ratsältesten und sie war nur die Tochter eines einfachen Schmiedes. Sie schaute auf den Marktplatz, der heute mit vielen Menschen, die ihre Waren wie Hühner, Eier, Äpfel und Brot anboten oder diese kauften, angefüllt war. Rufe und Lachen drangen in das Zimmer der Schreibstube, die sich im ersten Stock des Rathauses befand. Nichts deutete mehr auf das grausige Schauspiel hin, dass sich vor wenigen Wochen hier ereignet hatte, als

Gisela als Hexe verbrannt worden war und ihren Fluch in die Menge geschleudert hatte.

„Ich bin erst gestern wieder aus dem Verlies freigekommen", begann Hilde verhalten, „aber ich muss euch etwas Wichtiges erzählen." Margelius blickte von seinem Pergament auf, auf das er mit schwarzer Tinte und Feder einige Dinge geschrieben hatte, die Hilde nicht entziffern konnte, weil sie des Lesens und Schreibens nicht mächtig war. Der Schreiber war neugierig geworden. Wenn sich seine Freundin aus Kindertagen einen Tag nach Verbüßung ihrer Strafe hierher wagte, so konnte es sich nicht um eine Lappalie handeln. Dennoch verboten ihm seine Stellung und sein Amt, allzu viel Interesse zu zeigen: „Was gibt es denn so Wichtiges?", fragte er und fing wieder an zu schreiben.

„Es geht um Gisela", platzte es aus Hilde heraus, „sie hat mir etwas gesagt, das Ihr unbedingt aufschreiben müsst."

„Ach, und warum muss ich es aufschreiben?"

„Weil es um die Zukunft ihrer Tochter Semina geht."

„Ich weiß, sie hat noch im Feuer behauptet, dass diese von Graf Wilhelm stammen würde; aber das kann niemand beweisen, Gisela ist als Hexe verbrannt worden."

„Aber sie hat die Wahrheit gesprochen." Hilde war nahe an der Verzweiflung. Sie hatte Gisela versprochen, ihr den letzten Wunsch zu erfüllen und dafür zu sorgen, dass die Geschichte mit Semina aufgeschrieben würde, damit diese dann vielleicht sogar bestätigt und Semina somit ein besseres Leben ermöglicht werden würde und nun schien es so, als sei Margelius nicht willens, ihr zu helfen.

„Bitte, Herr Margelius, bitte, schreibt das auf und teilt es auch der Kirche mit, damit diese sich um Semina kümmern kann."

Margelius überlegte. Auch er hatte nach wie vor erheblichen Zweifel an der Schuld von Gisela und mit dem Burgvogt Vitus von Oggersheim hatte er einige erbitterte Gefechte geführt, zum Beispiel, wenn es darum gegangen war, Grundstücksangelegenheiten zu klären. Margelius hatte immer wieder versucht, den einfachen Menschen in Linz zu ihrem Recht zu verhelfen, etwa indem er Urkunden ausstellte, die Vitus immer wieder angefochten hatte, nur, um wenige Tage später offensichtlich gefälschte Dokumente vorzulegen, die etwaige Besitzstreitigkeiten ausnahmslos zu Gunsten des Grafen auslegten.

Dennoch konnte er in dieser Sache nicht zu forsch vorgehen, aber er beschloss, dem offiziellen Schriftstück, in dem es um die Verurteilung von Gisela ging, einen Anhang anzuheften. Auch wenn er sich selbst nicht allzu viel davon versprach, so konnte er doch zumindest Hilde beruhigen und vielleicht gelangte dieses Schriftstück in die Hände eines Christenmenschen, der sich nicht um den Hexenaberglauben, als den Margelius ihn betrachtete, scherte, sondern der das Unrecht erkannte und vielleicht der Tochter Giselas half.

„Gut, Hilde", sagte er jetzt, „ich werde das, was du mir hier gesagt hast, in deinem Namen niederschreiben, wenn du vor Gott bezeugst, dass es das ist, was Gisela dir gesagt hat. Du weißt, dass dir die Hölle und das ewige Feuer drohen, wenn du mich anlügst."

Hilde zitterte am ganzen Körper: „Herr, ich bin mir bewusst, dass mich die ewigen Qualen erwarten, wenn ich etwas Unwahres sage. Aber der Herr ist mein Zeuge, dass Gisela mir alles so vor ihrem Tode erzählt hat." Ihr Brustkorb hob und senkte sich unter Schluchzern und mit Tränen in den Augen begann sie zu berichten.

75. Kapitel

Gegenwart

Nach Feierabend ging Sarah noch einmal in die Stadt. Sie spürte, dass das ganze Rätsel um die beiden Todesfälle unmittelbar vor seiner endgültigen Aufklärung stand. Etwas anderes beschäftigte sie aber mindestens ebenso sehr wie die Umstände um Gero und Ansgar von Wolkenfels.

Wieso habe ich dauernd diese Bilder im Kopf, fragte sie sich, *wieso kommt mir diese Stadt so bekannt vor, ich bin doch noch nie hier gewesen; oder sind es vielleicht doch alles nur Träume?*

Sie schloss die Augen und dachte an ihre Kindheit. Ihr Vater war auch Polizeibeamter gewesen, ehe er vor zwei Jahren in den Ruhestand gegangen war. Auch er hatte die „wilden Fantasien" seiner Tochter miterlebt, wenn diese nachts in ihrem Bett gesessen hatte, mit wirren Haaren und verweinten Augen. Ihre Mutter hatte ihn dann jedes Mal hinausgeschickt und sie hatte Sarah beruhigt. Sie hatte sie in den Arm genommen und gewiegt: „Nichts gesehen, nichts gesehen, nichts geschehen, nichts geschehen"; wie oft hatte ihre Mutter gemeinsam mit ihr diesen Kindervers gesungen und er hatte beinahe immer gewirkt, aber er hatte die Träume nur für kurze Zeit fernhalten können: Die Träume, die letztendlich keine waren, die Schreie, die sie hörte, die Bilder von Flammen, die sie sah und den Geruch von verbranntem Fleisch, den sie auch am nächsten Morgen noch in der Nase hatte.

Gerade, als sie an diese schrecklichen Erinnerungen dachte, kam Fabian auf sie zu. Auch jetzt sah er in seiner legeren Jeans und dem weißen, sportlichen Hemd so ganz anders aus als in der Uniform, in der sie ihn die meiste Zeit gesehen hatte. Die Gedanken, die sei noch vor Sekunden hatte, waren mit einem Schlag vergessen. Sarah gefiel, was sie sah: Einen jungen Mann, der noch nicht durch die Polizeiarbeit abgestumpft war, sondern der mit einem heiteren, manchmal etwas sorglosen Blick, sein Leben und das seiner Mitmenschen betrachtete und der intelligent genug war - so schien es ihr - das Leben trotz aller Untiefen und gelegentlichen Niederlagen (die auch sie ihm ab und an und mit voller Absicht spielerisch beibrachte) genießen zu können, genau wie sie selbst. Und sie fühlte noch mehr, auch wenn sie es sich selbst nicht eingestehen wollte. Sie genoss es, in seiner Nähe zu sein, sie liebte seine geschmeidige Art, sich zu bewegen und sie stellte sich das Spiel seiner Muskeln unter der Kleidung vor. *Ob er wohl zärtlich ist, vorstellen könnte ich es mir schon.* In ihrem Bauch begann es zu kribbeln, aber schnell hatte ihr Verstand wieder die Oberhand gewonnen.

„Hallo, Fabian", sagte sie und sie schaute ihn mit einem sanft spöttischen Lächeln an. „Zufällig hier?"

„Na ja, mehr oder weniger", gab er zu, „eigentlich hatte ich gehofft, dich heute Abend noch irgendwo zu treffen und da Linz nicht sehr groß ist, bin ich einfach in die Stadt gegangen."

„Ich freue mich ja auch, dass ich dich sehe", sagte sie jetzt und sie legte ihre Hand in die seine, *was machst du da, Sarah, sei vorsichtig,* sagte ihr Verstand, aber ihr Gefühl wurde immer stärker. „Vielleicht willst du mir die Stadt mal näher zeigen, bisher kenne ich eigentlich nur die Burg und den *Minnesänger.*"

Und Fabian zeigte ihr die Schönheiten „seiner Stadt", wie er sich ausdrückte. Er führte sie zum östlichen Stadttor, dem sogenannten Neutor: „Das soll ab dem nächsten Jahr ausgebaut werden; die Landesmittel stehen schon bereit", hatte er beim Anblick des imposanten Gemäuers aus dem 14. Jahrhundert gesagt und ihr weitere Sehenswürdigkeiten gezeigt. Als sie dann wieder auf den Marktplatz kamen, überlief Sarah erneut ein Schauer und Fabian schaute sie an: „Was ist los? Geht es dir nicht gut?"

„Doch, doch", sagte Sarah und ihre grünen Augen blickten ihn etwas traurig an, „es ist nur, ich weiß nicht so recht, was mich an diesem Platz stört, aber ehrlich gesagt, habe ich jedes Mal ein ungutes Gefühl, wenn ich ihn betrete."

Fabian lachte: „Das ist albern, aber vielleicht sollten die Damen und Herren da vorne ab und zu ein ungutes Gefühl haben." Damit führte er sie zu dem Brunnen vor dem prächtigen Rathaus, dass mit seinen roten und weißen Fensterläden einen zugleich einladenden wie auch stolzen Eindruck machte. Die 23 Glöckchen in der Turmspitze spielten gerade das Lied *Trink, Brüderlein trink*, als Fabian Sarah zum Brunnen führte, an dem auf einem Podest rund um den Brunnen mehrere Figuren angeordnet waren. Fabian legte seine Hand um ihre Schulter: „Berühr einfach mal den Herrn mit der Brille dort."

„Und, bekomme ich jetzt eine Eingebung?", fragte Sarah

„Nein, aber du kannst den Herrn verbiegen" und er nahm sich nacheinander den rechten Arm, den linken Arm und den Kopf der Figur vor, so dass dieser schließlich in einer typischen Denkerhaltung auf dem Brunnenrand saß, die rechte Hand nachdenklich auf den Kopf gelegt und die linke auf sein linkes Bein.

Sarah lachte und versuchte sich an anderen Figuren, so dass das gesamte Arrangement hinterher lebendiger und anschaulicher wirkte als vorher – zumindest in den Augen der beiden.

Fabian zeigte auf den oberen Teil des Brunnens, auf dem sich zahlreiche kleinere Figuren, die allerdings nicht beweglich waren, befanden: „Dieser Brunnen wurde von einem Düsseldorfer Künstler gemacht, er symbolisiert, dass das Volk über den Regierenden steht und das niemand das Recht hat, sich über den Willen des Volkes zu stellen."

Als Sarah darüber nachdachte, verschwamm plötzlich ihr Blick; der Brunnen verschwand und mit ihm auch Fabian, es wurde dunkler und wie im Traum von vorletzter Nacht sah sie den von zahlreichen Fackeln beleuchteten Marktplatz vor sich. Kalter Schnee wehte ihr ins Gesicht und die Nüstern des Ochsen, den sie vorn auf dem Platz vor einem Karren mit zwei Holzrädern erblickte, atmeten dampfende Wolken aus. Erneut roch sie den Gestank der Menschen um sich herum, erneut vernahm sie deutlich Gejohle und Spottrufe: „Hexe, Hexe, Hexe", hörte sie und jetzt sah sie einen Mann mit einem dunklen Rock und einer seltsamen Kappe, die ihm bis über die Ohren reichte, auf dem Platz stehen. Der Mann entrollte ein Pergament vor sich. Jetzt stellte er sich vor den riesigen Scheiterhaufen, der in der Mitte des Platzes errichtet worden war und auf dem die Frau mit den durchdringend grünen Augen stand. Die Frau stieß einen fürchterlichen Fluch aus und Sarah lief ein eiskalter Schauer über den Rücken, als sie die Worte hörte: *Ich bin die Mutter von Heinrichs Tochter und ich verfluche dich, Vitus von Oggersheim und dich, Mechthild, die du nicht ertragen kannst, dass dein Feld unfruchtbar ist, während meines die Frucht der Liebe hervorgebracht hat. Dich, Rupold, verfluche ich, weil du zum Handlanger dieser beiden geworden bist.* Dann folgte noch – wie um das Grauen zu verstärken – die Wiederholung in Latein. Sarah sah den Mann mit der Mütze erbleichen, gleichzeitig aber nahm sie wahr, dass die Frau auf dem Scheiterhaufen sie ansah. Und ihr eben noch hasserfülltes Gesicht nahm mit einem Male freundliche, beinahe warme Züge an, als sie sagte: „Suche nach der Schrift und du wirst die Wahrheit erfahren." Und jetzt wurde es Sarah klar. Sie durfte sich nicht länger vor dem verschließen, was so offenkundig versuchte, sich ihr mitzuteilen.

Ich habe was gesehen, ich habe was gesehen, etwas ist geschehen, etwas ist geschehen!, dachte Sarah diesmal und es war wie eine Befreiung. Das Bild verflüchtigte sich sehr langsam, wie ein Nebel, der sich nach und nach erhebt und der Sonne Platz macht. Sie spürte ein warmes, wohliges Gefühl. *Meine Sonne heißt Erkenntnis,* dachte sie sich, als ihr Blick wieder klar wurde. Fabian hatte gesehen, wie sich die Augen Sarahs weiteten, ihre Pupillen hingegen kleiner und kleiner wurden, bis schließlich nur noch ein dunkles, beinahe schwarzes Grün der Iris zu erkennen war. „Sarah, Sarah", rief er, „was ist los?" und er bemerkte, wie ihre Haut plötzlich kalt und feucht wurde. *Ein Schock,* dachte er sich, *sie hat einen Schock,* und er fragte sich verzweifelt, wie er ihr helfen könne, als ihre Pupillen wieder größer wurden und ihre Haut sich mit einem Schlag erwärmte und trocknete. „Alles in Ordnung?" Er sah sie besorgt an. „Für einen Moment hatte ich den Eindruck, als hätte dich etwas furchtbar erschreckt." „Alles klar", sagte Sarah und ihre Augen strahlten jetzt in einem hellen Grün, „kannst du mir morgen zeigen, wo das Stadtarchiv ist?"

Fabian zeigte es ihr gleich, es waren nur fünf Minuten Fußweg bis zur Klosterstraße, in der er vor einem alten Gebäude, offensichtlich handelte es sich um eine ehemalige Kirche, stehen blieb.

„Voilà", flüsterte er Sarah zu, „das Gedächtnis von Linz. Aber es hat jetzt geschlossen."

Obwohl er gerne erfahren hätte, warum Sarah sich gerade für das Archiv interessierte, wagte er nicht, sie darauf anzusprechen, denn er hatte ihren nachdenklichen Blick bemerkt. Natürlich verletzte es ihn, dass sie ihm anscheinend so wenig vertraute, aber vielleicht würde sie ihm später dieses Geheimnis anvertrauen, später, wenn sie ein Paar wären, irgendwann später einmal, wenn sie seine Sarah wäre, nicht nur in Gedanken und Träumen, sondern in einer unbeschreiblich wunderbaren Wirklichkeit, mit ihren duftenden Haaren, ihrem geschmeidigen Körper und ihren grünen Augen. Er dachte daran, wie sie ihn mit diesen Augen verschlingen würde, mit den Augen und mit allem anderen, in das er hineingesogen werden würde, mit allem, was er war, ins weiche, warme Erotiknirvana seiner Traumfrau. Sein Blick wurde verklärt, aber sie schien es gar nicht zu bemerken.

„Das macht nichts", sagte Sarah jetzt und prägte sich die Telefonnummer ein, die auf dem weißen Schild mit dem Stadtwappen angegeben war, „das macht gar nichts." Den Bruchteil einer Sekunde später wurde ihr Gesicht wieder offen und fröhlich. „Gut, dann machen wir mal weiter mit der Stadtführung."

Fabian führte Sarah noch durch den unteren Teil der Stadt, er zeigte ihr den unteren Marktplatz mit dem „Linzer Strünzer", ebenfalls eine Brunnenplastik, die nach Aussage ihres Partners das „legendäre Selbstbewusstsein der Linzer, die sich durch nichts unterkriegen lassen", darstellen sollte. Anschließend gingen sie noch gemeinsam in den *Minnesänger*; heute war es nicht ganz so belebt dort wie noch gestern und tranken gemeinsam mehrere Gläser Rotwein. Als sie beide schließlich das Lokal verließen, war sie leicht angetrunken. Sie zog Fabians Kopf zu sich heran und küsste ihn, sie roch sein herbes, angenehmes Herrenparfum, sie saugte an seinen Lippen und schmeckte den Wein auf seiner Zunge und sie fühlte etwas, das sie seit vielen Jahren nicht gefühlt hatte, es war ein herrliches, leichtes, unbeschreibliches Gefühl.

„Wow", sagte sie heißer, als sie sich kurz von ihm löste, dann flüsterte sie ihm ins Ohr: „Bleib heute Nacht bei mir, ich möchte dir nämlich noch mehr zeigen, noch so viel mehr."

Und Fabian, der zwar glaubte, dass er in Sachen Liebestechniken schon so ziemlich alles gesehen und erfahren hatte, wurde in den kommenden Stunden eines Besseren belehrt. Sarah schien gleichzeitig überall zu sein, auf ihm, unter ihm und über ihm, sie schien ihn zu umschließen und loszulassen, sie zog ihn hinein in ihren Malstrom der Lust und stieß ihn wieder fort. Mal fühlte er sich, als wäre er in einen Sturm geraten, mal, als würde eine sanfte Brandung ihn umspielen. Sie ließ ihn fallen und fing ihn auf, sie quälte seine Leidenschaft und erlöste sie, sie brachte seinen Körper bis an den Rande der Erschöpfung und liebkoste ihn sanft in Phasen der Ruhe. Sie vereinnahmte ihn und sie entzog sich ihm, nur um sich gleich darauf umso inniger mit ihm zu vereinigen, bis sie schließlich nur noch ein Körper und eine Seele waren, ein Wesen, das nichts brauchte als sich selbst und das in diesem Moment seinen eigenen endlosen Kosmos erschuf, den Fabiansarah-Sarahfabian-Kosmos. Als Sarah schließlich erschöpft in ihr Kissen sank, war sie glücklich. Gleichzeitig fühlte sie, dass sie mit Linz mehr verband als die beiden Fälle, zu deren Lösung sie herbeigerufen worden war; beinahe schien es ihr so, als sei ihr Schicksal mit dem der Stadt verknüpft, als gehöre sie hierher. „Vielleicht war es gar nicht der Fall", dachte sie, als sie kurze Zeit später, und zum ersten Mal seit Jahren restlos zufrieden, neben Fabian einschlief, „vielleicht hat mich die Stadt gerufen."

76. Kapitel

Ausnahmsweise eröffnete nicht Sarah die morgendliche Runde, sondern Roger war es, der heute als erster das Wort ergriff. Er hatte gesehen, dass die Kommissarin anscheinend gestern ein wenig länger „ermittelt" hatte und er wollte sie nicht in die Verlegenheit bringen, in ihrem sichtbar angeschlagenen Zustand die Sitzung leiten zu müssen. Daher begrüßte er die Anwesenden und ging direkt auf die Dinge ein, die er in der Zwischenzeit herausgefunden hatte.

„Also", sagte er, „der obduzierende Arzt hat bestätigt, dass sich ein Großteil der Tabletten noch angedaut und einige sogar unverdaut im Magen von Ansgar von Wolkenfels befunden haben, allerdings war eine große Menge schon vom Körper aufgenommen worden. Was den Brief angeht, so haben die Kollegen herausgefunden, dass dieser mindestens zwei Jahre alt sein muss, weil die Tinte, mit der er geschrieben war, einen Zustand aufweist, wie er erst nach einer bestimmten Trocknungs- und Einwirkzeit auftritt."

„Und ich habe mich nach den Fingerabdrücken auf dem schwarzen Kreuz erkundigt, es ist übrigens aus Marmor und die Figur aus Silber", sagte jetzt Claudia Mehren. „Von Ansgar sind…gar keine drauf, dafür aber umso mehr von…ta,ta,ta,ta", flötete sie, „Gero und der Gräfin!"

„Ich wusste es." Wie elektrisiert sprang Sarah von ihrem Stuhl auf. „Ich wusste es; Fabian komm, wir haben zu tun", und ehe die verdutzten Mitglieder der Runde wussten, was in die Kommissarin gefahren war, hatte diese das Besprechungszimmer verlassen und ein achselzuckender Fabian Lauer war ihr hinterhergeeilt.

„Wo willst du hin, verdammt noch mal?", fragte er diese jetzt, als sie wieder im roten Alfa-Cabrio von Sarah saßen. „Natürlich zur Gräfin", sagte sie und sie fügte leise hinzu: „Bevor es zu spät ist. Informier die Kollegen, dass sie einen Streifenwagen schicken, das habe ich eben ganz vergessen!"

77. Kapitel

Die Fenster und die Jalousien der Villa waren verschlossen. Auch auf mehrmaliges Klingeln hin blieb alles still. „Räuberleiter", sagte sie zu Fabian, der bereitwillig beide Hände ineinander verschränkte und ihr half, über das Tor zu gelangen. „Bleib du hier und warte, bis die anderen kommen; ich werde versuchen, das Tor von innen zu öffnen." Sie rannte den Weg bis zur etwa 50 Meter entfernten Haustür und drehte sich zu Fabian um.

„Gefahr im Verzug!", rief sie und zog ihre Dienstwaffe. Sie schoss zweimal auf das Schloss und warf sich, mit der Pistole im Anschlag, gegen die Türe. Als diese sich öffnete, fiel Sarah beinahe in die große Vorhalle. Sie schaltete das Licht an und hetzte gleich weiter in das Zimmer, in dem sie und Fabian gestern mit der Gräfin gesprochen hatten. Auch hier betätigte sie den Lichtschalter. Sie sah das gleiche Chaos wie gestern, aber von der Gräfin war nirgendwo eine Spur zu sehen. Sie dachte kurz nach und erinnerte sich, dass von dem großen Vorsaal aus eine Treppe nach oben führte. Sie drehte um, rannte aus dem Zimmer und zwei Stufen auf einmal nehmend, die Treppe hinauf. Oben angekommen, blickte sie sich um. Ganz schwach konnte sie aus einem der Zimmer einen unruhig flackernden Schein wahrnehmen. Sie öffnete die angelehnte Tür zum Zimmer. Auf dem breiten Doppelbett vor ihr lag die halbnackte Gräfin. Neben sich auf dem Nachttisch standen zwei Flaschen Wein, von denen eine leer und eine noch zu etwa einem Drittel gefüllt war. Neben den Flaschen befand sich ein Tablettenbehälter mit der Aufschrift *Chloraldurat*. Der Behälter war umgekippt und er war leer. Die Gräfin lag auf ihrer linken Seite und sie blickte mit starren Augen auf den Monitor des Laptops vor sich, der noch immer das grausige Standbild des Grafen auf der Pyramide zeigte. „So schließt sich der Kreis", flüsterte Sarah vor sich hin und wählte mir ihrem Smartphone Fabians Nummer.

Fünf Minuten später waren ihre Kollegen da und brachen das Tor auf. Kurz darauf hörte Sarah das Martinshorn des Rettungswagens.

„Wird sie durchkommen?", fragte sie wenig später den Mann, der der Gräfin einen Schlauch in den Mund schob.

„Ich denke schon", sagte Dr. Werner, der auch als Notarzt tätig war, „ihre Vitalfunktionen sind zwar schwach, aber noch stabil, aber Genaueres kann ich natürlich erst sagen, wenn ich sie im Krankenhaus adäquat versorgt habe."

„Wann kann ich sie sehen?"

„Ich denke, morgen, heute wird das sicher zu anstrengend für sie sein."

Sarah bedankte sich und begab sich wortlos zu ihrem Wagen. Auch auf der Rückfahrt sprach sie kaum ein Wort, das einzige Mal, an dem sie ihr bedrückendes Schweigen unterbrach, murmelte sie vor sich hin: „Ich hätte es wissen müssen, ich habe es doch gesehen." Auf die Frage, was sie gesehen habe, antwortete sie gegenüber Fabian nur: „Morgen, morgen, wenn das hier alles vorbei ist."

Sie setzte Fabian an der Polizeiwache ab. „Bitte, sei mir nicht böse", sagte sie, „ich muss mir den heutigen Tag frei nehmen." Das Radio im Alfa blieb diesmal stumm, als sie mit quietschenden Reifen anfuhr.

78. Kapitel

Gerd Handke war stocksauer: „Kann mir mal einer sagen, was das jetzt wieder zu bedeuten hat?", sagte er mit einer Lautstärke in die Runde, die man so von dem sonst so besonnenen Kriminalhauptkommissar nicht kannte. „Wir stehen hier kurz vor der Lösung des bisher sicherlich aufrüttelndsten Falls der Linzer Kriminalgeschichte, und die Frau Kommissarin macht sich einfach so aus dem Staub."

„Ich glaube, sie wollte weitere Recherchen anstellen", sagte Fabian Lauer etwas verlegen, „ich denke, dass sich morgen alles aufklären wird."

„Gut", sagte Gerd Handke, „dann konzentrieren wir uns mal auf das, was wir haben und versuchen, unsere eigenen Schlüsse zu ziehen."

79. Kapitel

Mit einem hatte Fabian recht gehabt: Sarah recherchierte, aber sie recherchierte nicht so, wie ihre Kollegin und ihre Kollegen in der Wache dies erwartet hätten. Vielmehr befand sie sich im Stadtarchiv, wo sie sich alte Dokumente aus der Stadtgeschichte vorgenommen hatte. Auch wenn sie mehr oder weniger privat hier war, hatte sie der Archivarin, nachdem sie sie angerufen und mit ihr einen Termin vereinbart hatte, ihren Polizeiausweis vorgezeigt und mit der Begründung, dass die Sichtung einiger Dokumente zur Lösung des derzeit hier aktuellen Falles notwendig sei, unbeschränkten Zutritt zu allen Akten erhalten. Die Archivarin, eine attraktive blonde Frau mittleren Alters, war sehr hilfsbereit. In kürzester Zeit hatte sie die Dokumente, die Sarah brauchte, zusammengetragen und sie vor der Kommissarin auf dem großen Tisch im Kirchenschiff der Servitessenkirche des ehemaligen Franziskanerinnenklosters ausgebreitet. Sarah blickte hinter sich und sah eine Statue.

„Das ist die heilige Maria in ihren Farben Weiß und Blau", sagte die Archivarin und lächelte. „Falls sie mich brauchen, ich bin hinten in meinem Büro, einfach nur rufen."

Sarah fühlte sich wohl. Es war eine angenehme Atmosphäre in diesem Raum und der Geist einer lange vergangenen Zeit schien lebendig zu werden; lebendig in den alten, mit Siegeln versehenen Pergamentschriften, die sie vor sich hatte und die in einer sehr sauberen, aber auch sehr kleinen Handschrift verfasst worden waren.

Erneut blickte sie hinter sich und mit einem Male erschien es ihr, als wolle auch die liebevoll blickende Gottesmutter persönlich ihren Segen erteilen zu dem Vorhaben, das sie hierher geführt hatte.

Und sie hatte Glück. Offensichtlich waren in Linz nur wenige Hexen verfolgt und angeklagt worden und in einem Schriftstück, das von dem Stadtschreiber Margelius Fidus verfasst worden war, wurde sie fündig. Obwohl das Ganze in Neuhochdeutsch gehalten war, konnte sie dennoch erkennen, dass eine Hexe namens Gisela *am 21. Jänner anno domini 1397 uf dem Platze am Markte daro zu Linz verbrennet* worden sei. Das für sich alleine ergab noch nicht das Bild, das Sarah erwartete, aber die folgenden Worte weckten ihren kriminalistischen Instinkt: *Bis zum Schlusse leugnete Gisela ihre Verbindung mit dem Leibhaftigen, bekannte aber, dass sie eine*

Tochter mit Namen Semina habe, aber auch im Fuer noch waret sie verstocket und behauptete, diese stamme von Graf Wilhelm. Mit ihren grünen Augen, die darob anschaulicherweise ein Applikatus des hufenen, gehörnten Satans sinne, schleuderte sie Fluch und Verderben um sich und das ganze Vulkes hatte Angst und Schrecken.

Es folgte ein kurzer Absatz und in noch kleineren Buchstaben, aber unverkennbar der gleichen Schrift, war noch angefügt: *Hilde, die Tochter des Schmiedes, wurde vorstellig im Märzen des selbigen Jahres und beschwor bei ihrer christlichen Taufe und dem Herren Jesus und der Jungfrau Maria, dass die als Hexe verbrennete Gisela einer Tochter mit Namen Semina Mutter si, die aus den Lenden des Grafen Wilhelm hervorgegangen si. Diese Tochter befinedet sich bei der Base Ludmilla, die daro in einem Weiler bei Kuvelenz, des Name nit bekannet si, wohnet.*

Das ist es, dachte sich Sarah, *hier ist die Verbindung, jetzt muss ich nur noch herausfinden, was aus dieser Semina geworden ist.*

Nach der Sichtung weiterer Dokumente fotografierte sie mit ihrem Smartphone alles, was ihr wichtig erschien und verstaute das Ganze in ihrer antik anmutenden Tasche. Danach verließ sie das Archiv. Auf die Frage der Archivarin, ob sie etwas Entscheidendes herausgefunden habe, lächelte sie geheimnisvoll und sagte: „O ja, etwas sehr Entscheidendes, das viel Licht in eine dunkle Sache gebracht hat."

Sie beschloss, Fabian anzurufen und sich für den späten Nachmittag mit ihm zu verabreden.

80. Kapitel

„Der Chef hat ganz schön getobt", sagte Fabian, als sie sich auf dem Marktplatz unter der Überdachung vom Café Buchholz gegenübersaßen.

Sarah nippte an ihrem Cappuccino. „Das habe ich mir gedacht, aber ich musste unbedingt etwas erledigen und den Fall von Ansgar können wir ohnehin nicht lösen, bevor wir mit der Gräfin gesprochen haben."

„Was musstest du denn erledigen?", fragte er und bereute es sogleich, sie gefragt zu haben. *Idiot*, sagte er im Stillen zu sich selbst, *sie wird es dir schon sagen, wenn sie will.* Aber entgegen seiner Befürchtungen war sie nicht böse. „Du wirst es erfahren, bald, sehr bald." Sie beugte sich zu ihm herüber, um ihm einen Kuss zu geben. „Bleibst du heute Nacht wieder bei mir?"

„Nur, wenn du mir versprichst, bei mir nicht die gleiche Methode anzuwenden wie bei Peter Sinner, aber verrate mir eines, wie machst du das?"

Sie lachte. „Ich weiß es, ehrlich gesagt, nicht. Es ist ein Segen und ein Fluch, aber ich kann dir nicht sagen, warum ich das kann. Ich konnte es schon als Kind, aber ich habe mich oft gefürchtet, wenn ich Dinge gesehen habe, die eigentlich nur für die Augen meiner Mitmenschen bestimmt waren. Als ich dann älter wurde, habe ich diese Gabe nur noch dann angewendet, wenn ich es für gut und richtig angesehen habe, hinter die Dinge zu blicken. Ich weiß nicht, wie ich es besser ausdrücken soll. Aber, was deine Frage wegen heute Nacht betrifft, keine Angst, ich mache das nur, wenn ich sichergehen möchte, dass man mich nicht belügt. Außerdem ist es so anstrengend, dass wir danach kaum noch Spaß miteinander haben würden. Und im Übrigen weiß ich, dass jeder Mensch seine Geheimnisse hat." Jetzt blickte sie nachdenklich. „Und bei manchen Geheimissen ist es besser, wenn man sie nie erfährt. Glaub mir, die menschliche Seele ist oftmals ein tiefer, schwarzer Abgrund und wenn man so ist wie ich, muss man aufpassen, dass man nicht in diesen Abgrund hineingezogen wird."

In dieser Nacht hatten sie keine Geheimnisse voreinander und als sie sich lange und leidenschaftlich liebten, gab es für sie beide keinen Fall, es gab kein Linz, es gab keine Rätsel, es gab überhaupt nichts mehr; es gab nur sie beide, erneut vereint in einer Welt, in der jeder des Anderen Universum war.

81. Kapitel

Obwohl Sarah die Nacht mit Fabian mehr als genossen hatte, hielt sie nichts von übertriebenen Liebesbezeugungen. „Aufstehen", sagte sie trocken zu ihm, als die Alarmfunktion ihres Smartphones sie mit dem Song *Who wants to live forever* von *Queen* weckte. „Ich glaube, du willst wirklich ewig leben", gab er verschlafen zurück.

„Wenn´s geht, ja!" Sie gab ihm einen Kuss auf die Wange und sprang aus dem Bett. Zwei Minuten später hörte er, wie sie unter der Dusche rief. „Du musst dich beeilen, gleich werden wir das letzte Rätsel lösen!"

„Guten Morgen, Frau Gräfin, wir wollten mal nach Ihnen sehen, wir hoffen, es geht Ihnen heute besser", sagte Sarah fröhlich, als sie jetzt das Zimmer im St. Franziskus-Krankenhaus betraten.

Xynthia lag in einem modernen Pflegebett. Sie schien über den Besuch alles andere als erfreut zu sein. Über ihre Augen hatte sich eine Art Schleier gelegt, aber ihre stecknadelgroßen Pupillen blickten die Kommissarin und ihren Begleiter, den sie in der legeren Kleidung beinahe gar nicht erkannt hätte, so konzentriert an, wie vielleicht ein Zoobesucher zwei überaus interessante, aber besonders hässliche Exemplare einer seltenen Krötenart betrachten würde. Ihre Haare, die scheinbar über Nacht grau geworden waren, hingen ihr wie Spinnweben ins Gesicht und ihre Haut erinnerte an die eines altägyptischen Pharao, den man nach tausenden von Jahren aus seinem Sarkophag geholt hatte.

Das sieht aber gewaltig nach Endstation aus, dachte Fabian. Laut sagte er: „Ich hoffe, es stört Sie nicht, dass ich Frau Winkler begleite.

„Nein, junger Mann, es stört mich nicht im Geringsten, aber Sie sind sicher nicht gekommen, um sich nach meinem Befinden zu erkundigen." Sie blickte Sarah an. „Ich habe bereits gehört, dass Sie mir das Leben gerettet haben und ich weiß wirklich nicht, ob ich Ihnen dafür dankbar sein soll." Die Stimme der Gräfin, die noch vor wenigen Tagen einen angenehm melodischen Klang hatte, hörte sich jetzt alt und brüchig an und vor allem nörgelnd; nörgelnd und weinerlich.

„Wie meinen Sie das?" Sarah tat, als ob sie keine Ahnung hätte, wovon die Gräfin sprach.

„Kommen Sie, ich habe gleich gemerkt, dass Sie mehr sehen als Ihre *Kollegen*." Das letzte Wort hatte sie verächtlich betont und in Richtung Fabians genickt. „Wenn ich es mir recht überlege, sogar mehr als irgendein Mensch, dem ich bis jetzt begegnet bin", sagte sie und wandte sich wieder Sarah zu. „Aber ich möchte wissen, ob Sie wirklich alles so schildern können, wie es sich zugetragen hat." Jetzt lachte sie, aber es war kein fröhliches Lachen, eher ein Lachen, wie man es in einer psychiatrischen Klinik hören kann. Sarah lief ein leiser Schauer über den Rücken, als die Gräfin mit ihrer Gruftstimme weitersprach: „Ich habe nichts zu verbergen und ich verspreche Ihnen, dass ich, wenn ihre Vermutungen richtig sind, diese bestätigen werde."

„Gut", sagte Sarah und setzte sich auf den Stuhl, der neben dem Bett stand. „Ich denke, es war folgendermaßen. Alles begann damit, dass Sie am Sonntagmorgen eine mysteriöse Mail in Ihrem

Posteingang entdeckten, die mit dem Absender *Racheengel* gekennzeichnet war. Sie wollten daraufhin mit ihrem Sohn Kontakt aufnehmen, um ihn zu unterrichten. Als Sie ihn auf seinem Handy nicht erreichten, haben Sie ihm eine Benachrichtigung mit der kurzen Mitteilung geschrieben, dass sein Vater tot sei. Sie ahnten zu diesem Zeitpunkt noch nicht, dass Ansgar das schon wusste und dass die Fotos, die Sie auf Ihrem Computer gefunden hatten, ursprünglich von ihm stammten. Als er dann nach Linz kam, haben Sie ihn besucht und mit ihm über die weitere Vorgehensweise gesprochen, was das Erbe und die anderen Dinge wie Beisetzung und so weiter angeht. Bereits hier muss Ihnen an seinem Verhalten etwas seltsam vorgekommen sein."

Die Gräfin dachte an das Gespräch mit Ansgar: *Und wann könnte es deiner Meinung nach notwendig werden?* hatte sie ihn gefragt, als er zugab, mehr von dieser Sache zu wissen. Sie sah sein zynisches Gesicht deutlich vor sich: *Das ist doch klar, wenn sie mir zu nahe kommen.* Xynthia schüttelte sich.

„Sie wussten überdies, dass er einen Halbbruder mit Namen Peter Sinner hat, der in den folgenden Tagen in der Presse immer wieder - wenn auch ohne Namen - erwähnt wurde. Ich denke, dass Sie ihn auf dem Bild erkannt haben, auf dem er zu sehen ist, als er aus dem Keller kam."

An dieser Stelle lachte die Gräfin wieder ihr seltsames Lachen: „Es war die Nase, o Gott, die Nase, diese Nase würde ich überall erkennen, selbst im Dunkeln, ich müsste sie nur fühlen."

Wieder schüttelte sie sich, als wolle sie etwas unsagbar Ekliges von ihrem Körper abwerfen. Sarah hatte sich die Szene angesehen und obwohl sie jetzt wirklich ein mulmiges Gefühl beschlich, fuhr sie fort: „Sie sind nicht dumm und spätestens, als sie die Schlagzeile sahen, in der es darum ging, dass der Graf eine dunkle Vergangenheit und einen unehelichen Sohn hatte, haben Sie zwei und zwei zusammengezählt. Sie dachten sich, dass Peter Sinner niemals Ihren Mann alleine würde erpressen können, aber Sie kannten jemanden, dem sie eine solche Tat zutrauten, weil dieser Mann genauso skrupellos war wie der Graf selbst, denn es war sein eigenes Fleisch und Blut, Ihr Sohn Ansgar. Also beschlossen Sie, Ansgar zur Rede zu stellen und verabredeten sich mit ihm. Nach einem kurzen Wortgefecht hat er sicher alles zugegeben, immerhin waren Sie seine Mutter und ich glaube, als Mutter kann man so ziemlich alles aus dem Sohn herausbekommen, wenn man es nur will."

An dieser Stelle beugte sich die Gräfin zur Seite, nahm einen Schluck Wasser und forderte Sarah mit ihrer knarzenden Stimme auf: „Weiter, nur weiter, bis jetzt ist alles so weit richtig."

„Sie hatten also erkannt, dass ihr Sohn ein Spiel spielte, ein Spiel, dem bereits ein Mensch zum Opfer gefallen war, aber als Sie ihn darauf aufmerksam machten, dass er möglicherweise bald selbst ins Netz der Polizei gehen könnte, hat er wahrscheinlich gelacht und Peter Sinner als Täter aus dem Hut gezaubert", fuhr die Kommissarin fort.

Die Stimme Xynthias wurde immer schriller und wütender, als sie hektisch hervorstieß: „Ja, er hat gesagt: *Soll dieser Bastard doch büßen, er ist nur daraus entstanden, dass der Graf sich genommen hat, was ihm zusteht, er ist ein Nichts und das wird er auch immer bleiben, aber sieh´ doch mal das Positive,* hat er gesagt; *wenn das hier vorbei ist, sitzt mein sogenannter Bruder im Gefängnis und mir gehört das hier alles.* Ich habe versucht, auf ihn einzureden, aber er hat mir gedroht, wenn ich ihm in die Quere käme, würde er nicht zögern. Er hat wörtlich gesagt: *Jetzt bin ich einmal so weit gekommen, der Alte ist tot und mein sogenannter Bruder sitzt demnächst im Gefängnis, also, auf ein Opfer mehr kommt es jetzt auch nicht an.*"

„Und da haben Sie beschlossen, ihm zuvorzukommen." Jetzt war es Fabian, der sich zu Wort meldete.

„Ja, das habe ich und ich habe ihm noch ein Geschenk mit auf den Weg gegeben, ein Kreuz, dass mir Gero damals zugesendet hat."

Xynthias Gesicht verhärtete sich und auf ihrer Miene spiegelten sich Ekel, Entsetzen und Angst.

„Gero wusste, dass ich oft und gerne in die Kirche ging, weil ich dort Frieden und Ruhe finden konnte. Und deshalb hat er mir das Kreuz geschickt, wissen Sie, er hat es mir in das Kurhaus am Chiemsee gesendet, in dem ich damals war, in das Kurhaus!"

Die Gräfin schüttelte mit dem Kopf, als könne sie das Ganze noch immer nicht begreifen. Ihre Stimme wurde hektisch. „Es war in einer schwarzen Schatulle, die mit weißem Samt ausgeschlagen war und die aussah wie ein kleiner Sarg. Und es war kein gewöhnliches Kreuz, nein, es war ein umgedrehtes Kreuz, und es war schwarz, ein Symbol des Antichristen! Es standen nur drei Worte in dem Brief, der dem Geschenk beilag, nur drei Worte!, und raten Sie mal, welche?" Die Stimme Xynthias und ihr Tonfall verrieten, dass sie der Grenze zur Hysterie gefährlich nahe kam.

„Ich liebe Dich?", fragte Fabian leise und kicherte. Die Gräfin schaute ihn von oben bis unten an, und ihre gelblichen Augen sprühten Blitze. Sarah musste sich ein Lachen verkneifen.

„Fahr zur Hölle!, hat in dem Brief gestanden, mehr nicht, nur *Fahr zur Hölle!*, aber wahrscheinlich ist er jetzt selbst zur Hölle gefahren, diese Ausgeburt des Bösen und sein Sohn ist ihm hoffentlich genau dahin nachgefolgt, deswegen habe ich ihm auch das schändliche Symbol mitgegeben, damit er dort unten seinem und dem Herrn seines Vaters zeigen kann, dass sie seine Diener sind und es immer waren." Die Stimme der Gräfin wurde wieder kräftiger und in einem verzweifelten Aufbäumen rief sie. „Aber glauben Sie nicht, dass das schon alles war, nein, ich weiß, dass die keine Ruhe geben werden, so waren sie nicht im Leben und so sind sie nicht im Tod!"

Plötzlich veränderte sich ihr Aussehen erneut. Ihr Gesicht, das bisher schon deutliche Züge des Wahnsinns gezeigt hatte, nahm einen lauernden Ausdruck an. Ihr Körper verkrampfte sich und ihre Augen blickten abwechselnd zu Sarah, dann zur Decke, dann auf die Tür, dann zum Fenster und dann wieder zu Sarah. Das Ganze wiederholte sich mehrmals und jetzt richtete sich ihr Körper, wie von einem Stromschlag getroffen, plötzlich auf. Mit ihren grauen, spinnwebartigen Haaren und ihrem Blick, der wie bei einer Vision in die Ferne gerichtet war, sah sie jetzt noch mehr aus wie ein Pharao, allerdings wie einer, dem man seine Kopfbedeckung geraubt hatte und der sich nichtsdestotrotz anschickte, seinen Feinden wild entschlossen entgegenzuziehen. Xynthias Arme und Beine zuckten konvulsivisch und sie stieß einen markerschütternden Schrei aus. „AAAAAHHH, AAAAAAHHHH", kreischte sie, „sie sind wieder da, wieder da!" Daraufhin nahm sie die Decke und zog sie über ihren Körper. Nur ihre Augen schauten gehetzt am oberen Rand heraus. Sarah nahm die Hand der Gräfin und diese schien sich ein wenig zu beruhigen, nur um wenig später noch lauter zu schreien: „WIEDER DAAA, WIEEEEDER DAAAAA, WIEEEDER DAAAAA!"

Für einen Moment war es Sarah so vorgekommen, als spiele die Gräfin genau das Theater, das sie schon gespielt hatte, als sie sie und Fabian sie besucht hatten. Als sie Xynthia aber in die Augen schaute, blickte sie in eine Seele, deren Grund so unendlich schwarz und voller Dämonen war, dass kein noch so helles Licht diesen Grund jemals wieder würde erreichen können. Dennoch versuchte sie noch einmal, zur Gräfin durchzudringen.

„Wer ist wieder da?", fragte sie sanft und sie schaute der Gräfin fest ins Gesicht. „Na DIIIIEEE!!!!!", kreischte sie erneut. „Das Scheusal, das Ungeheuer, das mich eingesperrt hat und sein unseliger Sohn, Geros und meine Brut. Sie wollen mich wieder einsperren, einsperren, einsperren, weil ich zu viel weiß, weil ich alles weiß, ALLES, ALLES, ALLES!!!" Noch einmal schrie sie:

„WIEEEDER DAAAA, WIEEEEDER DAAAA, WIEEEDER DAAAA!!!!!!", dann wurde die Türe aufgerissen und zwei Männer und eine Frau kamen hereingestürmt. Während der kräftige Mann, offensichtlich ein Pfleger, Xynthia aufs Bett drückte, verabreichte ihr der andere eine Spritze. Wenige Sekunden später war die Gräfin eingeschlafen.

„War ich das?", fragte Fabian, als sie wieder gemeinsam im Alfa-Spider saßen, „ich meine, dass die Gräfin so ausgetickt ist, war das meine Schuld?"

„Nein", sagte Sarah, „sie wanderte seelisch ohnehin am Abgrund und irgendeinen Auslöser hätte es sowieso gegeben, früher oder später. Aber verrate mir eins: „Gibt es eigentlich irgendetwas, das dir heilig ist?"

Er schaute sie verblüfft an. „Aber ja", sagte er feierlich, „du bist mir heilig." Sie blickte ihn mit gespieltem Ernst an und schüttelte ihren Kopf. Dann lachten sie beide.

82. Kapitel

„Sie ist ein Fall für die Psychiatrie", sagte Sarah am Nachmittag, als sie sich zur abschließenden Besprechung ein letztes Mal in der provisorischen Einsatzzentrale trafen. Die Kommissarin hatte dargelegt, dass die Gräfin „mit an Sicherheit grenzender Wahrscheinlichkeit" den Tod ihres Sohnes verursacht hatte. Bei dem im Hause Xynthias gefundenen Brief, der im Rahmen einer richterlich angeordneten Durchsuchung sichergestellt worden war und der von ihrem Sohn Ansgar stammte, fehlte eine Seite. „Mit dieser Seite wollte sie den Mord an ihrem Sohn verschleiern und es wie einen Selbstmord aussehen lassen. Über ihre Beweggründe kann ich nur spekulieren, aber ich habe in ihre Augen gesehen."

Sarah schaute ernst in die Runde und sie schaute jeden einzelnen an. „Wisst ihr, ich habe in meinem Leben schon in viele Augen gesehen und es gibt den alten Spruch die Augen sind die Fenster zur Seele, aber ich habe noch nie in eine solche Seele gesehen wie in die der Gräfin. Ich kann es nicht beschreiben, ich kann nur sagen, es war schrecklich."

Die anderen in der Runde blickten Sarah betroffen an. Gerd Handke hatte wieder Zeige- und Mittelfinger der rechten Hand vor seinen Mund gelegt. Als er die Hand herunternahm, war sein Gesicht zwar ernst, aber es wirkte trotzdem entspannt.

„Wir wissen ja jetzt, dass die Gräfin bereits früher Schübe von paranoider Schizophrenie hatte, die Krankenakte, die wir uns haben kommen lassen, hat das alles bestätigt. Sie hat sich in der Zeit, in der sie in der Burg wohnte, offenbar sehr vor ihrem Ehemann gefürchtet und anscheinend mit gutem Grund, wenn man den Berichten der Klinik am Chiemsee glauben darf. Sie hat in dem Gespräch mit mir gesagt, dass sie Angst habe, dass Ansgar genauso wird wie Gero. Vielleicht hat sie jetzt in Ansgar das tatsächliche Ebenbild ihres Mannes gesehen und hat es einfach nicht mehr ausgehalten. Aber wie, zum Teufel, hat die das mit den Tabletten gemacht, ich meine, es waren doch viele noch gar nicht verdaut?"

Claudia Mehren räusperte sich. „Oh, Entschuldigung, das habe ich in der Aufregung beinahe vergessen. Als wir das Haus durchsucht haben, haben wir zermahlene Reste dieses Mittels, *Chloraldurat* heißt es und es ist ein extrem starkes Schlafmittel, auf ihrem Schreibtisch gefunden. Sah aus wie Puderzucker. Auch im Weinglas von Ansgar war die gleiche zermahlene Substanz. Sie hat es ihm also in den Wein gepanscht." Sie zog die Augenbrauen ein Stück in die Höhe, wie um zu sagen *Tja, so wird das wohl gewe-*

sen sein. „Gut, bleibt eigentlich nur noch die Rolle des Möchtegern-Starreporters Jens Thielmann zu erklären", fuhr sie fort. „Ich habe noch einmal mit ihm gesprochen und er ist voll geständig. Er hat am Abend vor der Sache in der Folterkammer ein Telefongespräch zwischen seiner - jetzt wohl ehemaligen - Lebensgefährtin Caroline Stettner und Ansgar von Wolkenfels mitbekommen, zumindest die wesentlichen Teile. Er hat gesagt, er sei leise zur Türe der Wohnung von Caroline hereingekommen, weil er gehört habe, dass sie am Telefonieren sei. Sie hat ihn anscheinend nicht bemerkt und er hat sie vom Flur aus belauscht. Dabei ist ihm klar geworden, dass sie mit Ansgar von Wolkenfels sprach und dass in der Nacht innerhalb der Burg etwas passieren sollte, was dessen Vater betraf. Er sagt, Claudia Stettner habe von Fesseln und Peitschen und 10.000 Euro geredet, die sie bekommen solle und sie habe wörtlich gesagt: *Na, dann wollen wir dem Grafen mal einheizen, jetzt freue ich mich sogar darauf.* Claudia dachte an ihr Gespräch mit Jens Thielmann. „Dumm ist der nicht", sagte sie jetzt, „er hat eins und eins zusammengezählt und ist nach Hause gefahren, um sich seine Kamera zu holen und sich auf die Lauer zu legen."

83. Kapitel

Natürlich ahnte Jens Thielmann nicht, dass gerade über ihn und über seine ehemalige Lebensgefährtin geredet wurde, aber selbst wenn er es gewusst hätte, hätte es ihn nicht interessiert. Er saß zuhause in seiner kleinen Wohnung in Obererl und dachte angestrengt darüber nach, wie er Caroline wieder zurückgewinnen konnte. Gut, er hatte Mist gebaut, aber sie selbst war ja auch alles andere als unschuldig gewesen. *Kauft sich heimlich in Koblenz solche Sachen, um damit dem Grafen einzuheizen und sagt mir nichts davon. Und die redet von Vertrauensbruch, weil ich nur mal mehr oder weniger nach dem Rechten sehen wollte in der Nacht, in der ich bei der*

Burg war. Aber, was soll's, dachte er, *wir sind beide keine Unschulds-lämmer.* Gerade aber die Tatsache, dass auch Caroline zu solchen Abenteuern aufgelegt war, machte sie für ihn wieder interessant. Auch wenn ihr Liebesleben meistens nicht langweilig gewesen war: Solche extravaganten Feinheiten wie Peitschen und Handschellen hatte sie ihm nie geboten, aber, wer weiß, das konnte ja noch kommen. Er nahm sein Smartphone in die Hand, um sie anzurufen, als das Gerät klingelte. Die Nummer im Display erkannte er sofort, es war die von Stefan Feierabend von der *Fast*.

„Hallo, Herr Thielmann", meldete sich die Stimme des Redakteurs. Natürlich kannte dieser inzwischen seinen richtigen Namen. Nachdem sie etwa eine Viertelstunde geplaudert hatten, in denen Stefan Feierabend unter anderem bedauerte, dass Jens wohl nicht ganz ungeschoren aus der Sache herauskommen würde, teilte dieser ihm mit, dass er am Abend der Pressekonferenz in Linz gewesen sei. Mit einer süffisanten Anspielung auf seinen unfreiwilligen Aufenthalt bei der Polizei hatte er gesagt: „Sie selbst waren ja verhindert, also musste ich mich der Sache annehmen."

Als sie fünf Minuten später ihr Gespräch beendeten, machte sich in Jens so etwas wie Jubel breit. Der Redakteur hatte ihm angeboten, seine Sichtweise der Dinge und seine Tage mit Peter Simmel zu schildern und er hatte ihm in Aussicht gestellt, „dass Sie auch zukünftig für uns arbeiten können, Männer, die sich nicht scheuen, dahin zu gehen, wo es wehtut - und in einer Folterkammer tut es das ja - können wir brauchen."

„Es ist nicht vorbei", sagte Jens laut und jetzt lachte auch er, wobei er diesmal tatsächlich mit den Fingern der rechten Hand das Victory-Zeichen formte, „es fängt gerade erst an."

84. Kapitel

Auch für Kriminalhauptkommissar Gerd Handke war es noch nicht vorbei. Zwar hatten sie den Fall mehr oder weniger gemeinsam gelöst und er hatte sicher auch seinen Teil dazu beigetragen, aber er fragte sich, ob sein Part ausgereicht hatte, um das leere Siegerpodest in der Vitrine seines Kopfes, auf dem auf einer goldenen Tafel die Worte *„überreicht an Kriminalhauptkommissar Gerd Handke für außergewöhnliche Leistungen bei der Klärung des Mordfalles Ansgar von Waldenfels, Linz, Oktober 2018"* eingraviert waren, zu füllen. Er kam zu dem Ergebnis, dass es ihm egal war. Er war Mitglied eines tollen Teams gewesen und diese beiden Fälle hatten richtig Spaß gemacht. Und kein Pokal der Welt, kein echter und kein eingebildeter, konnten jemals das Gefühl ersetzen, mit Menschen zusammenzuarbeiten, auf die man sich verlassen konnte, Tag und Nacht, und die einem ans Herz wuchsen, ob man wollte oder nicht. Er dachte an die vergangenen Tage und Nächte und er lächelte. Er freute sich, dass sich Sarah und Fabian offenbar nähergekommen waren. Sicher, sie hatten versucht, es zu verbergen, aber ebenso gut hätten sie versuchen können, den naheliegenden Rhein ohne Boot und Hilfsmittel trockenen Fußes zu überqueren. Außerdem war er Polizist und er war überdies Trainer, Trainer der besten Mannschaft der Welt.

85. Kapitel

Am Abend des folgenden Tages feierte das gesamte Team seinen Erfolg. Auch die Kolleginnen und Kollegen der Soko *Folterkeller*, die in Koblenz ihre Arbeit getan hatten, kamen in den *Minnesänger* nach Linz, um den erfolgreichen Abschluss gebührend zu würdigen. Alle lachten und freuten sich. Am Nebentisch saß eine Gruppe aus vier Männern und zwei Frauen. Der offensichtliche Wortführer der Gruppe, ein kräftiger Mann mit Vollbart, Jeans und Cowboystiefeln, stand auf, kam mit seinem Bier an den

Tisch der Beamten und prostete ihnen zu. „Wir haben es heute in der Zeitung gelesen, unglaublich, einfach Wahnsinn! So etwas hat es hier in Linz noch nicht gegeben, aber wir sind stolz darauf, eine so tolle Polizei zu haben, jawohl stolz, oder, Mädels und Männer?" Er drehte sich um und die anderen hoben ihre Biergläser und stimmten ihm lachend zu.

Als Fabian und Sarah später am Rheinufer saßen, sahen sie unter dem vollen Mond eine Gestalt, die mit einem Hund spielte. Sie warf dem Hund immer wieder Bälle zu und diesem schien es großen Spaß zu machen, den Bällen hinterherzujagen. Trotz der Dunkelheit erkannten sie Manuela Gaspari, die sie im Krankenhaus besucht hatten. Sie winkte den beiden zu. Sarah und Fabian, die eng umschlungen auf einer Decke saßen, winkten zurück.

Noch gestern Nacht hatten sie sich lange und innig geliebt und Sarah hatte Fabian anschließend von ihren Träumen und Visionen erzählt. Fabian war ein guter Zuhörer und nach langer Zeit fühlte sich Sarah restlos geborgen und glücklich. Fabian hatte versprochen, ihr bei der „Suche nach ihrer Vergangenheit", wie er es nannte, zu helfen und sie freute sich darauf, gemeinsam mit ihm auf diese „besondere Spurensuche" zu gehen. Sie hatte sich nie in ihrem Leben binden wollen; dafür bot das Leben zu viele Möglichkeiten, aber in dieser Nacht war sie bereit gewesen, ihre alten Grundsätze über den Haufen zu werfen und ein völlig neues Leben an der Seite dieses Mannes zu beginnen, der in nur wenigen Tagen für sie so viel mehr geworden war als ein guter Kollege. Irgendwie hatte sie es vom ersten Augenblick an gespürt, aus Spüren war Empfinden geworden und aus Empfinden Gefühl. Ja, sie fühlte es tief in ihrem Inneren, dass ihr der Mann, der jetzt neben ihr saß und dessen Körper so warm und schützend, mehr noch, der beschützend war, mehr bedeutete als ein paar spannende Tage und erfüllende Nächte unter außergewöhnlichen Umständen. Sie liebte diesen Mann und wenn das Schicksal es wollte, würde sie ihn auch in einem halben Jahr noch lieben und in einem oder zwei oder unzähligen Jahren.

Fabian, dessen Kopf und dessen Seele von ähnlichen Gedanken und Gefühlen beherrscht wurden, blickte versonnen auf den Fluss, der langsam dahinfloss und auf dessen Gischtkronen sich das fahle Mondlicht in Millionen glitzernden Sternen widerspiegelte.

„Ich weiß natürlich, was die beiden Sprüche an der Buchhandlung für uns bedeuten", sagte er jetzt und blickte sie schelmisch an.

„Und das wäre?"

„Na, ist doch klar, zum einen liegt die Wahrheit oftmals hinter einer Fassade und zum anderen erkennen wir oft auch einfachste Dinge nicht, weil wir das, was vor unserer Nase liegt, nicht richtig interpretieren."

„War es bei dir auch so, als du mich zum ersten Mal gesehen hast?", fragte sie lächelnd.

„Nein, ich wusste vom ersten Augenblick an, dass du etwas Besonderes bist", flüsterte er.

Sarah legte den Kopf an seine Schulter und schmiegte sich eng an ihn.

„Schau, der Rhein fließt, als sei nichts gewesen", sagte er jetzt.

In der Dunkelheit konnte man Sarahs grüne Augen sehen, die vor Lebenslust blitzten.

„So philosophisch kenne ich dich ja gar nicht", flüsterte sie ihm ins Ohr.

„Es sind die Umstände, trotz der ganzen Aufregung war es irgendwie unglaublich schön." Fabian schaute Sarah lange an. „Wann wirst du wieder nach Linz kommen?"

„Bald, sehr bald", sagte Sarah und ihre Augen nahmen die Farbe eines dunklen, unergründlichen Sees an, „es ist eine wunderschöne Stadt, eine Stadt voller Leben und voller Vergangenheit, aber vor allem ist es eine Stadt voller Geheimnisse."

ENDE

Epilog

Ein halbes Jahr später

Peter Sinner saß am Rheinufer, genau an der Stelle, an der er als Kind so oft mit seiner Mutter gesessen hatte. Im Mondlicht der frühen Nacht las er den Brief ein viertes Mal, aber wenn er auch den Sinn in den Worten erkannte, konnte er keine Freude empfinden. Nachdem er vor zwei Monaten vom Amtsgericht Koblenz zu einer Geldstrafe von 50 Tagessätzen á 100 Euro verurteilt worden war, hatte er die ganze Sache nur noch vergessen wollen. Jetzt aber hielt er ein neues Schreiben, diesmal vom Nachlassgericht, in den Händen. Mit bürokratischen Worten wurde er darüber informiert, dass Gräfin Xynthia von Wolkenfels am 17. Januar 2019 verstorben sei und er als letzter lebender Verwandter des verstorbenen Grafen Gero von Wolkenfels dessen gesamtes Vermögen einschließlich der umfangreichen Besitztümer erben würde.

Über die Umstände des Todes von Gräfin Xynthia war er natürlich nicht informiert worden, aber selbst wenn er nachgefragt hätte, hätte man ihm keine Auskunft erteilt. Das lag zum einen daran, dass er kein leiblicher Verwandter der Gräfin gewesen war; der wesentlich triftigere Grund war aber der, dass man sich in der Klinik ihr Ableben nicht so richtig erklären konnte. Xynthia hatte eines Morgens tot in ihrem Bett gelegen und an ihrem Hals waren seltsame schwarze Male zu erkennen gewesen. Auch hatte es in ihrem Zimmer ein wenig nach Rauch gerochen; kaum wahrnehmbar, aber doch vorhanden. Der Arzt hatte als Todesursache Herzversagen eingetragen und an dem war sie wahrscheinlich letztendlich - ebenso wie ihr kürzlich dahingeschiedener Ehemann - verstorben. Hätte sich irgendjemand die Mühe gemacht, im Stadtarchiv von Linz die Todesdaten der Menschen anzusehen, die dort registriert waren, so wäre er möglicherweise auf den Namen „Gisela" gestoßen, eine Hexe, die am 17. Januar 1398, also auf den Tag genau 621 Jahre vor dem Tod von Xynthia, auf dem

Marktplatz in Linz verbrannt worden war. Aber natürlich machte sich niemand die Mühe und wenn, hätte er es vermutlich als Zufall abgetan, ebenso wie die Tatsache, dass mit Xynthia das vorletzte Mitglied einer Familie gestorben war, deren Urahne vor zwanzig Generationen Ziel und Zeuge eines schrecklichen Fluches, ausgestoßen von einer Frau mit durchdringend grünen Augen, geworden war.

Peter wollte den Brief schon in den Rhein werfen, als er in der linken Tasche seines Sakkos ein Rascheln verspürte. Er zog das andere Schreiben hervor, das, mit dem alles angefangen hatte. Noch einmal las er die Worte seiner Mutter und sie schien ihn durch das Papier hindurch amüsiert anzuschauen. *Wenn du es richtig machst, wird er für dich die Eintrittskarte in eine wunderbare Zukunft sein*, schien sie ihm zuzuflüstern. Jetzt küsste er den Brief und es war ihm, als könne seine Mutter diesen Kuss spüren. „Hallo Mutter", sagte er, ich geb´s ja zu, wahrscheinlich habe ich es nicht richtig angefangen, aber mit einem hattest du recht. Dein Brief ist für mich die Eintrittskarte in eine wunderbare Zukunft und du wirst immer Teil dieser Zukunft sein, der Teil, der mir das Leben geschenkt hat und der Teil, der immer bei mir war und immer bei mir sein wird."

Er sprang auf und jubelte den Menschen eines langsam vorbeifahrenden Ausflugsschiffes zu. Auf dem Oberdeck sah er eine Frau mit strahlend grünen Augen. Sie erinnerte ihn an die Kommissarin, aber sie trug ein schlichtes Leinenkleid. Mit ihren weißen Haaren sah sie aus wie die Göttin einer längst vergangenen Zeit. Sie kam an die Reling und blickte ihn an. Die grünen, leuchtenden Augen schienen ihn gefangen zu nehmen, mehr noch, sie schienen ihn zu sich heranzuziehen, wie ein unglaublich starker Magnet, der ein Eisenstück zu sich heranzieht. Sie wurden größer und leuchtender und für ihn schien nichts mehr zu existieren als dieses unglaubliche Grün, auf das er sich jetzt Schritt für Schritt zubewegte in Richtung Wasser, er, Peter Sinner, der wirklich allerletzte Nachkomme eines Vorfahren mit Name Vitus von Oggersheim, durch dessen Intrige vor mehr als 620 Jahren eine junge Frau unschuldig im Feuer gestorben war.

Kurze Erklärungen und Danksagungen.

Wo fange ich am besten an, wo ich doch hier sozusagen schon am Ende bin? Vielleicht damit, dass ich mich erst einmal herzlich dafür bedanke, dass Sie dieses Buch gekauft haben. Ich hoffe sehr, dass ich Ihnen einige vergnügliche und kurzweilige Lesestunden bereitet habe, oder, falls Sie das hier zuerst lesen, noch bereiten werde. Was mir aber mindestens ebenso wichtig erscheint, ist der Umstand, dass ich Sie auf einige Dinge aufmerksam machen muss, die den Inhalt des Buches, die Handelnden und die Orte betreffen, an denen sich die Dinge abspielen. Viele der Gebäude und Einrichtungen gibt es tatsächlich in Linz, die Burg gibt es ebenso wie das Stadtarchiv, das historische Rathaus genauso wie die sehr schöne Buchhandlung Cafitz und die Gaststätte Minnesänger (deren Innenraum ich allerdings aus erzähltechnischen Gründen verändert habe), es gibt die beschriebenen Brunnen und auch eine Polizeiinspektion. Sogar die Folterkammer gibt es, aber auch die ist nicht - wie so vieles in meinem Werk - historisch, sondern sie wurde später (sozusagen als makabres Museum) eingerichtet. Nichtsdestotrotz kann man sich hier ohne weiteres ein Gänsehautfeeling holen; insbesondere, wenn man sieht, zu welchen Grausamkeiten Menschen fähig waren und leider oftmals heute noch fähig sind. Bitte verzeihen Sie mir in diesem Zusammenhang den manchmal etwas lockeren Umgang mit diesen Dingen in meinem Roman. Auch die beschriebenen Foltergeräte gibt es, allerdings habe ich bei der „Garotte" (ebenfalls aus erzähltechnischen Gründen) eine andere Variante als die im Linzer Keller ausgestellte gewählt. Was es aber in Linz nicht gibt, sind Grafen und Gräfinnen, es gibt, so hoffe ich jedenfalls, auch kein Adelsgeschlecht „von Wolkenfels"; auch gibt es meines Wissens keine Gaststätte mit Namen „da Franco", es gab auch keinen Stadtschreiber im 14. Jahrhundert und schon gar keinen mit dem Namen Margelius Fidus. Es gab zwar in Linz auch die schreckliche

Praxis der Hexenverbrennung, aber im Gegensatz zu einigen anderen Städten wurde sie, den Unterlagen nach zu urteilen, nur sehr vereinzelt durchgeführt. In diesem Zusammenhang möchte ich mich herzlich bei der charmanten und sachkundigen Leiterin des Stadtarchives, Frau Andrea Rönz, bedanken, die mir alte Urkunden vorgelegt hat (allerdings keine von Hexenverfolgungen, denn diese Prozesse wurden nicht in Urkunden festgehalten), und die mir auch erläutert hat, wie Sarah Winkler vorgehen müsste, wenn sie einmal bei ihr auftauchen würde. Aber das wird sie wahrscheinlich nicht, denn sie ist eine von mir erfundene Figur, aber andererseits erwecken gerade Sie, liebe Leserin und lieber Leser, genau diese Figur (und alle anderen) zum Leben, weil sie, so hoffe ich, in ihrem Kopf, in ihren Gedanken lebendig wird und falls Sie es für wert erachten, dass Sarah Winkler mit ihren ganz besonderen Fähigkeiten auch weiterhin Fälle löst, würde ich mich sehr freuen, wenn Sie mir dies mitteilen würden. Ich habe eben erst mit ihr gesprochen und sie hat mir gesagt, dass sie sich freuen würde, bald wieder nach Linz zu kommen. Außerdem hat sie mir irgendetwas vom Drachenfels erzählt und einem alten Hotel, aber ich bin nicht recht schlau geworden aus ihren Worten; ich habe nur verstanden, dass sich in der alten Ruine irgendetwas Seltsames befinden soll. Aber Scherz beiseite. Falls Sie mir Rückmeldung geben wollen, egal, ob gute oder weniger euphorische, würde ich mich freuen, wenn Sie mir auf meine Internetadresse Hparcival@AOL.com einige Zeilen schreiben würden. Ach, und bevor ich´s vergesse. Mein richtiger Name lautet natürlich nicht Tom Ice, sondern Thomas Hoffmann, aber ich habe gewissermaßen ein weiteres Pseudonym, denn mit meinem Kürzel *hot* (das sich anhört wie das Gegenteil von *Ice*) sind auch des Öfteren Artikel in der Altenkirchener Ausgabe der Rhein-Zeitung gekennzeichnet, für die ich als freier Mitarbeiter tätig bin. Allerdings gibt es einen echten Tom Ice, der Hypnotiseur ist. Zu meiner Verteidigung muss ich anführen, dass ich mich, *bevor* mir diese Tatsache bekannt war, für diesen Namen als Pseudonym entschieden habe.

Ich habe dies nicht getan, weil mir mein richtiger Name nicht gefällt, ganz im Gegenteil; ich trage ihn immerhin schon seit 54 Jahren und ich trage ihn sehr gerne. Aber Thomas Hoffmanns gibt es in Deutschland wahrscheinlich etwa 50.000, während die Tom Ices dieser Welt nur wenige sind. Außerdem passt er meiner Meinung nach zum Stil dieses Buches und zumindest der Name Sarah Winkler wird von nun an mit Tom Ice verknüpft sein. Unter „Thomas Hoffmann" habe ich bisher meine Kurzgeschichten veröffentlicht („Gefallener Engel", Tredition Verlag Hamburg 2014), aber das nur am Rande. Ich möchte mich bei meinem besten Freund Rainer Daus bedankten, der selbst viele Werke veröffentlicht und dieses Buch zuerst gelesen und lektoriert hat. Danke für deine Anregungen, deine Kritik und Mühe, alter Freund! Natürlich möchte ich mich auch herzlich bedanken bei allen, die mir im Zuge meiner Recherchen in Linz geholfen haben, bei dem Burgbesitzer Oliver Krings ebenso wie bei seiner Hausmeisterin, Frau Riemann, die mich in das Innere des altehrwürdigen Gebäudes hat blicken lassen. Einige Szenen beruhen tatsächlich auf meinen Eindrücken, die ich hier erhalten habe. Ich möchte mich bei Patrick Bernard bedanken für eine sehr unterhaltsame und kundige Stadtführung im Sommer dieses Jahres (kann ich wirklich sehr empfehlen). Auch aus dieser Stadtführung sind einige Eindrücke und Fakten mit eingeflossen. Natürlich gilt mein Dank auch der Polizeiinspektion Linz und sollten einige polizeiliche Dinge in meinem Krimi nicht authentisch sein, liegt es sicher nicht an den netten und kompetenten Menschen, die mir dort geholfen haben, die aber nicht mit Namen genannt werden wollten. Ich möchte mich bei Allen bedanken, die mir im Laufe meiner zahlreichen Besuche in ihrer schönen Stadt bereitwillig Auskunft erteilt haben, sei es zu Fragen, die die Folterkammer betreffen, sei es zu Fragen, die andere Details wie Brunnen etc. zum Inhalt hatten. Auch wenn ich nicht alle Namen kenne, werde ich mich immer an die offene, freundliche Art erinnern, mit der mir die Linzer begegnet sind. Und ich möchte mich besonders bei der Buchhändlerin

Petra Kessler-Kurth und bei Frau Dr. Reuschenbach-Berger von der Buchhandlung Cafitz bedanken, denn wenn ich auch schon die ersten Seiten fertig hatte, als ich dort aufgekreuzt bin, hatte ich doch als nicht ortsansässiger Mensch einige Bedenken, ob ich mich nicht aufs Glatteis wage. Habe ich es? Ich weiß es, ehrlich gesagt, immer noch nicht, aber Frau Kessler-Kurth hat mir immerhin Mut gemacht.

Ich hoffe, dass Sie und alle, die dieses Buch gelesen haben oder noch lesen werden, mir kleine Fehler und Ungenauigkeiten verzeihen und wenn Sie es möchten, wer weiß, vielleicht taucht ja eines Tages doch noch die Kommissarin Sarah Winkler im Linzer Stadtarchiv auf, denn vieles aus ihrer Vergangenheit liegt noch im Dunkeln, und – wenn mich nicht alles täuscht – möchte sie gerne zusammen mit Fabian Lauer Licht in dieses Dunkel bringen. Also, nochmal herzlichen Dank und hoffentlich bis bald.

Ihr Tom Ice..., Wissen, den 03. Oktober 2018

Wolfgang Horst Reuther, Jahrgang 1950, versteht sich als Weltbürger mit anhaltender Bindung zu seiner erzgebirgischen Heimat. Bedingt durch Schule, Studium des Völkerrechts und seine fast 40jährige Tätigkeit für die UNESCO, hat er es auf eine ansehnliche Zahl deutschlandweit und international verstreuter Wohnorte gebracht, darunter (in alphabetischer Reihenfolge) Amman (Jordanien), Berlin, Bochum, Bonn, Halle/Saale, Leipzig, Moskau, Paris, San José (Kostarika). Heute lebt er als Pensionär in Wien, Teile seiner Familie in Kapstadt und Moskau.

Die Thematik des »Zusammenleben in kultureller Vielfalt« beschäftigt ihn bereits seit den 1990er-Jahren. Mit dem vorliegenden Buch hofft er, zu einer Versachlichung der öffentlichen Debatten über den Islam, Migration und den Nahen Osten beizutragen. Er plädiert für eine historische Sichtweise und eine Abkehr von der einengenden Fokussierung auf Religion und Islam. Dazu bringt er bisher kaum beachtete Elemente und Perspektiven ein, die seiner gelebten Erfahrung vor Ort und den in dieser Zeit mit viel Mühe gewonnenen Einsichten entspringen.

Selten gewährte Einblicke in die in Nahost vorherrschenden Denk- und Verhaltensweisen sollen als Schlüssel zum besseren Verständnis im Kontakt mit Migranten aus Ländern mit muslimisch und stammesrechtlich geprägten Gesellschaften dienen.

Zugleich lässt er den Leser an seiner eigenen Wandlung vom romantischen Befürworter von »Multikulti« hin zum eher vernunftgesteuerten und weniger von Illusionen behafteten Betrachter teilhaben, der anderen Lebensweisen und Kulturen stets offen, interessiert, wohlwollend, tolerant und respektvoll gegenübersteht, sich jedoch auch den kritischen Blick bewahrt. Diese Haltung hat ihm in der Praxis die ungeteilte Anerkennung und Wertschätzung von Partnern und Mitarbeitern im Nahen Osten und ein persönliches Dankschreiben von Königin Rania von Jordanien eingebracht.

Wolfgang Horst Reuther ist Mitautor und Mitherausgeber des »UNESCO-Handbuches« und der DGVN-Reihe »Menschenrechtsverletzungen: Was kann ich dagegen tun? Menschenrechtsverfahren in der Praxis«.

Gewidmet meinen Schutzengeln
Jaya, Paula, Susanne, Regina und Elena